金庸選集

金庸影話

金　庸　著

李以建　編

從影話到影談，從專欄到巨著

李以建

一

一九五一年五月八日，金庸在香港《新晚報》副刊版的「下午茶座」以「姚馥蘭」筆名開闢《馥蘭影評》專欄，每天一則，介紹和評析電影作品，尤其是剛剛上映的新電影。到了月底，才寫了二十一則，金庸卻將此專欄改為《馥蘭影話》。

影評，顧名思義即電影評論，改為影話，僅一字的變動，含義卻不同。用「話」字，非獨創。古詩早有「把酒話桑麻」（孟浩然．《過故人莊》）、「卻話巴山夜雨時」（李商隱．《夜雨寄北》）；今人也有《燕山夜話》（鄧拓）。「話」，指說、談；影話即說電影、談電影，減少了評或論的嚴肅古板，顯得輕鬆隨和。金庸在同年五月三十一日的「答讀者」有自己的解釋：

> 有許多人覺得我寫的與一般的「影評」不同，既然來信中十分之九的人都覺得這種方式很有興趣，我以為還是可以如此繼續下去的，只是「影評」兩個字得改一下。一來，自己常覺得不好意思，一個年紀輕輕的女孩子，有甚麼資格對人家長期辛勤工作的成果妄下斷語呢？二來，我常不自禁把自己日常瑣事拉扯進去；所以從今天起，決定把「影評」改稱為「影話」。

他分析了常見的四種影評：其一，以電影界工作人員為對象的，是「指導性的影評」；其二，是「政治性的影評」，「重點在於意識，藉影評而教育讀者」；其三，是「廣告性的影評」；其四，是「技術性的影評」。他自稱，「我寫的東西卻甚麼都不是，當然也談到技術，也不是沒有立場，又不願給人做廣告。也不敢板起臉孔裝權威模樣，勉強加一個名字，稱為『閒談式的影評』」。顯然，這是一種很聰明的寫作策略。一方面顯得謙卑，不以教師爺身份出現，拉近了作者與讀者之間的距離；另一方面，則無形打破了影評專欄的束縛，將內容的範圍擴展開來。既可以涵蓋諸多領域，包括評論電影、討論表演、介紹電影新技術；又可以用最自由的方式來說電影、說觀眾、說影院，乃至「把故事敍述得詳細一些，使得即使沒有看這片子的人也不會讀來莫名其妙」。這無疑非常適合以普羅大眾為對象的媒體——報紙，達到雅俗共賞。

從《馥蘭影話》（一九五一年五月八日至一九五二年八月二十一日）起始，金庸相繼使用了不同的筆名，包括：《新晚報》林子暢的《子暢影話》（一九五二年八月二十二日至一九五三年二月十六日）、《大公報》副刊版「俱樂部」蕭子嘉的《每日影評》（一九五三年四月二十八日至十二月三十一日），以及《大公報》「大公園」姚嘉衣的《影談》（一九五四年一月一日至一九五七年七月五日）。前三個專欄，均由金庸獨自承擔，早期幾乎每日一篇；最後的《影談》初期也都是由金庸一個人撰寫，至一九五六年二月之後才由他和其他同事共同撰稿。

金庸影話屬於報紙的長期固定專欄，字數一般為一千字左右，篇名大部份直接用電影的名稱，凡外國電影則加上英文片名，如《西線無戰事》（*All Quiet on the Western Front*）；有的則根據內容自擬，如〈攝製《不設防城市》的動機〉（一九五二年四月二日）。到了姚嘉衣的《影談》，標題則採用另一種模式：自擬標題為主，片名為輔，如〈藝術家的風格——談《鄉村醫生》〉（一九五四年七月十八日）。後期金庸撰寫的文章篇幅開始增加，有的可達到兩千字。

金庸影話篇幅小，受字數的限制，要真正寫得精彩紛呈，絕非易事。僅以劇情簡介來說，要將曲折複雜且冗長的影片情節，高度濃縮於方寸之間，寥寥數語能辭達意盡，尚需有納須彌於芥子的文字功夫。金庸在〈話說「影話」〉（一九五二年十月五日）自述寫作的習慣，吐訴「作為『影話』的作者，卻是有苦有樂了」，「寫一篇一千字的『影話』，大概平均花五個鐘頭。其中兩個鐘頭看電影，半個鐘頭坐車來回，一個半鐘頭看書、看雜誌、看電影廣告、聽有關電影的唱片、看中西報上的影評，剩下一個鐘頭，就是動筆寫了」。「至於稿費，每個月的『影話』稿費剛夠我訂電影雜誌與買關於電影的書。」他在〈解釋《烽火流鶯》（上）〉（一九五二年十月十七日）說道：「我每篇『影話』總是不多不少寫一千字。這是《新晚報》『影話』的一個傳統，我也很同意這傳統，因為短了，讀者看得不過癮，長了會減少讀者的興致。由於有這個限制，我常常在寫了七百字之後，覺得至少還應當寫七百字，只好一句兩句地在已寫好的七百字中硬生生刪去四百字。」

金庸影話每天一篇，由一個人來撰寫，時間長了，很容易墮入一種套路模式。為追求新意，金庸剛開始採用的寫作策略，是變化作者的身份。取名「姚馥蘭」，其意來自英語的「your friend」，《馥蘭影話》自然以一個女性作者的口吻來寫。在具體的「影話」中，金庸不僅扮演一位涉世不深的年輕知識女性，而且還虛構了「丁謨」表弟、小表妹、小羅、叔叔等人物，經常一起看電影，相互交流暢談，偶爾穿插的對話，增加了文章的活潑性，又能借他人之口道出不同的意見。比如，以親身經歷來拉近與讀者的距離，《幾度山恩仇記》（一九五一年五月八日）的開頭，以叔叔對「我」的口吻，引出自己的回憶，「的確，我生命中曾有過一段時期充滿着對英雄的幻想，曾躲在房裏整天讀大仲馬的歷史小說」，而後從小說與電影作比較的角度切入。又如，《蝶戀花》（一九五一年五月十三日）從中外演員的表演是否失真，帶讀者進入具體電影的評介。隨後的《龍潭喋血》（一九五一年五月十五日）則以自己對演員的偏愛，引出話題。

其次，金庸因應影片的主題、情節、人物、片名等等，選擇多種角度不斷變換「影話」的內容，且十分注意文字的表達，即文風的變化，包括文章的開頭，乃至刊花圖案的變化，以呈現其新意。例如，《馥蘭影話》專欄的刊花設計圖案是一位剪短髮的女性執筆在撰寫文稿。至一九五二年八月二十八日，金庸以另一個筆名「林子暢」撰寫《子暢影話》專欄時，作者的身份轉為男性，該專欄的刊花設計圖案也改為一位戴眼鏡的男性正坐在影院中觀賞電影。

金庸在以「姚嘉衣」筆名撰寫《影談》專欄的開篇〈從賀年卡談起〉（一九五四年一月一日）說道：「以後我寫『影談』，想範圍放得廣些，只要是和電影有關的東西，甚麼都談，不一定每天批評一張新片。片場中的消息、影人們的生活、外國書報上的新資料等等，都屬於我這『影談』的範圍。」姚嘉衣的《影談》專欄確實給人耳目一新，他的〈又喜歡又感動——《守得雲開見月明》〉（一九五四年一月二十六日），在評論電影前「告訴大家孫景路和喬奇的婚訊」；在〈相愛與諒解——談《歡喜冤家》〉（一九五四年七月二日）中道出自己與香港著名演員傳奇的深談；〈石慧與傳奇要結婚了〉（一九五四年二月十一日），一看標題就知道這是當時演藝圈中、乃至社會上最大的新聞。而〈影人義演的排練〉（一九五四年二月八日）則是一則新聞報道，不僅預先透露了大家關心的春節義演的綵排動態，還仔細地細數眾多演員的動態和即將推出的節目。金庸為配合此專欄，還在副刊版「大公園」內開闢了由「姚嘉衣主答」的《電影信箱》（一九五四年一月），專門回答讀者的各種提問，其中的提問不少都是金庸自己杜撰的，實際上是以一種自問自答的形式來解開讀者的種種困惑，如回答如何實現當演員的夢想：〈想做電影演員〉（一九五四年一月二十二日）、〈做演員的夢想——談《紅伶夢》〉（一九五四年一月三十一日）。

二

金庸影話，與眾不同之處在於能將諸多不同的影片加以歸納總結，從中提煉出某些類型電影製作的特定模式，並道出其特點。他對好萊塢電影的模式非常熟悉，風趣地將其稱為「好萊塢性格」。如《百戰寶槍》（一九五一年五月二十二日）的開篇，「槍，槍，槍，短槍，長槍」，可謂有聲有色；「這個戲是由槍開始，也以槍結束，而且連主角也是一桿槍：一八七三年溫徹斯特式步槍（Winchester'73，也就是本片的英文原名）」。寥寥數筆道出美國西部片的最大特色，形象生動，又不乏辛辣的諷刺。恰如他在這篇影話中指出的，「美國西部片在世界影壇上是有名的，但也僅止於有名而已，好的極少，連好萊塢出版的電影雜誌也說美國只出過三部『偉大』的西部片」。在《孤城英烈傳》（一九五一年八月十八日），金庸毫不留情地指出，美國的西部片「大多是打鬥片，其中尤以殺印第安人為題材的較多，這些片子似乎有意無意地在宣揚着『戰爭文化』」，他借用世界名著之名指出這些片子都表現出另一種的「傲慢與偏見」，即白人種族作為征服者的勝利「傲慢」和對異族鎮壓的唯武器論的「偏見」。

金庸總結警匪片的公式更為精闢：「一邊是警察偵探，一邊是黑社會或逃犯；『匪』總是相當頑強的。但最後罪無可逭，法網難逃……『警』總是很機智英勇，無論是多麼狡毒的罪犯，終於逃不出他們的掌心。」其中「離不開罪犯醜惡的臉，美國警察的滿臉『權威氣』，警車的嗚嗚長嚎，開火時的緊張場面，或者再穿插一兩個戀愛故事，讓觀眾看看談情的場面，或是夜總會中歌女舞女的『性感』鏡頭。」（《十三號警車》，一九五一年七月三日）直到今日，好萊塢的警匪片仍難以跳出這個窠臼。

至於戰爭片，金庸在〈談戰爭片〉（一九五三年十月十八日）中認為，好萊塢在電影中，「橫加進好戰的宣傳」，「宣傳國家主義和軍事力量，企圖灌輸人民以戰爭意識的影片」。他不否認，這些影片「剪接得好，手法經濟，快慢掌握得恰當，許多戰爭場面尤其處理得十分逼真緊張」（《火海登陸戰》，一九五一年六月九日），但其內容和主旨卻始終不變。恰如金庸的《慾海沉淪》（一九五一年六月七日）一針見血指出，「『謀殺』是好萊塢製片商的重要貨品，它與『色情』合為美國影片的二大重要題材」，「在拜金社會裏究竟還是以『謀財害命』為最普遍，也最容易為觀眾接受。」以此來看電影《慾海沉淪》，故事陳舊，平淡無奇，而且「全片中沒有一個可愛的人」，「好像誤咬了一口爛蘋果」。

金庸影話的另一大特色，是探討電影製作技術本身。如果說，《馥蘭影話》更多還在介紹電影製作、配音、放映等一般的基礎知識，那麼，到了《子暢影話》，金庸已經從技術層面和藝術效果開始作評論。如《馥蘭影話》的〈拍片的時候〉（一九五一年六月二十八日），他帶着讀者一起走進電影製片廠，到拍攝的現場觀摩電影的拍攝過程。〈移動鏡頭和疊印〉（一九五一年八月二十一日）介紹拍攝時攝影機的鏡頭運用，搖鏡頭、跟鏡頭所產生的效果；特地使用疊印等技術手段所要表達的意思，由此產生的視覺和聯想效果。〈外國人說中國話〉（一九五一年七月十八日）則詳細地介紹「片上字幕」、「放映用的拷貝」、「配音製作」的方方面面。在上世紀五十年代初，這對有興趣了解電影技術的觀眾確實起到啟蒙解惑作用。即使至今，這類文章對電影技術發展和電影史的研究者仍有極大的參考價值。如〈電影中的音樂〉（一九五一年十月十五日），回溯了最早期播映無聲片時，很多電影院專門請一個人彈鋼琴配音，而規模較大的戲院「除鋼琴外還有小提琴和大提琴，甚至有整個樂隊」，「演奏甚麼曲子完全由樂隊指揮決定」。

相較而言，隨着電影日新月異的飛速發展，《子暢影話》的〈談《羅生門》的電影藝術〉（一九五二年十月三十日），論及影片中長鏡頭的「遠景」和「特寫」的轉換，鏡頭選取的角度及移動等；以及〈解釋《淘金夢》（上）、（下）〉（一九五三年二月三、四日）「用觀眾觀點」和「角色觀點」分析同一畫面出現兩個時間疊加所產生的心理效果，都已經是專業的評論，而不是一般的普及。再看蕭子嘉〈電影的節奏〉（一九五三年十二月十一日）則論及蒙太奇的運用所構成的一種格調。〈新藝綜合體電影〉（一九五三年十二月二十六日）介紹了最新的立體電影。而姚嘉衣專門細析特寫鏡頭的運用和表演的關係，如〈《沙漠苦戰記》的特寫鏡頭〉（一九五四年五月二十四日）、〈臉部的特寫鏡頭〉（一九五四年六月二日）以及〈談談電影的攝影〉（一九五四年八月二十一日）都涉及到專業性的電影技術探討。

遇到影響深遠而在電影史上佔有重要位置的大片時，金庸會採用多篇幅從不同的角度來詳細地評介這部電影。如一九四五年到上世紀五十年代初震驚國際影壇的意大利電影《不設防城市》，「是意大利自默片時代以來在國外第一次受到重視的片子。不但它本身是一件重要的藝術作品，而且是一件開創風氣的劃時代之作」（〈攝製《不設防城市》的動機〉，一九五二年四月二日）。金庸連續四天（一九五二年四月二至五日）在《馥蘭影話》專欄中從其在電影史上的地位、攝製的動機、籌集資金的幾經波折、拍攝環境和條件的艱苦簡陋，以及這部電影反法西斯、主張人權的主題，精彩的現實主義表現手法等等，多角度多元化多層次地剖析這部巨片。與此相似，《戰艦波將金號》被金庸稱為「五十年來的最佳電影」，他以上、下兩篇評論介紹了自己十分崇拜的電影導演愛森斯坦，稱讚其為「電影藝術中最大的大師」（〈五十年來的最佳電影（上）〉，一九五二年四月九日）。而對獲得六項金像獎的《郎心如鐵》，他則以三篇短評成一組，分別為《郎心如鐵》（一九五二年四月十二日）、〈《郎心如鐵》與原作〉（一九五二年四月十三日），及〈《郎心如鐵》的技術〉（一九五二年四月十四日），尖銳指出這部電影雖然在技術上有可取之處，但卻同原著《一個美國的悲劇》存在巨大的差距，是捨棄了原著的精華而改編成一個通俗的故事，抹去了原作的價值和意義。之後，他又以愛森斯坦根據原著改寫的「導演劇本」，補寫了〈另一種《郎心如鐵》〉（一九五二年四月十八日），加以比照佐證。

從《馥蘭影話》、《子暢影話》，到《每日影談》、《影談》，前二者「影話」採用多篇幅主要是評介電影，而後二者「影談」則不僅論及電影，更由此拓展開來，談及電影理論、影片背景、與其他藝術類別的比較，以及導演、演員等等。如〈悼普多夫金（上）、（下）〉（一九五三年七月二、三日）、〈普多夫金與《常勝將軍》（上）、（下）〉（一九五三年八月六、七日）。

早期的《馥蘭影話》受制於專欄千字篇幅的限制，用二至三篇組成一組，基本上也局限在二至三千字之內。到了姚嘉衣的《影談》，金庸已經從當初扮演一位喜歡議論電影的局外者，逐漸變身成為具有高度專業水平的電影評論者。他撰寫的長篇影評頻率增加，篇幅遠超過往，專欄擴大到每則二千字，多篇的集結評論，有時長達八千至一萬字。如〈漫談《凱撒大帝》（上）、（中）、（下）〉（一九五四年一月十二至十四日）從故事起源、人物、語言、場面、舞美、結構、演講等諸多方面評述了這部改編自莎士比亞戲劇的電影。本書收錄的最後部份，大都是根據英國莎士比亞戲劇改編電影的評論，因金庸對莎士比亞尤其崇拜，更作了深入的研究，故談起來得心應手，如數家珍，對電影改編的優劣評述十分精闢而切中肯綮。

三

上世紀五十年代上半葉，是電影這門藝術處於繁榮的黃金時代。從早期的默片到有聲，從黑白到彩色，此時正跨入一個突飛猛進的新階段。新技術的普遍運用帶來電影自身各方面的突破，諸如鏡頭運用、蒙太奇剪輯、敍述的變化，以及演員表演，等等。電影的內容與形式都煥然一新，更上一層樓。隨着電影的成就，為普羅大眾所歡迎，它也在文化潮流和趨勢中擔當了重要的角色。

從某種意義上說，金庸是一位時代造就的藝術幸運兒。從撰寫影話專欄開始，他幾乎每天必須看一部電影，每天為報紙撰寫一篇千字的電影評論，這迫使他必須全身心地投入到電影研究。作為一名小編輯，這是謀生的需要、職業的要求，他責無旁貸，必須完成。作為一位專欄作者，這也培養出他自己的興趣和追求，是最佳的學習和練筆的機會。誠如他在《無敵火箭彈》（一九五一年十月一日）中發出的感嘆：「好片子，看了寫寫，倒還有意思，不三不四甚至莫名其妙的壞片子，也非寫不可，這是討厭之極」；他將自己比喻為「職業照相師」，「美、醜、賢、愚、牛鬼蛇神都得拍攝，談不上甚麼興趣不興趣」。從一九五一年的《馥蘭影話》到一九五七年姚嘉衣的《影談》，歷經數年不間斷的觀看、寫作、研究，金庸從專欄影評者逐漸成長為專業的電影工作者。從當初默默無聞的報紙編輯，通過知識的積累和勤奮的學習，踏入片場，終於躋身於香港電影界聞名的編劇和導演之列，相繼推出了膾炙人口的《王老虎搶親》和獲得中華人民共和國文化部首次頒發最高獎項的《絕代佳人》。

對蜚聲世界文壇的金庸而言，撰寫「影話」和拍攝電影獲獎都只是其創作歷程的起步階段。從最初每天的千字小方塊到最後近九百萬字（八百六十四萬字）的煌煌小說巨著，從影話專欄的肇始到真正成為聞名的電影編劇和導演，再到十五部小說扛鼎之作的問世，金庸才真正建造了自己文學王國的輝煌殿堂。從最初的「影話」到「影談」，到製作出具有專業水平且獲獎的電影，這既是一種默默耕耘的積澱，也是一種從量變到質變的厚積薄發，而這些積澱和迸發，又為更大的飛躍打下了堅實的基礎，成就了最後集大成者的小說。

細讀金庸影話，我們可以探究其千絲萬縷的文字血脈延續和基因式的成長構成，有助於更深地探究金庸小說，這堪稱為一項專門研究的課題。十分遺憾，一般的金學研究者往往都忽略了這個極為重要的環節。我以為，金庸之所以被譽為新派武俠的弄潮兒、引領一代潮流先鋒，其最大的特點，也是跟傳統武俠小說截然區別的，不僅僅在於主題、人物、情節構思方面，更為重要的是採用了現代化表達方式。他將電影中的諸多新潮表現手法，引入到文字表達中，這點甚至是同時代武俠小說創作者都難以企及之處，也是金庸之所以能獨樹一幟、鶴立雞群的亮點。如《神鵰俠侶》第三十九回《大戰襄陽》、《天龍八部》第五十回群雄同遼軍對峙，蕭峰捨身就義，以及《射鵰英雄傳》的丐幫比武大會。金庸對這些場面的描寫駕輕就熟，運用得心就手。從遠到近，從大場面的宏觀視野到微小細節的描寫刻劃，有條不紊，層層推進，時而拉開來，讓人觀看到大場面的瞬間變化，時而又推近到具體人物的表情顯露和言行舉止上。遠景、中景、近景，乃至特寫鏡頭，有交叉，卻不混亂；有變化，卻不單調；讀者跟隨金庸的筆鋒四處游弋，恍如跟隨着電影攝影機的鏡頭觀察到一切。顯然，這一切應歸功於他初期接觸和學習到的是電影，當時最新的藝術類型，並從中學習到諸多的新知識、新技巧和新的表達方式、新的表現手法。除此之外，從金庸影話也可以探尋其武俠小說所受影響的蹤跡。僅舉一例，〈單純美麗的愛情——談《南海天堂》〉（一九五四年四月二日）。這部電影的大致情節是：兩個孩子因所乘的船失火而流落荒島，「住了十年，結成夫婦，生了一個孩子。他們決定離開這荒島，使孩子接受教育，於是造了一隻帆船，漂流數日，終於在危難中得到了救援」。這不禁令人想到金庸日後創作的《倚天屠龍記》，以及張無忌和他的爹娘、義父金毛獅王謝遜共處的冰火島。

金庸的「影話」、「影談」專欄文章近千篇，每篇一千字，約一百萬字，若加上他用「林歡」筆名翻譯和撰寫的電影評論文章，以及在《長城畫報》上發表的影評，篇幅和字數更為可觀。本書只是採擷其中約十分之一結集成書，肯定是掛一漏萬，難免有不當之處，目的在於抛磚引玉，希冀眾多讀者和研究者去查閱和研究更多的金庸影話。

承蒙查林樂怡女士的同意和明河社的授權，筆者有幸編選本書得以出版，謹此表示最衷心的感謝！

目錄

第二輯　子暢影話

第三輯　每日影談

第四輯　影談

第一輯　馥蘭影話

拍片的時候

有一個時候我很喜歡到電影製片廠去看拍片。我的主要目標倒並不是去看男明星的真面目，或是去學女明星們的派頭和風度，而是對於拍片的過程抱有很大的好奇心。因此我在片廠中常常可流連好幾個鐘頭而不感到厭倦，即使等了一兩個鐘頭而仍看不到拍一個鏡頭，我也不會感到不耐煩，因為就在沒有拍攝時，也仍有許多動作可看。

製片廠的外表一般都不怎麼堂皇，多是像一個普通貨倉，到了裏面，也覺得凌亂不堪，佈景的周圍上下既然凌亂，來往工作的人們似乎也很凌亂。有時站在旁邊冷眼旁觀，真看不出到底誰在等誰，但又似乎每個人都在等待着甚麼。後來當我對拍攝過程有了較深刻的了解後，才知道竟有那麼多問題需要解決，把攝製電影稱為現代工業之一種，真是名正言順。

攝製一張電影的工作，通常可分為四個階段：第一，劇本的寫作；第二，拍攝的各種準備工作，如擬預算，設計佈景服裝，找外景地點，選聘技術人員和演員等；第三，實際拍攝；第四，洗印剪接。我們到片廠去參觀，一般只能看到第三個階段的進行情形。

我們將看到佈景已經照佈景師的設計搭好了；房間只有兩面或三面牆，多半沒有天花板，窗外的背景多是畫的；燈光也由站在「天橋」上及地上的工人照攝影的吩咐打好了；攝影師也把攝影機擺好位置，選好了鏡頭角度；在化妝間裏，演員們正在塗油彩，以便更能「上鏡頭」，管服裝的早已把不同的服裝交給演員們穿上了；在錄音室裏，錄音師也把聲帶膠片及錄音機器準備停當。

於是，導演即開始向演員們解釋這一場戲的動作與表情，接着演員們就在實地開始排演，一次又一次，直至導演滿意為止。在這個時候，「場記」就須注意，把佈景地點，所用道具，人物化妝位置，所說對話等詳細記下來，有時導演也須參考場記的紀錄，因為拍攝電影各場鏡頭的次序不一定都是順序的，有時可能先拍死後拍病，或先拍離婚後拍結婚，要看佈景及其他因素的方便而定。場記紀錄的主要用處就是要使影片的備場鏡頭能接續下去，所以在英文中，場記就叫 Continuity（連續）Girl（這裏指的是女性場記）。

排演滿意後，導演就可下令按鈴警告開始正式試演了，攝影師對好光度，量好距離，一切都如正式拍攝時一般。場子裏靜極了，只能聽到演員們動作說話的聲音。

接着就是按正式拍攝的鈴警告，大家都以緊張的心情在等待導演或副導演喊出：「開麥拉！」（Camera）

「割脫！」（Cut）導演又喊了，大家鬆一口氣，如是「OK」，那麼這個鏡頭就算拍完。如不幸，

導演接着說：「Take Two」，那麼一切又得重來過了。

一九五一年六月二十八日

好萊塢的恐慌

倫敦快訊社記者麥克．柯爾最近連寫了好幾篇好萊塢通訊，一篇題目叫做〈恐慌的城〉，提到美國影都好萊塢的三大恐懼，據說第一個恐慌是電視（也有譯為「傳真」，英文簡稱為TV，或Video）。由於電視的機器日益進步，電視的廣播節目日益精彩，喜歡呆在家裏看電視而懶得去看電影的人，數目也漸漸多起來了。這是個新威脅，在不久的將來，電視節目中可能大規模廣播故事影片，並且把電影明星吸引到電視事業中去。

第二個恐慌是從「票房」（好萊塢的術語叫「BO」，即Box Office的簡稱）裏來的。美國看電影的人，兩年來一直在激減，據好萊塢大亨鄭弩克說，單單二十世紀霍士公司所控制的一些戲院，減少的人數已達五千萬名之多，而他們所控制的戲院卻只佔全美一萬五千家中的六百家。電影觀眾的激減是影響到各種影片的，甚至連好萊塢認為是第一流的好片也一樣受影響。因此好萊塢恐慌了，二十世紀霍士公司已經開始實行減薪。鄭弩克認為好萊塢影業已低落到最低潮。名製片人克萊默說，到了明年如果電視機多了一倍的話，那麼電影觀眾可能還要減少一半。

好萊塢人的第三個恐慌是劇本荒。由於電影觀眾數目的激減，好萊塢製片商漸漸也了解再不容易用粗製濫造的方法騙到錢了。過去，當他們沒有好戲拍的時候，就向其老法寶求救：拍歌舞片（也就是大腿片）和西部片（就是打鬥片），可是這兩年來，這個法寶似乎也失靈了，因此好萊塢製片商更感到恐慌了。

在攝製影片的過程中，無疑地，劇本是首先需要解決的問題，有了好劇本，其他的問題即較易解決。所以據說好萊塢曾有一個從來未為影片公司寫一個字的名編劇家，他每年只來好萊塢一次，而來到製片廠中就只是講一個故事，可是電影公司方面卻認為以高薪僱用他是非常值得的。為甚麼會發生這種現象呢？這是因為電影需要好故事，尤其是如好萊塢，人力財力一切都已齊備，只欠一個好劇本。

當然，好劇本又談何容易，古往今來世界各國的文學遺產中也並沒多少「好故事」。據說香港電影界目前也一樣鬧劇本荒，由於政治局勢的變動，也就更增加了寫劇本的困難。譬如要在香港攝製一張票房收入較好而又不違背良心的片子，那麼便不得不同時顧慮到南洋與國內市場，國內觀眾的要求要顧慮，南洋各地檢查官的尺度也要顧慮，另外並得顧慮教育的意義、主題正確、觀眾欣賞水平與趣味、拍片的成本、技術的限制等。最可悲的就是：好萊塢的那一套爛調已經在沒落中，而香港卻仍有人把它們當做寶貝，照抄亂模仿一氣呢。

一九五一年七月十一日

外國人說中國話

由於國泰戲院的介紹，蘇聯影片時常在香港放映。因為中國人懂俄語的極少，所以蘇聯影片常附帶有幫助觀眾了解劇情的配製，一種是片上字幕，一種是國語對白。片上字幕歷史較久，從前比較好的英語片在上海放映時都附有片上字幕，現在我們在景星戲院看電影時，就常會遇到這種片子，如《金石盟》（*Kings Row*, 1942）、《長恨歌》（*The Constant Nymph*, 1943）等。蘇聯片有片上字幕的也時常看到，《金鑰匙》（*The Golden Key*, 1939）就是如此。現在有國語對白的蘇聯片逐漸多起來了，像《列寧在十月》（*Lenin in October*, 1937）、《小司令》（*Timur and His Team*, 1940）等。

小表妹看到蘇聯演員說中國話，而且說得很好，她總感到奇怪。是蘇聯演員學會了說中國話麼？當然不是。那是「東北電影製片廠」或「上海電影製片廠」配音複製的。

一部影片除了畫面之外，如果你有機會看到放映用的拷貝，還可看見在片子邊上有幾條彎彎曲曲，粗細濃淡不同的線，那就是聲帶，放映時電力把「光」轉為「聲」，聲帶的濃淡粗細表示聲音的強弱高低，原理和留聲機唱片上的凹紋相同。

聲帶有好幾種，一條是對白聲帶，一條是音樂聲帶（收錄全片的音樂），一條音響聲帶（收錄飛機聲、風雨聲、汽笛聲、敲門聲等音響），一部完整能放映的片子是把這三種聲片與底片一起拷貝出來的。

在配音複製時，先得翻譯劇本，這比翻譯文學作品要困難得多，因為要顧及「口型」及說話的時間。比如俄語說「是」的聲音是「達」，是張口發音的，我們說「是」是閉口的齒音，翻譯若就把這字翻為「對」，發音口型就比較一致。此外，時間的因素也很重要，否則演員的嘴巴早閉了，聲音還在喋喋不休，或者演員的口在動，「國語」卻說完了。

配音的導演與演員只要把握對話的情緒，用不着顧及到動作表情。據上海一位電影界的朋友寫信告訴我，他們在配音前先把全片看上十幾遍，對每一個鏡頭都看得熟透，劇本上的對白也讀熟了，便分段看片，對口型，反覆十幾次的放映這一段片子，一次一次的照着畫面上的人說話，同時對中國話。起初是不容易對準的，多次研究改正後便行了。對上口型還得掌握情緒，要從聲音中表達出劇中人的情感，這比對口型還要難，是要配音演員的情感與劇中人的情感融合為一。《艷曲櫻魂》（*Song in Tears*, 1950）李香蘭說的日本話，在香港配了國語，只配聲音而不配情感，談情說愛時好像在吵架。

有時開門聲、倒茶聲是和對白同時或連續在對白中發生的，原片是收錄在一條對白聲帶上，因為原片對白聲帶不用，而這些音響必須保留，配音時就須把這些音響（舞台上稱為「效果」）同時和對白一道做出來。

一般新聞片都是拍好之後把說明詞配上的（只有要人的演說偶有例外），所以如果複製蘇聯新聞片，用不着對口型。這和故事片拍好後配錄音樂一樣，都稱為「後期錄音」。

香港常有國語片配上粵語放映的，原理都相同，成績就依工作者的努力程度而大有差別了。

一九五一年七月十八日

史坦尼斯拉夫斯基體系

初看電影的人，注意的是故事是否緊張熱烈，或者哀感頑艷；等到看電影看得多了一些，對電影的知識也豐富了一些，與朋友們談起電影經來時，就會看重演員的演技、導演的手法、剪接、聲光等等技術性的問題；如更進一步，對電影有再深一層的了解，就會覺得最重要的其實還是故事。

故事的好壞是因立場而決定的，美國資本家覺得非常好的電影故事，拿到蘇聯或中國去放映時，恐怕不免受到嚴厲的批評；同樣的，一張受到褒獎的蘇聯片或中國片大概會因故事關係而不能在美國放映。就像在香港吧，前幾天在國泰放映的《怒海雙雄》（*Two-Man Submarine*, 1944），我有幾位朋友覺得好得了不起，另有幾位卻說無聊，這也是指故事而言的。至於演技，雖然在資本主義社會與社會主義社會裏的看法並不盡同，但大體說來並沒有很大的距離。如蘇聯片《母親》（*Mother*, 1926）的主角白蕾諾夫司卡雅（Vera Baranovskaya），蘇聯人說好，美國人也說好；美國明星差利・卓別林（Charlie Chaplin）、保羅・茂尼（Paul Muni）等，美國人說好，蘇聯人也說好。事實上，關於演技的理論，全世界是一致的，非但蘇聯、中國等國家中的電影工作人員以史坦尼斯拉夫斯基體系作為演技的原則（北京、上海的電影演技中，都以史氏體系為主修課程），就是好萊塢、倫敦、巴黎、羅馬各地的導演，演員也都重視史氏的原理，只是由於資本主義電影生產中各種條件的限制，無法真正依照他的原理去做吧了。

史坦尼斯拉夫斯基（Konstantin Sergeyevich Stanislavski）的理論說起來很複雜，以中文已有的譯本來說，已有厚厚的幾本，英文譯本也不少，他的理論我不敢說全部都懂，大致說來是這樣：

必須先明確地建立戲的主要意念，確立這戲的發展過程，以及它所要奔向的目標；然後確定劇中每一個人的發展線索，彼此之間的相關與相依，以及各人的戲與主角的相互關係與相互從屬。

史氏反對一切刻板的東西，例如捶胸表示悲哀、把手按在心頭表示愛情等等，他認為這是與演員所飾的角色的生活發展沒有關係的，對這種表演，他常常加一句批評：「我不相信你！」這句批評是很有名的，表示他認為所有的表演必須從真正的情感出發，必須是有血有肉的真實生活。

他認為演員的表演必須從需要到慾望，從慾望到感情，到思想，到動作，到事業，那就是說心中有了那種感悟，不由自主地發生了動作。如果演員為了演某個角色，從理智出發，客觀地決定他的動作、音調、表情應當如何如何，那演出來的是「戲」，是不夠真實的。

再者，史氏認為肉體運動比對話重要。

一九五一年八月五日

蘇聯電影的喜劇

上星期國泰舉辦「蘇聯電影選映週」，以每天一部的方式放映了《怒海雙雄》（*Two-Man Submarine*, 1944）、《人民之女》（*Maryte*, 1947）、《遠在天邊的未婚妻》（*Under Sunny Skies*, 1948）、《有情人終成眷屬》（*Arshin Takes a Wife*, 1945）、《丹孃》（*Zoya*, 1944）、《小司令》（*Timur and His Team*, 1940）和《江湖奇俠》（*Nasreddin's Adventure*, 1943）。除了其中三片是我以前看過的之外，另外四張片子我都趕去看了。

這七張片子中倒有四張是喜劇：《遠在天邊的未婚妻》、《有情人終成眷屬》、《江湖奇俠》、《小司令》，前三張喜劇意味尤其濃重。最近為了《誤佳期》（一九五一）的映出，更有許多人討論到是否可用喜劇形式來表現重要事物的問題。

我認為是可以的。這不是我老三老四的認為，是蘇聯電影界的批評家與理論家們經過一度討論而肯定了的原則。

莎士比亞、莫里哀（Molière）和勃馬爾斯都曾以喜劇作品使觀眾注意當前最迫切的問題，在俄國，格里波也多夫（Alexander Griboyedov）的《聰明誤》（*Woe from Wit*）和果戈里（Nikolai Vasilievich Gogol）的《欽差大臣》（*The Government Inspector*）迄今仍舊是諷刺喜劇無與倫比的典範。凡是涉獵過中國喜劇史的人都知道，小丑是諷刺政治最大膽也是最有效的發言人（如優孟）。

蘇聯電影中喜劇作品非常多，自最早的《安全火柴》（*The Safety Match*, 1954，根據契訶夫〔Anton Pavlovich Chekhov〕的作品）起，一直發展下來，喜劇《快樂的人們》（*Jolly Fellows*, 1934）在一九三四年威尼斯世界展覽會上獲得了世界第一獎。到今日，蘇聯電影的喜劇作品還是在源源生產出來。

蘇聯電影的喜劇與資本主義國家（以美國為例）電影的喜劇有一個顯著的不同點，美國表現「可笑的人」，蘇聯表現「愉快的人」。在卓別林的戲裏，一切都是可笑的，然而沒有任何樂觀愉快的東西，其中深浸着冷淡、悲傷、憂鬱的調子，因為在那個社會中，不論是富翁或窮人，都難得有真正的愉快。至於如卜合（Bob Hope）、高腳七、矮冬瓜、羅路哈地（Laurel and Hardy）等低級的滑稽，更完全以「可笑」為喜劇的內容。

蘇聯喜劇的主要內容是愉快地肯定生活，表現好的新的，同時也把壞的舊的示眾（如《未婚妻》〔*The Country Bride*, 1938〕中諷刺那個耽誤了事情的球迷電報員），其中決不故意歪曲而褻瀆人的尊嚴或某種職業的尊嚴。

其次，蘇聯的喜劇是與自然的生活結合在一起的。道理越自然，喜劇的效果也越強，不能破壞生活，不能從生活中簡單提出可笑的，把「可笑的」與各種生活情況的悲劇性脫離開。

最後，蘇聯的喜劇不脫離群眾，不是一個傻瓜獨來獨往地裝模作樣。因為一個人孤獨的時候發笑是不大自然的，人越多，笑就越痛快，越有傳染性，越有力量。

要用喜劇形式來表現這裏的生活，強調愉快當然是不可能的，因為生活中並沒有愉快，但可以強調樂觀。

製作《快樂的人們》的亞力山大洛夫（Grigori Aleksandrov）曾以馬戲團為例，說只有最經驗的老手，才能在表現技藝時裝作笨拙，他說：「使人發笑的藝術——我想，這是最難的藝術之一。」

一九五一年八月十日

中國文化的遺產

我國電影在內容上雖然已走在好萊塢的前面，但談到技術，不可諱言的還落在蘇聯、意大利、法國、英國、美國諸國之後。前幾天看了蘇聯電影巨匠愛森斯坦（Sergei Mikhailovich Eisenstein）兩本論文集的英譯本：《電影感》（*The Film Sense*）與《電影形式》（*Film Form*），在感動他的博大精深之後，因他兩篇文章中提示而想到如能好好發揮我國文化上的傳統，對於電影的貢獻將是多麼巨大。

愛森斯坦在〈電影原理與象形文字〉及〈感覺的同時發生〉兩篇文章中都提到了中國的文字，他認為，電影藝術的根本就是「蒙太奇」，而中國的文字正是蒙太奇的絕好表現。

甚麼叫「蒙太奇」？那就是將許多攝成的鏡頭連接起來的藝術。蘇聯的電影理論中特別強調蒙太奇。蘇聯另一位大師普多夫金（Vsevolod Ilarionovich Pudovkin）曾舉過一個著名的例子。假使有三個鏡頭：（一）一個人微笑，（二）有人拿手槍指住他，（三）他恐懼；倘若電影照這個次序放映，觀眾就覺得這人是懦夫，但把這三個鏡頭次序一顛倒：（一）一個人恐懼，（二）有人拿手槍指住他，（三）他微笑；觀眾就覺得他是個很勇敢的人。可見最重要的不是演員的演技而是蒙太奇。

愛森斯坦以中國的文字為例，如「鳥」加上「口」，就表示了「鳴」的意義，「犬」加上「口」，就表示了「吠」的意義，這種「會意字」的表現手法就是電影的原理——以個別鏡頭組成一種傳達給觀眾的意義。

他還舉日本的俳句來說明，一則我們（包括我自己及大部份讀者）對日本的東西不大懂，再則日本貨要來香港的問題鬧得正起勁，想到日本就討厭，我想依據他的意思而用我國的例子來解釋一下。

電影的重要原理之一，是用形象來激起觀眾的感情。我國詩詞中不知道有多少好的例子。表現相思如：「落花人獨立，微雨燕雙飛」；表現愴涼如：「斜陽外，寒鴉萬點，流水繞孤村」；表現豪壯如：「千嶂裏，長煙落日孤城閉」；表現沖淡如「寒波澹澹起，白鳥悠悠下」；表現蘊藉如「日午畫船橋下過，衣香人影太匆匆」，真可說是舉不勝舉，馬東籬《天淨沙》小令是最好的範例，以許多景色：枯藤、老樹、昏鴉、夕陽西下，來表現一種意境，電影的手法就是那樣。（愛森斯坦舉的俳句例子：「一隻寂寞的烏鴉，棲在光禿禿的樹枝上，一個秋晚。」可能是剽竊前者的。）

他還談到圖變，也是日本的例子，倘使他能還活着而有機會看到我國敦煌的單幅連環畫（如太子捨身餵虎的故事、強盜被俘處死超度成佛的故事），我想他一定會覺得這與電影的關係更密切。

愛氏在談電影的辯證法時，提到我國的金木水火土、宮商角徵羽、陰陽、太極。這些我完全不懂，從前只看見胖子表哥天天打太極拳，但仔細研究，相信其中一定是大有道理的。

一九五一年八月十六日

移動鏡頭和疊印

連日陰雨，今天突然晴朗，與小表妹在石澳游了大半天水。遊興未盡，吃過晚飯又到月園去看魔術、坐飛車，玩得太高興了，連長城公司試映《禁婚記》（一九五一）也沒有去看。這裏我要答覆兩位讀者關於技術上的三個問題。

許昭銘先生問到「搖鏡頭」與「跟鏡頭」是甚麼意思（其他的問題下次再答）。跟鏡頭是指攝影機一面移動一面進行拍攝；搖鏡頭是指攝影機的位置固定於一處，而將攝影機本身作上下左右移動的攝影方式。這種移動拍攝的最初目的是因為人或物在運動着，攝影如固定一處，便不能把它描寫清楚。比如在《誤佳期》（一九五一）中，李麗華與韓非到山頂去散步，如果攝影機停着，那麼這兩個人勢必越走越遠，人越來越小，觀眾就看不清楚了，所以一定要追隨運動的對象進行拍攝。在美國的偵探片中，常看到警察坐着汽車風馳電掣的追逐盜匪，當然是攝影機也裝在汽車上拍攝的。

移動鏡頭在電影上的性能不只是如此，它還有很複雜的運用，比如描寫連繫着的事物，間接描寫連繫，創造氣氛，創造陪同着的運動感等。希治閣（Alfred Hitchcock）導演的《奪魄索》（*Rope*, 1948），從頭至尾全部是跟鏡頭，許多批評家說這是他的一種新創造。其實跟鏡頭的濫用，使電影非常接近舞台，會喪失電影的表現技巧與特殊性能。希治閣這種辦法在一張影片中偶一用之，或許會使觀眾們覺得新奇，如經常使用，就是電影技術的退化。

李子文小姐，妳的問題答覆如下：

「軟焦點」是故意用焦點外的攝影，使形象模糊。有過照相經驗的讀者一定知道，在拍照時如果距離算得不準或者被攝的對象在焦點之外，那麼洗印出來的相片就會很模糊。電影中有時故意需要模糊，用「軟焦點」來拍女性的特寫，以造成調子柔和的畫面，此外也有用於花木的特寫，春天的描寫，以襯出愛情場面的氣氛。

「疊印」是把不同的兩個或數個鏡頭疊印在一起。表示想像是最普通的一個用法，電影中一個人在思索，邊上出現了另一個人，或者出現了思索者自己過去的形象，觀眾就知道他是在思念這個人或者回憶自己的過去。還有表示緊張熱烈的，如《誤佳期》中韓非吹喇叭賣肥皂與李麗華釘木屋的鏡頭疊印在一起，韓非一家人包餛飩的各種鏡頭疊印在一起。疊印還可表示一種概念，如蘇聯片《鄉村女教師》（*The Village Teacher*, 1947）中，有好幾次以地球轉動的特寫表示時間的進行，在沙皇被打倒後，地球又轉動着，這時疊印上蘇維埃的旗子，表示時代已經改變了的概念。在片頭的字幕下，常常可以見到疊印着與故事有關的畫面，先給觀眾一個印象。

我在「影話」中很少批評一張片子在技術上的優劣，因為我覺得英國電影研究所所長羅吉．孟維爾（Roger Manvell）的話很對，他認為現代電影中的工作人員都已高度專業化，一般片子在技術上都達到了相當水準，片子的優劣根本是在內容。

一九五一年八月二十一日

全身的和諧

這幾天我們家裏大家天天笑得一塌糊塗，原因是為了茱娣・荷梨迪（Judy Holliday）。嬸母如說，「阿玲，下來洗澡。」小表妹一定學《絳帳海棠春》（*Born Yesterday*, 1950）中那個傻女，大叫一聲「嘩！」因為我曾轉述美國《指南針日報》中的影評，說茱娣扭屁股的樣子是全世界獨一無二的，他們看我走路就故意哈哈大笑，真是害死人。

茱娣・荷梨迪的戲為甚麼演得這樣好呢？她與別的演員有甚麼不同的地方？據我個人意見，這是因為她全身有戲。普通演員，在電影中大致只注重臉部的表情，導演在處理時，也常常只有這個人臉部的特寫。臉部的表情是演技中最重要的一環，那是沒有問題的，然而這雖然是表演中最重要的一部份，卻並不是全部。

好的演員，常常不是只靠顏面的表情，他決不受「面向觀眾」的教條束縛，他的背部也是表情工具的一部份（《指南針日報》的批評中就指出了茱娣背部的表情）。比如悲哀，背面兩肩的聳動就可充份顯示出來，而這些動作又是全身和諧的。京戲中或廣東大戲中的名伶一亮相就吸住觀眾的原因之一，是由於全身各部的和諧。在《絳帳海棠春》中，茱娣聽收音機的幾個鏡頭，全身的扭動顯得十足的「十三點」相，然而自頭至足，無一不美。

以圖畫為例吧，波蒂契里（Sandro Botticelli）的《愛神的誕生》，以及宗教名畫《受胎告知》中，那溫柔虔誠或羞怯的表情那裏只限於眼睛與嘴？不說身體的姿態，就連衣褶也是溫柔的。希臘雕刻的「三女神」雖然頭部殘缺，對於所謂矜貴表情的形成，那身姿和衣裙起着多麼重要的作用。中國的佛像，絕大多數的身姿和衣褶是形成優雅和莊嚴的重要因素。「行雲流水描」的筆法，也都是為了構成與神仙風度的和諧而使用着。梅蘭芳先生的水袖所以聞名於全世界，大概也是這個原因。

叔叔書齋裏有一本宋朝郭若虛的《圖畫見聞誌》，其中有一個故事很有趣：

吳道子畫的鍾馗，筆跡遒勁，稱為絕手，蜀主孟昶得到後極為寶愛。有一天孟昶對畫家黃筌說，鍾馗假使用拇指去挖鬼的眼睛，那麼更見有力，要他去改一改。黃筌把畫拿去看了幾天，另外畫了一幅鍾馗，那是用拇指挖鬼眼的。孟昶說，只要你改，為甚麼另畫？黃筌說：「吳道子所畫鍾馗，一身之力，氣色眼貌，俱在第二指，不在拇指，以故不敢亂改也；臣今所畫雖不逮古人，然一身之力併在拇指，是敢別畫耳。」

這故事雖不一定可靠，但很可以拿來比喻演技，即每一個動作，全身的體態都與之配合。凡是看電影看得比較多的讀者，一定還有過經驗，有時看一個演員的表演覺得有說不出舒服，在我，看石揮、愛德華・魯賓遜（Edward Robinson）、保羅・茂尼（Paul Muni）等人時就有這種感覺。仔細分析起來，內心與外形的一致，全身各部份的和諧，是最重要的因素，而茱娣・荷梨迪，也正具備了這個因素。

一九五一年八月二十八日

電影中的音樂

昨天叔叔請昆明人楊先生吃雲南菜汽鍋雞，我是陪客，所以請客，是因為上次我在〈真正的影話〉一文中引述叔叔的話，講昆明電影院中「講演人」的笑話，這位楊先生看到後，非要他請客不可。結果我和叔叔一搭一檔，大讚汽鍋雞和雲南米線的美味，吃完後這位楊先生搶着會賬。

在映無聲片的時候，我國有些地方的戲院中固然有人解釋，其實外國電影院中也有這種情形。更普通的則是有一個人彈鋼琴配音，比較大的戲院除鋼琴外還有小提琴和大提琴，甚至有整個樂隊。演奏甚麼曲子完全由樂隊指揮決定，最初是隨便演奏整個交響曲之類，不久就發覺，用情調悲愴的樂曲來配喜劇片子，或是用活潑輕快的樂曲配悲劇片子，實在不太合適，樂隊指揮慢慢選擇情調類似的音樂去配電影。當時各大戲院選擇樂隊，主要的不是根據它的技巧和風格，而是看這樂隊會演奏的樂曲多寡而定，因為樂隊指揮事先沒有機會看到電影的放映，而是和觀眾同時看到電影，隨即迅捷地決定用甚麼音樂。

為了解決這困難，有些電影公司印行了一些短短的曲子，標明「愉快」、「淒涼」、「輕快」等等，以備隨時應用。更後來，有些片子有了特別製作的音樂。但一般說來，配的音樂都是即興之作，有的樂隊指揮準備了數百種小樂曲，如「馬匹狂奔」、「追逐」、「失望」、「危險」、「勝利的進軍」、「溫柔的愛情」等等，片上出現甚麼場面，就有甚麼音樂奏出來。

電影上的過程是很快的，比如「追逐」、「危險」等等情形，最多一兩分鐘就過去了，樂曲因之也無法充份「發展」，決不能像一般高級的音樂那樣依照規定的來起承轉合。雖然如此，音樂的配奏還是很重要，因為電影根本是一種「運動的藝術」，而音樂和運動是有密切關係的。舉一個例，要跳舞而沒有音樂，那是不可能的，欣賞圖畫卻不必要音樂伴奏。

到有聲電影發明後，配樂的問題都慢慢解決了。在電影中，音樂的任務不應該純是解釋，而是推進行動，連接兩部份的對話，聯繫思想的發展過程，增強故事中情緒上的高潮，有時則是鬆解緊張的心情等等。蘇聯大導演普多夫金（Vsevolod Ilarionovich Pudovkin）把電影音樂的作用更提高了一步，作辯證法的運用，例如故事中雖然顯得人民失敗了，但配的音樂卻越來越雄壯高昂，暗示他們的力量在暗中增長。

一九五一年十月十五日

《西線無戰事》

「如果你不害怕，」叔叔朝我笑笑：「你可以去看一場《西線無戰事》（*All Quiet on the Western Front*, 1930），二十年的老片子了，當時你還在地上爬。」

「不怕，」我接着加上一句：「讓丁謨跟我一起去。」

雷馬克（Erich Maria Remarque）的原著在學校看過的，對於當時德國青年生命的浪費，委實令人同情。但電影更使人感動，丁謨用肘子碰碰我，低低地說：「瞧，他們在擦眼淚！」我稍微回頭，就看見旁邊那位士兵在抹淚水。

戰鼓、馬隊、炮車、旗幟，「康」先生的煽動，德國的孩子們出發上前線，他們都有一個勇敢、美麗的夢，但這些都在戰場上無情地毀滅了！通過主角「保祿」（廖．雅利士〔Lew Ayres〕飾），一連串鏡頭逼人而來，那些兵士是如此單純與無知，在前線受盡老兵的作弄，飢餓與恐怖，使有些兵士在戰鬥中發了神經病，瘋狂地向壕外奔去，跟作戰一樣，受傷、掙扎、死亡……

他們終於喊出了胸中的苦悶：

「我們為了甚麼拚命？」

「那是為了資本家，為了資本家要發財，對我們老百姓一點好處都沒有！」

「我們無仇無冤，」一個說：「為甚麼要互相殘殺？」

「我錯了，希望你們不要再錯，」一個垂危的孩子在傷兵病院裏哭泣着向他的戰友們說，不久他就永遠閉上了眼睛，而在死前把一雙上好的皮靴送給他的老友。

他的老友悲痛地回到隊伍，開上戰場，穿上那雙亡友贈予的皮靴——走向死亡！

導演處理面對絕望的戰爭而引起的士兵心理的分析是頗為細心的，他們最大的願望是一頓豐富的晚膳，一個香甜的睡眠，在糊裏糊塗中切斷了青春的生命。

保祿在彈坑中手刃一個法國兵，有着細膩的描寫，他初次感到殺人的恐怖，以及對被殺死的敵人感到懺悔：「我們中間沒有仇恨。」他想救他，可是不行了，他翻開他的口袋找出他的地址和妻兒相片，答應照顧他的遺孤。

結果，保祿給法國狙擊手打死了，導演似乎有意處理這個鏡頭，那是戰鬥過程中老兵答覆新兵的話：「戰爭嗎？那就是殺人！你殺死旁人，旁人再把你殺死！」

全場在嚴肅，悲愴中一氣呵成，戰鬥場面慘烈，輕鬆的地方也不少，三個兵士去找女人那一場戲令人回味，但並不像今天的美國片那末「黃」。

「反戰」的「人情味」似乎二而一的，片終一望無際的十字架，死亡的士兵隊伍向「天國」行進，卻向後來者頻頻回顧，那場面使全體觀眾都要打冷顫。

西線不會再有戰事麼？我想誰都不敢肯定地回答，但如果再有大戰，其結果一定也與這張片子所描寫的一樣，二十年前的片子竟像一場新聞片！

一九五一年五月十六日

《百戰寶槍》

槍，槍，槍，短槍，長槍。對於喜歡（或者活得不耐煩，需要）看打槍找刺激的人，《百戰寶槍》（*Winchester '73*, 1950）這一片大概可以過一下癮了。不但這個戲是由槍開始，也以槍結束，而且連主角也是一桿槍：一八七三年溫徹斯特式步槍（也就是本片的英文原名）。

一桿槍貫串了整個故事。最初是在美國西部一個小城的射擊比賽中，林．麥克阿丹（占士．史超活〔James Stewart〕飾）贏得一桿當時美國著名的那種步槍，那槍隨即被他仇人亨利搶去，其後輾轉落入酒店老闆，印第安人酋長，一個自私的未婚夫（當然有個美麗的未婚妻，也就是點綴本片的「佳人」），一個慣匪等各人之手，結果又為亨利所得，最後經過一段相當長的槍戰，林把亨利打死，報了仇，名槍終屬英雄。在劇末編劇者又耍個小噱頭，告訴觀眾說，林與亨利原是兄弟，亨利不肖，竟然弒父，因此林才要那樣追遍天涯海角為父報仇。

這個戲的故事不知最初是誰想出來的，倒是很能配合好萊塢製片商的生意經：觀眾既然喜歡看打槍，那麼何不乾脆拍一張集打槍之大成的打槍片？於是乎連主角都配在槍的身上了。全片打槍的場面是夠多的，有步槍的打靶比賽，有美國官兵與印第安人的大戰，有匪徒內鬨的手槍戰，有兄弟變仇人的殊死戰，甚至當你走出影院後，回想一下那片的內容，所記得的似乎就只剩下乒乓乒乓的槍聲了。

美國的西部片在世界影壇上是有名的，但也僅止於有名而已，好的極少，連好萊塢出版的電影雜誌也說美國只出過三部「偉大」的西部片。這主要是因為西部片多誇張過甚，離現實過遠，只好騙騙二十歲以下的小孩，以及相信美國月亮也特別圓的那種人。然而，由於好萊塢這類片子出得多，究竟熟能生巧，其玩弄觀眾「緊張」的技巧倒是相當出色。要使觀眾緊張，例須先佈下一個危險的局面，而後再叫毫不知情的善良主角走進去，使觀眾為他捏一把汗，而後再繼之以打仗，使主角的拳技或槍枝都比真壞蛋對手略勝一籌，終於把壞蛋打死，讓觀眾在緊張之後，也享受一下痛快的感覺，滿意地走出影院。

這一片在製造「緊張」情緒一點上是成功的，剪接的技巧無懈可擊。占士．史超活的戲路本來很寬，此次演西部片主角也很恰當，比看愛路．扶連（Errol Flynn）那樣滿臉孔的不可一世英雄氣概要舒服得多。因為他表現得誠懇善良，所以也就更加強了觀眾對他的同情，從而也加強了緊張的氣氛。

丁謨表弟為了去準備升學，昨天到廣州去了，不然我一定邀他同看。他是喜歡看西部片的，但他說他並不是喜歡看打架，而是喜歡看好人最後總是勝利，可給他一點快感和信心。相信他下次由廣州回來，再見面的時候，他就不會那樣天真了。

一九五一年五月二十二日

《火海登陸戰》

二次世界大戰結束以來，香港映過不少戰爭片，英國的、法國的、美國的、蘇聯的，已記不清共看過多少部了，我只有這麼一個印象：英美法的是一種，蘇聯的又是一種，前者着重緊張刺激，好像其最高目標就是要使女性觀眾不禁握緊拳頭，尖聲叫出「哎呀」，或「嘖嘖」驚嘆起來；後者則着重在闡釋戰爭意義，表揚愛國精神，主題比較明顯。

《火海登陸戰》（*Breakthrough*, 1950）就是一部典型的好萊塢戰爭片。雖然名為故事片，事實上只能算是半故事片半紀錄片，主要的只是「記錄」美軍一個連參加諾曼第登陸戰的一個戰役而已。作為着重表現的連長（大衛．白賴仁〔David Brian〕飾）和排長（尊．亞嘉〔John Agar〕飾）兩個主角，算是本片的兩根線，貫串全劇，附帶再加上一個班長及四五個小兵，這就是這張戰爭片的中心人物。說是描寫一個連的成長吧，卻並沒有指出各個階段的進步情形；說是描寫一個連對戰爭的貢獻吧，則又沒有給觀眾介紹戰爭的全局和該連所達到的任務。觀眾所看到的只是幾個美軍官兵在戰場大森林中的幾次冒險經過而已。

我說是「典型的」好萊塢戰爭片子，主要的就是指這方面。它不告訴觀眾這戰爭有甚麼意義，也不告訴觀眾這班年輕小伙子為甚麼要扛槍去殺人或被殺，以及他們在整個戰爭中的地位等。另外表現出「好萊塢性格」的地方就是在強調許多小噱頭，當然，更不會忘記推進一兩個女人沖淡戰爭的單調氣氛。這一片中所穿插的是些甚麼噱頭呢，主要的是在小兵中想辦法，譬如叫一個戴眼鏡的十九歲文弱青年，常常做出種種可笑的模樣，叫一個體格健美的兵士裝得過份專心鍛煉身體，又叫另一個表現得不關心戰友的死而更關心狗的死。可惜的是這些小噱頭無法與那些兵士的性格以及整個戰爭配合起來。至於法國女郎和酒吧間場景的出現則更顯然只是為了使觀眾鬆口氣，套用一句流行廣告術語，好讓觀眾的眼睛吃點冰淇淋，涼快一下。

美國的戰爭片和它的西部片有相同的一個優點，那就是剪接得好，手法經濟，快慢掌握得恰當，許多戰鬥場面尤其處理得十分逼真緊張。這一片中大場面（大戰場或大軍集中）幾乎沒有，一些小場面交代得尚乾淨利落，只是廣告上所吹噓的「火箭炮」卻看得並不清楚。還有中間穿插有若干紀錄片，也不甚調和。片前及片末都特別演奏美國炮兵歌「Over hills, over dales...」然而片中所敍述的一個連卻並不是炮兵連，未免配得有點牛頭不對馬嘴。

表妹年紀輕，對於現代戰爭武器見過很少，雜誌書報也少看，所以她看了倒覺挺新奇，我則覺得並不比過去所看的一些紀錄片給我更多的戰爭知識，雖然對於「好萊塢性格」倒是又增加了一點了解。

一九五一年六月九日

《紅菱艷》

《紅菱艷》（*The Red Shoes*, 1948）曾經得過三種獎：最佳藝術指導、最佳內景佈置、最佳音樂配音，都是關於技術方面的。是的，看完這片子，印象最深的就是它在畫面的構圖和配色方面的成就。

安徒生的關於紅鞋子的童話本來就是一首詩，根據它編成芭蕾舞，以彩色電影表現出來後，就更容易使人有讀一首浪漫派詩歌的感覺。這當然首先得歸功於麥高．包惠（Michael Powell）和奄美力．皮里士保澤（Emeric Pressburger）兩位導演，他們兩位已合作過好幾次了，都是以想像力豐富，洋溢着浪漫氣息（如《謫仙記》（*Gone to Earth*, 1950）、《空門遺恨》（*Black Narcissus*, 1947）等）見長。在這一片中因為中間大部份是芭蕾舞，應用想像力的領域就更廣了，許多畫面的構圖甚至還帶有超現實派的氣氛。

提到氣氛，《紅菱艷》中有好多段真是令人難忘，譬如戲院中後台的情景，芭蕾舞女們的練習情形，以及「紅鞋」芭蕾舞中的佈景等。氣氛是需要恰當的音樂加以配合的，這一片的音樂不但從頭到尾都能配合劇情富有變化，而且也具有特殊的風格。

《紅菱艷》片中包含有兩個紅鞋子的故事，一個自然就是安徒生的重話，另外一個是包在那童話外面的：倫敦一個叫做慧姬（摩娜．絲拉〔Moira Shearer〕飾）的女子有志跳芭蕾舞，在投入勤蒙托夫芭蕾舞團後，經它的主持人保利（顏敦．華布祿〔Anton Walbrook〕飾）的提拔，不久即因跳「紅鞋」芭蕾舞而著名，但她與作曲家甄倫也由友誼進入愛情，保利吃醋，出來干涉，兩人就退出該劇團。過些時，慧姬經保利的勸誘，又回到他的劇團中去主演「紅鞋」，但慧姬的丈夫則反對，要她跟他一起離開，她略表猶豫，經過一番內心鬥爭，最後她還是寧願放棄其老闆的誘惑，而去找她的丈夫，可惜不慎由陽台上墮樓跌死。

處理這個童話的手法、畫面、音樂及芭蕾舞的設計等都帶有濃重的浪漫氣息，劇情所表現的主題據說是愛情與職業的衝突。其實應該說是藝術與資本主義制度的衝突，保利為甚麼要干涉慧姬和甄倫的愛情呢？主要還是他由生意經着眼，他也愛她，想獨佔她，在情感上和經濟上獨佔她，因而當她表示反抗時，就使出他最後的老闆的法寶：解聘他們了。編劇者沒有叫他們兩個人去自力更生，另創江山，而最終慧姬還是向保利屈服，而犧牲掉性命，這顯然是要配合紅鞋子童話的結局，使整個劇情更完整，這樣一來，固然增加了悲劇的效果，卻不免使不是老闆的階級看了感到很不舒服。片中很強調保利的貴族派頭，顏敦．華布祿的演技得到充份的發揮，是全劇中唯一能把一個角色演得深刻的演員。

色彩、構圖、氣氛，《紅菱艷》可以給人一種新的欣賞藝術經驗，但把它所表現的意識一分析，也仍然是美英一般電影中的那一套。

一九五一年六月十三日

《十三號警車》

「警匪大戰」片的公式很簡單，一邊是警察偵探，一邊是黑社會或逃犯；「匪」總是相當頑強的，但最後罪無可逭，法網難逃，不是被判徒刑便是在大戰時被打死或自行跌死。「警」總是很機智英勇，無論是多麼狡毒的罪犯，終於逃不出他們的掌心。我們所看到的，也離不開罪犯的醜惡的臉，美國警察的滿臉「權威氣」，警車的嗚嗚長嚎，開火時的緊張場面，或者再穿插一兩個戀愛故事，讓觀眾看看談情的場面，或是夜總會中歌女舞女的「性感」鏡頭，以及偵查工作進行時所用的一些科學新工具，如錄音機、說謊偵察器等，公式如此而已，就看故事如何編排，導演如何敍述故事，演員如何刻劃性格了。換句話說，如要攝製一張出色的警匪大戰片，那就必須在上述公式之外，有所創造，在各方面都能提高一步，否則可能就只是一杯照藥方配調的淡而無味的「刺激劑」罷了。

《十三號警車》（*Between Midnight and Dawn*, 1950）就是屬於這麼淡而無味的一種，都是老調子，沒有一點新的創造。故事是以第十三號無線電巡邏車的兩名警察為主角，主要的故事就是他們如何消滅一個黑社會首領的經過，中間再插進他們兩人同愛一個女速記員的三角戀愛故事。甚至通常警匪大戰片中所少不了的一大段槍戰鏡頭，這一片中也很簡單，三數槍便定大局，相信常看西部片的觀眾一定特別感到不過癮。

此片原名「子夜與黎明之間」，大概原想給人以神秘氣氛的感覺，並暗示光明與黑暗勢力的搏鬥，全片的時間都在晚上，觀眾看到的全是夜景，夜的洛杉磯市街、夜裏的警察局、深夜的夜總會情況，和夜裏的家庭生活。此外，這一片的目的當然也在讚揚美國警察的工作，故事中特別提出那個女速記員因其父親當警察殉職，而發誓不嫁警察一點，以烘托警察工作的辛勞。至於警察的此種工作到底有何意義、為誰服務、為甚麼會產生這些罪犯和黑社會、這樣解決社會問題是否徹底辦法等問題，當然好萊塢的電影不會告訴我們的。

綺年紀較輕，思想較單純，凡是有打仗的場面，都會使她緊張得捏緊拳頭，所以昨晚當我告訴她這張片太平淡時，她就不服氣地說：「這裏又有緊張的場面，又表示好人打倒壞人，難道還不能算是好片子嗎？」

我只好耐性地告訴她：「因為你年紀比較輕，這種片子看得也比較少，所以會覺得緊張，我看的時候，那些所謂緊張場面，就只能使我想起某些老片子。至於所謂好人打倒壞人，你有沒有想過這些壞人是怎麼來的？他們為甚麼會變成壞人？還有這些美國警察到底是為哪一班人服務的？」綺睜着一對大眼睛似有所悟。

一九五一年七月三日

《驚魂花燭夜》

「當你看過這張片子，請你別告訴人『秘密的憤怒』的秘密！」這是好萊塢影片廣告上的噱頭警告（其實這噱頭也有人用過好幾次了）。到底是甚麼一種「秘密的」憤怒呢？說是一個律師曾遭人所害，而想在他的女兒艾蓮（歌羅德．歌露拔〔Claudette Colbert〕飾）身上復仇，當她與一建築師大衛（羅拔．賴恩〔Robert Ryan〕飾）舉行結婚典禮時，他僱了一個流氓誣稱艾蓮曾經與蘭杜結過婚。於是他們去蘭杜家調查，結果當地旅館及其鄰居見了艾蓮都喊她為蘭杜夫人，這是那「秘密的憤怒」的陰謀的第二步。後來找到蘭杜本人，艾蓮在與他單獨在室中晤談時，蘭杜被人殺死，艾蓮以殺人嫌疑被控，審訊結果，艾蓮被送進精神病院。這是那律師的陰謀的第三步。大衛只好自己去採訪，發現旅館中前被收買的女僕已被勒死，歸途中他自己也險遭暗算，這當然也是那律師的計劃的一部份。再下去，故事就急轉直下，真相大白，那律師坦白說出其「秘密的憤怒」和犯罪的動機，終於在鬥爭時，誤把一個大鏡絆倒，被壓死了。

所謂犯罪心理片，或變態心理片，其實就是一種新型的偵探片，加上一點弗洛伊德的「心理分析」而已。由於美國有錢人患精神病數目特別多，故弄玄虛的心理分析學倒也頗為盛行，資產階級當然不願根究發生精神病的社會原因，只好逃避進玄之又玄的變態心理的世界中去找答案。最初大概是因為有點新奇，變態心理片還頗收得，但經好萊塢製片商大量粗製濫造後，故事千篇一律，就漸使觀眾厭倦了，所以這一兩年來好萊塢的變態心理片攝製得較少。

這類片為求故事曲折，常常寧願犧牲去真實性，《驚魂花燭夜》（*The Secret Fury*, 1950）中就有好些地方令人不敢置信，或者，更冷靜地想一想，照我們很少患精神病的中國人看來，這整個故事的真實性就很脆弱：這個律師究竟為甚麼一定要用這麼複雜的一套方式復仇？

但這裏也有值得注意的暴露。這一片變態心理的主角是個美國的律師，他一方面在法庭上根據法律滔滔辯論，一方面卻在暗地裏安排下一套陰謀，收買打手，佈置圈套，而結果又是運用好萊塢的一套取巧手法：讓他自己不慎死掉，彷彿是說，天網恢恢，自有報應！

歌羅德．歌露拔所飾的角色並無顯著性格特徵，主要的戲就是受冤枉後的精神紛亂狀態。我覺得她較適合飾演賢妻良母型的中年婦人，如在《萬劫歸來》（*Three Came Home*, 1950）中就給人較深刻的印象。羅拔．賴恩用好萊塢的宣傳術語來形容，也算是個「很男性的男人」（He-man），軀體魁梧，滿身是力，臉部給的印象也是倔強，堅決與勇猛。可惜得很，他實在更適合於演打鬥片，俏皮話由他的嘴裏講出來，特別不調和——可是導演卻偏要他裝成一副瀟灑樣子！

一九五一年七月四日

《所羅門王寶藏》

森林是好萊塢製片商的寶藏。他們從那裏淘了不少金。森林是偉大的，包羅萬象的，容易引人發生好奇心或做噩夢的，因此就成為專門以「刺激」為號召的影片的理想背景之一。一般來講，好萊塢的「蠻荒片」除開那一種令人討厭的「白種人優越感」外，還算是毒素比較少的一種影片，最少也可看看林中的奇草怪樹、青蟲猛獸等，雖然蠻荒片中也總是少不了「野蠻民族」，強調征服他們、殺他們和他們風俗習慣的怪誕，而不鼓勵如何幫助他們，但看他們的形態和他們的生活方式也還可能增加一點常識。

《所羅門王寶藏》（*King Solomon's Mines*, 1950）比過去的許多蠻荒片，抱有更大的野心。外景是在非洲實地拍攝，其中群獸狂奔一段，為外景隊偶然碰巧攝來的，尤其珍貴，也使這一片給人更深的印象。「卡斯特」也配上英國紅星史超域．格蘭加（Stewart Granger）和狄波娜．嘉（Deborah Kerr），另外再加上「七彩」，各方面的陣容不能不算得相當整齊。

但廣告中最吸引我的還是「榮獲本屆兩項金像獎：最佳攝影，最佳剪接」十幾個字，尤其是最後四個字。我特想看看他們如何巧妙地剪接。我們已知道這一片的外景是在非洲拍攝的，但大部份戲還是在好萊塢製片場中拍成的，而怎樣把好萊塢的戲和非洲的外景配合在一起，令人看了就像狄波娜．嘉和史超域．格蘭加真的有那麼倒霉，遇見過那麼多的驚險場面，那就要看剪接的技巧了。

譬如最簡單的，在森林中攝有一條毒蛇由樹上爬下來的鏡頭，而後再配上在好萊塢攝的一個人回頭一看驚叫的鏡頭，兩者接連起來，就像是真的突遇毒蛇一般，其實那條蛇和那個明星相隔千萬里呢！又譬如群獸狂奔那一段，群獸狂奔的場面當然是真的，但史超域．格蘭加那一夥人緊張驚慌的鏡頭則是在好萊塢，塗着化妝油彩拍了，剪接上去的，可是觀眾看來就像真的他們在群獸狂奔的原野上經歷過那一段危險情況一樣。

綺問我，那些毒蟲猛獸的「近景」或「小特寫」鏡頭到底怎樣攝來的呢，難道攝影師敢去到那麼近去攝影嗎？「不，當然不是的，那是用一種特別的遠距離鏡頭攝成的。」我答：「你想想，連在萬萬萬里外的星球都能照得到，難道一些毒蟲猛獸的嘴臉還照不到？」

拉雜談來，不覺已快滿編輯所限定的一千字，趕緊收住，把故事稍為交代一下：說是一個叫「伊麗莎白」的女人，丈夫在非洲探險失蹤，聘了嚮導「亞倫」一同去尋找，還有她的兄弟也同行，主要故事當然就是敍述他們如何經過一些危險與曲折，終於達到目的，安全歸來，亞倫與伊麗莎白戀愛成功，皆大歡喜，在蠻荒片中，這一片可算是水準較高的片子。

一九五一年七月六日

《林肯傳》

如果你是對電影真正感覺興趣的人，應該去看一下《林肯傳》（*Abraham Lincoln*, 1930）這張片子，正如對京戲有興趣的人，不會放過蓋叫天、尚和玉等老前輩上台的機會。因為這張片子在技術上雖然和今日的電影相差甚遠，然而有它的歷史意義。

主要的原因是，這張片子的導演是格立菲斯（David Wark Griffith）。提起此人，來頭不小，他是美國電影的奠基人，就說他是全世界電影藝術的鼻祖，也可當之無愧。去年得國際影展最佳導演獎的蘇聯大導演普多夫金（Vsevolod Ilarionovich Pudovkin），在著作中就一再讚譽他作為電影藝術先驅者的功績。

在電影藝術上他有甚麼貢獻呢？我們只提出幾點大家有興趣的來談談：

第一，「特寫鏡頭」是他發明的，在此以前，電影只是呆呆板板的把整個都映出來，與舞台劇沒有甚麼差別。他創用特寫鏡頭時，許多觀眾看不慣，大叫：「他們的腿哪裏去了？」可見當時大膽試用，所需要的眼光魄力是很大的。

其次，剪接的技巧是他首先運用的，他把平鋪直敍的手法改進為有快慢、有對照、有省略。在《林肯傳》中，林肯與陶格拉斯競選國會議員，兩人互相攻擊的鏡頭，今日或許覺得相當笨拙，但在當時，卻是新穎而成功的嘗試。

他又是首先看到電影的前途而在電影企業中大量投資的人，他拍《一個國家的誕生》（*The Birth of a Nation*, 1915）花了十一萬美元，拍《不可忍受》（*Intolerance*, 1916）花了一百九十萬美元，在三十多年前，這是一個駭人聽聞的數字。《不可忍受》不論在藝術上與內容上都是極有價值的作品，它敍述美國的貧窮失業，勇敢地表現那個社會制度中的罪惡。對於這種片子，美國今日已經不可忍受了。

格立菲斯今日怎樣了呢？好萊塢早已忘記了他，前幾天看到一本書，說他要到好萊塢一家俱樂部去吃飯，但那裏毫不客氣的拒絕他進去，因為他不是名人。

其實，像《林肯傳》這種作品，好萊塢今天也不會再拍攝的了。林肯主張解放黑奴，主張民治民有民享的政府，這也是今日的美國所不可忍受的。現在好萊塢的出品中凡是提到南北戰爭，必定同情壓迫黑奴的南方，最顯著的就是《亂世佳人》（*Gone with the Wind*, 1939）。前年本港映過一張敍述林肯被刺的片子《鯊島逃生記》（*The Prisoner of Shark Island*, 1936），其中盡量描寫南方人民被迫害被虐待，北方政府的手段殘暴，慘無人道。

本片從林肯誕生一直講到他的被刺，如用一般的標準來看，當然不能說是好片子，但你得存着一種看一下初期電影的心情。而且其中也有幾場令人感動的地方，如林肯與女友安在野外談情（前後都

配了 *In the Gloaming* 的歌聲；隱伏後來的不幸。配音與畫面截然不同，像和聲那麼表現更複雜的情感，也是格立菲斯所創用的。）如南方議員退出國會前林肯深夜在大廳中的赤足蹀躞，躊躇難決，如片終林肯的石像巍然高聳；使人敬崇之心，久久不去。

一九五一年七月十二日

《當代怪傑》

這個「當代怪傑」其實只是個「行為不檢」的參議員。片子《當代怪傑》（*The Senator was Indiscreet*, 1947）雖是老了點，作為一部美國官場現形記看，倒也挺有意思。

內容是諷刺美國政界的怪現象。

美國參議員多半是昏庸老朽的，這個名叫「雅士頓」的也不例外。三十多年來，他一直做着一個政黨的工具，唯命是聽。可是，他突然異想天開不顧老闆的反對，居然要競選總統了，因為他只有做總統的本事。

後台老闆想阻止他。他手頭有一本日記，記載了多年他們黨內見不得天的活動，他就以此要挾，這位老闆也只好由他去了。

於是，他就旅行全國，到處演說，大吹大擂。他向各色各樣的人提出了許多可笑的諾言：

他保證全美國的人，無論男女老少，都有正常的體溫。

他激烈反對 Inflation（通貨膨脹）和 Deflation（通貨緊縮），而主張 Flation[1]！

對勞工們，他答應他們一禮拜做兩天工，拿八天工資。

對資本家們，他答應他們要教勞工們一禮拜做八天工，只拿兩天工資。

他說盡全美國的方言，到處攀鄉親，拉關係。

他跟兩三歲的小孩子坐在一起，讓廣播員測驗他的常識。

他跑上火車去作司機狀。

…………

突然，他那寶貝日記給政敵偷去，弄得他和他的後台老闆們都手忙腳亂。後來，日記是奪回來了，但，他的宣傳專家，激於良心不安，卻又偷偷把日記拿去報上公佈了。

這一來，這位參議員只好遠走海外，去尋找他的小白宮。

[1] 聲音是上海話中的「弗來興」，英語裏頭沒有這個字。——作者註

對這部片子，我頂喜歡旅行演講那一大段。導演在處理這些場面時，利用了許多「蒙太奇」，簡潔、利落、淋漓痛快。有些漫畫化的處理，也很有趣；比如，資本家們聽見說「八天工，兩天工錢」時，兩排夾着香煙的手一齊放下，那個鏡頭就相當妙。

威廉．保維路（William Powell）演片中主角——參議員，很不錯，這位老演員，一向適宜扮演紳士角色，在這片中也看得出他的特長。有人說，這角色太漫畫化了，諷刺過火一點；其實，全片都是如此，並不是演員的毛病。

愛拉．倫絲（Ella Raines）演一個女記者，頗能見出她的才能。

這是一九四七年出的片子，近來，報上常有消息，美國的參議員鬧得更厲害了。看看這部片子，似乎更有意思。

一九五一年七月十七日

《突擊敢死隊》

有個朋友，一談到小說和電影，總是滿口「行動」過去，「行動」過來的；他覺得，「行動」是現代小說、電影的主要成份。

《突擊敢死隊》（*Appointment with Danger*, 1950）就是一部所謂「行動」的電影。

可是，看了這片子，給我印象比較深的，並不是其中的「行動」。儘管片裏的確滿是行動，但，這些行動通向甚麼呢？這些行動的人物，對人生沒有理想，甚至缺少想像，有的只是那點無端的憂鬱和天真的世故，一下子跟人生的現實面對面，就不免顯得多麼軟弱、幼稚！

《突擊敢死隊》中的阿倫．列特（Alan Ladd），和那一群歹徒，就是這樣的行動人物。好萊塢的「硬漢」，其實多半是美國生活中的弱者。

這是一部表揚美國郵政稽查人員的片子，本來的片名是：「U.S. Mail」（美國郵政），大概這名字不夠刺激，改了現在這名字。

一個郵局稽查員遭人暗殺了，阿倫．列特奉命去辦案。他發覺一群歹徒正在計劃劫奪價值百萬美元的郵件。於是，他裝成一個急於貪污的警員，設法打進歹徒的圈子。他的冒險計劃，經過了種種驚險，動刀動槍，打打鬥鬥，終於大功告成：惡人自有惡報，阿倫自己也彷彿明白了一點人生的道理。

這片子結構緊湊，背景真實，演員不錯；愛看打鬥偵探片的定會滿意的。

劇情發展自然，再加上許多安排得很好的Suspense（賣關子），雖沒有常見的愛情場面，可的確吸引人。背景很有真實感——那些陋巷，賭場，小旅館，煙囪林立、鐵路縱橫的工業區，據說都是在芝加哥、洛杉磯實地攝取的。

演員中，阿倫演得好，那不必說了。女主角菲麗絲·嘉域（Phyllis Calvert）演個女修士（謀殺案的唯一見證），她明亮的眼睛裏永遠發出虔誠的光芒，這個女修士很討人歡喜，哪怕她也隨俗塗口紅、打壘球（！）。

還有個女演員珍·絲達玲（Jan Sterling），演歹徒的情婦，也不錯。一口英國腔，說些美國流行話，見面就「嗨」呀「嗨」的，倒別有風趣。

片中實際的硬漢場面，則是全由歹徒首領保羅·史超活（Paul Stewart）和他的手下承擔。對這些只有「行動」的傢伙，我不想多談了。

總之，這是一部結實的偵探片，有不少優點。

我特別喜歡開頭介紹背景那一段的攝影：明快極了，角度美，構圖好，氣氛夠；那幾個火車鏡頭，修道院的長廊……都達到了黑白藝術的高度水平。

一九五一年八月六日

《檸檬少爺》

戴蒙．倫揚（Damon Runyon）是美國小說家中的一個怪才，自抗戰時我開始讀到他描寫紐約百老匯的短篇小說後，一直就被他吸引住了。他小說中的主角都是流氓、盜賊、舞女之類，可是這些人全有一顆善良的心。尤其使人覺得清新的是他的文體，他寫的英文沒有過去式或過去完成式，全部是現在式，在英美作家中還沒有見過第二人。他文中俚語多得不得了，但是你儘管不懂他的俚句，慢慢也可猜得到，他稱臉為「接吻的東西」、稱錢為「薯仔」等等。一個英文程度並不太好然而聰明的人，會覺得倫揚的作品很容易讀，如果腦筋非常規規矩矩，即使英文修養很好，也會感到倫揚的文章實在太彆扭。他有些小說中標點少到了不能再少的地步，人的說話不用括號括起來，看上去簡直像在讀中國沒有圈點的古文，然而很有趣。

他的原作《檸檬少爺》（*The Lemon Drop Kid*）只有十幾頁，主角是一個愛吃檸檬果子糖的馬場騙子。這篇小說講這個騙子如何受苦，如何改邪歸正，在一家雜貨店中做店員，週薪十元，他愛上了一個可愛的女人，結了婚，他妻子懷孕了，有病，可是醫病至少得二百元，他付不出醫藥費向老闆預支薪水，老闆非但不肯，而且說準備炒他魷魚。結果妻子生下了一個孩子，是死的，妻子自己也死了。「檸檬少爺」為了要救妻子，曾去打劫，結果又被破案而入獄。這是一個很悽慘的故事，描寫美國社會中心地善良的小人物如何被逼得無法生存，眼看着自己心愛的人死去。

電影《檸檬少爺》（*The Lemon Drop Kid*, 1951）除了有「檸檬少爺」這一個人外，與原作相去之遠，簡直使我不能相信。妻子貧病而死的事不能上銀幕，那是當然的事，因為這會暴露美國社會的真相，可是其他的情節也完全不相同，甚至女主角的名字也換了一個。這是一張卜合（Bob Hope）的片子，而不是戴蒙．倫揚的片子。笑料非常豐富，但笑過之後就甚麼都沒有了。

在片子中，「檸檬少爺」以相當卑鄙的姿態出現，他以虛假的賽馬貼士使一個惡霸的女朋友輸了兩千元，那個惡霸要他賠一萬元，否則就要他的命，他千方百計的去弄錢，甚至以一個年老無依的女報販為幌子，說要設立安老院而向人募捐，募來的錢就準備還給惡霸。

對於倫揚，這張片子歪曲了他的作品；對於卜合，可說是成功之作。因為儘管其中胡鬧得一塌糊塗，但笑料之多，不能不使人佩服，直到結尾，母牛的一聲低音叫聲，還引起卜合說：「冰·哥羅士比！」

全片真正表示倫揚精神的只有那老女報販說的一句話：「人的好壞是很難斷定的，有些壞人內心是好的，有些好人內心是壞的。」我手邊《檸檬少爺》這篇小說，準備交給編者看看，如果他覺得有趣味，可以請人翻譯出來登載，讓讀者們拿來與電影比較一下，好知道好萊塢怎樣把文學作品改成電影。

一九五一年九月十四日

《淒艷斷腸花》

片子原名的直譯是「巴拉丁案」（*The Paradine Case*, 1947），巴拉丁是一位雙目失明的上校，他因服毒而死，他年輕貌美的妻子被控謀殺。從娛樂戲院出來，和我同去看電影的容先生請我在順記吃雪糕，在吃東西時和我談到這張片子的名字，他認為Paradine這個字是影射Paradox，即撲朔迷離、怪異矛盾的意思，我覺得這個猜測倒很有意思，因為整張片子的確令人有這種感覺。

希治閣（Alfred Hitchcock）有兩種作風，在《火車怪客》（*Strangers on a Train*, 1951）、《奪魄索》（*Rope*, 1948）之類的片子中，他盡量運用緊張延宕的手法，造成戲劇性的氣氛；在《敲詐》（*Blackmail*, 1929）、《蝴蝶夢》（*Rebecca*, 1940）之類的片子中，他以電影上的技術（如攝影、配音等）來傳達心理上的衝突與混亂。就藝術價值而言，後者是更高級的。本片也是屬於後一類的作品。

攝影是《太陽浴血記》（*Duel in the Sun*, 1946）的攝影師李·加姆斯（Lee Garmes），配音作曲家是魏克斯曼（Franz Waxman），演員是七位大名星，導演更不必說了，只是劇本是大衛·賽茨尼克（David Selznick）自己寫的。我曾說過，一張片子的好壞，主要決定於劇本。本片的工作人員都是美國當代電影界中的第一流人才，導演手法好，攝影好，音樂好，格力哥利·柏（Gregory Peck）和華利（Alida Valli）的演技比他們在其他片子中的演出都好，如果有一個好故事，這張片子就非常完美了，可惜的是，竟沒有一個好故事。

這張片子描繪人性的卑劣相當成功，一個「壞，壞到了骨頭裏去」的女人，為了愛上另一個男人，把雙目失明的丈夫毒死了。這個女人很美，為她辯護的律師愛上了她，把結婚已有十年的妻子置之不理，在法庭上企圖把謀殺的罪名轉嫁在別人身上，那個人終於因受不住刺激而自殺。這個電影中的主要人物我沒有一個同情，沒有一個喜歡，其中實在沒有一個好人。然而假使你不仔細聽，不仔細想，或許會喜歡格力哥利．柏，或許會喜歡華利，或許會喜歡魯意士．佐頓（Louis Jourdan），只因為電影中有意無意地把壞人美化了，以「愛情至上」的藉口把自私顯得頗為神聖。

法庭中的鏡頭最長，也最精彩，格力哥利．柏對魯意士．佐頓與華利兩人的盤詰，步步進逼，使人聽得氣都喘不過來。到格力哥利．柏最後頹喪地步出法庭時，鏡頭從上向下攝，使這個人顯得份外渺小，這雖然是一個常用的手法，但在這裏用得很成功。

暗示的地方很多，觀眾看這張片子必須仔細些，例如在鄉下大廈中巴拉丁死的地方，巴拉丁夫人鋼琴上放的曲譜，曲名就表示她是一個情感極強烈的人。魯意士．佐頓飾僕人Andre Latour，這個拉丁人的臉型和名字，也暗示他的易於衝動和情緒不穩定。

就技術言，最失敗的是查理士．羅頓（Charles Laughton），他極會演戲，一舉一動都使觀眾發笑，然而在這片子中，最不需要的情緒和動作就是笑。

一九五一年十月十三日

《北非諜影》

使人願意為了大多數人的幸福與自由而犧牲自己，為了祖國的解放而堅決戰鬥到底；使人有一種高貴的心情，使人覺得愛情的最高目的不是使自己幸福而是使自己愛着的人幸福，像這樣的電影有很久很久沒有看見了，《北非諜影》（*Casablanca*, 1942）就是這樣一張片子。

電影廣告中常說，沒有看過的人不可不看，已看過的應該再看。值得再看一遍的美國電影實在很少，而《北非諜影》以前我在杭州玩時曾在「西湖戲院」看過，這次又看一次，的確覺得是值得的。那時我比現在要小上好幾歲，只覺得故事很動人，那支《當時光流轉》（*As Time Goes By*）的歌很教人傷心，只覺得英格烈·褒曼（Ingrid Bergman）很可愛，其他比較深一層的意義都沒有好好想到。

堪富利·波格（Humphrey Bogart）所飾的李克在到卡薩布蘭加之前，曾援助阿比西尼亞抵抗意大利的侵略，曾參加西班牙政府軍對佛朗哥作戰，我在杭州時，並不覺得這兩件事有甚麼了不起，現在才知道只有真正愛人類、有深厚的情感的人方能獻身於這種事業。如果李克現在是在美國，即使他沒有入獄，至少也是找不到職業。前幾天在叔叔訂的英國的《現代季刊》上看到美國作家法斯特（Howard Fast）寫的一篇文章，知道美國對「亞伯拉罕林肯軍團」（美國當時參加西班牙政府軍方面作戰的志願軍組織）舊人極盡迫害之能事。二次大戰時，大家嚮往美國，覺得那裏是自由之邦，歐洲人千方百計地到卡薩布蘭加，再千方百計地設法到美國。現在，這些人一定是在懊悔了。

電影中有許多很美的鏡頭，攝影、音樂、剪接、對話都是第一流的。在李克的「美國咖啡館」中聽到了慷慨激昂的馬賽曲，在法國大革命中產生的這支歌我一生聽過無數次，在學校裏學法文時先生也曾教我們唱過，那時我甚至覺得遠沒有 *Au Clair de la Lune* 這種小調有趣，但昨晚在電影院中聽到時不禁流下淚來了。流這種眼淚我不覺得羞愧，因為這的確教人感動。只是，昨晚我沒有想到，現在卻想到了：法國現在有許多人正高唱着馬賽曲而在越南殺人。

昨天是和一位認識不久的廣東女友同去看的，後來在吉美吃飯，她不愛吃魚，我也不愛，大家停下來談這個戲，她很欣賞歌樂・連斯（Claude Rains）。我覺得歌樂・連斯的說話富於法國人的諷刺和放任，很像安那托爾・法郎士（Anatole France）小說中的人物。

這張片子當然不是毫無缺點，故事的結構也相當不現實，但可以斷定，美國現在絕不會再拍攝這種電影。如果我對這張片子捧得太厲害了些，那是我有意如此的，因為，這實在是一張好片子。

一九五一年十月二十三日

攝製《不設防城市》的動機

電影的歷史就像其他藝術的歷史一樣，先是一個國家達到了很高的成就，後來又有另一個國家的藝術家作了重要的貢獻，這樣發展下去。電影藝術的發展大致說來是這樣的：在十九世紀末期，法國人的貢獻最大；二十世紀初期二十年中，美國電影興起了；第一次世界大戰後，德國電影崛起，蘇聯電影界的大師創造了許多光耀的理論和範例，後來法國電影又引起了全世界的注意，一直到二次大戰。大戰中英國電影很出風頭，尤其是在記錄片方面。從一九四五年以後直到今天，意大利電影震驚了國際影壇。

在香港不容易看到蘇聯攝製的新片，新中國的電影則根本看不到，這些電影不談，在西方國家中，目前最好的電影是意大利片，意大利導演中最好的是羅斯里尼（Roberto Rossellini），而他最好的片子則是這部《不設防城市》（*Rome, Open City*, 1945）。

這張片子是意大利解放後攝製的第一部電影，是意大利自默片時代以來在國外第一次受到重視的片子。不但它本身是一件重要的藝術作品，而且是一件開創風氣的劃時代之作，因為在它以前，意大利電影大都是無聊的言情片或以「場面偉大」來號召的古裝片，在此片後，意大利就源源產生了許多有價值的電影。

《不設防城市》這張片子，產生於瑪麗亞．米契（Maria Michi）在羅馬的一間小房子中。瑪麗亞．米契就是在電影中飾抵抗運動領袖女友（舞女）的那個女演員，她自己真的是反法西斯的工作人員。意大利當時的地下報紙《團結報》（*Unita*，現在該報是共產黨的機關報，意大利銷數最大的報紙之一）印好後，一時沒有機會分送，就經常藏在她屋中的陰溝裏。電影中有她客室的鏡頭，其實原來的客室還要小些，在這客室的沙發上，當德軍搜捕緊急時，陶里亞蒂（Palmiro Togliatti，現在是意大利共產黨的總書記）、尼格維（Celeste Negarville，共產黨人，戰後曾任都林市長，本片中抵抗運動領袖的經歷就是他真正的經歷）、和亞米德（Sergio Amidei，本片編劇）等人就常睡在那裏。那時候天還沒有黑就執行宵禁，他們只好在這小房間中談話，他們談到應該拍攝一個電影來記錄這個時代，記錄其中的危險、其中的英勇事蹟、其中的幽默感與人道觀念。這張片子就是這種談話的產物。

拍攝這片子時經過了許許多多困難，單是簡單敍述一下這種困難，就需要一篇「影話」來單獨談它，因為這是一張很重要的片子，我想連續談幾天，同時希望讀者們一定去看一下。

在一九四六年的國際影展中，本片被選為最佳電影。有許多電影界的名人認為，這是大戰以來的最佳電影。

一九五二年四月二日

《不設防城市》的攝製

這張片子是在極度困難的狀態之下攝製起來的。開拍的時候，有一位伯爵夫人支持他們，拿出來四百萬里拉（約等於港幣十六萬元），這是她在羅馬所有的錢，她在米蘭本來還有錢，估計可以及時拿到，但盟軍進展太慢，米蘭遲遲不能解放。她藏有一張極珍貴的名畫，是大畫家蒙特拿（Andrea Mantegna）畫的，她想賣去，那知竟發現是假的。導演羅斯里尼（Roberto Rossellini）和有關的人分頭籌款，東湊一點，西湊一點，攝製工作常常因為沒有錢而停頓。羅斯里尼花在籌款上的時間比他花在導演上的時間更多。有一次，羅斯里尼與瑪娜妮（Anna Magnani，劇中飾寡婦比娜的）把自己的衣服賣掉，用來維持幾天。工作人員都是沒有報酬的，還把自己的家具搬到攝影場來，因為他們租不起家具。最後，有一個翡冷翠的絲商拿出一千二百萬里拉來，才完成了這張片子。

技術上的困難更加重大。他們沒有適用的底片，整張片子的膠片是東拼西湊而成的——柯達、烏發、老式的佛拉尼亞、機滑，以及各種無名牌子的膠片都有，今天拍二十呎，明天拍五十呎。電力供應常常缺乏，而且每分鐘都強弱各不同。在這種情況下，攝影師亞拉達（Ubaldo Arata，他已於一九四七年逝世）能拍出如此精彩的作品來，不能不說是一個奇蹟。

幾乎所有的鏡頭都在實地攝製。只有少數幾個例外：納粹特務總部、神父的房間，以及瑪麗娜（舞女）的房間。這三場內景都在一個極小的攝影場中攝成。

所以要這樣攝製，一部份原因是由於經濟，但即使經濟不成問題，羅斯里尼也要實地拍。實地拍攝當然困難與問題較多，但有很大的真實感，許多意大利的導演都這樣做。

羅斯里尼為了求真實，常用非職業的演員（《單車竊賊》〔*Bicycle Thieves*, 1948〕中的演員也是非職業的）。蘇聯的大導演愛森斯坦（Sergei Mikhailovich Eisenstein）與普多夫金（Vsevolod Ilarionovich Pudovkin）也是這樣，他們常用從來沒有見過電影攝影機的人，在他們常住的地方做常做的事，結果產生了非常優良的效果。在本片開始時，德軍來搜查孟佛萊蒂（抵抗運動領袖），銀幕上出現了兩個老婆婆，這兩個人其實是編劇亞米德（Sergio Amidei）的包租婆，鏡頭也就是在她們家中拍的。

角色的選擇也是極真實的。電影中神父唐比特洛是實際上兩個神父唐摩洛西尼（Don Pietro Morosini）與唐巴巴加洛（Don Pietro Pappagallo）的寫照，他們因為幫助抵抗運動的領袖而被德軍槍決。孟佛萊蒂的事主要是尼格維（Celeste Negarville）的經歷，不過他沒有死，後來做了都林的市長。寡婦是敍述一個被德軍在凱撒廣場上打死的女人，她丈夫被德軍捕去，她鼓動人民向德軍丟石頭，被打死的情形就與電影中相同。甚至那個特務頭子，也是卡普勒（Herbert Kappler，羅馬的納粹特務頭子）與杜爾曼（羅馬德軍司令）兩人的合併。

一九五二年四月三日

《不設防城市》好在甚麼地方？

有兩位在英文書院裏唸書的年輕朋友寫信給我：「經過你的推薦，我們許多同學都去看了《不設防城市》，我們都覺得好，可是不知道好在甚麼地方，請你詳細解釋一下好嗎？」

我的解釋只是我個人的意見，不見得完全正確，現在我把自己的意見寫下來。

最重要的，它有一個正確的主題。它告訴觀眾，必須活得勇敢，必須過正當的生活，必須不惜犧牲反抗壓迫人民自由的人。唐比特洛神父臨死時說，「慷慨就義是容易的，長期的堅持走正義的道路就不容易了。」其實，慷慨就義又何嘗容易呢？電影中告訴觀眾，為了正義與自由的緣故，任何酷刑、困苦，甚至死亡都不能使一個真正的人屈服。這張片子反對法西斯，主張人的權利，用許多手法來暗示誰在真正的領導反法西斯鬥爭（特務頭子翻閱的一大疊地下報紙，都是《團結報》、《人民報》之類；抵抗運動領袖孟佛萊蒂曾在西班牙幫助政府軍作戰等）。一張片子有了正確的內容，基本上就是一張好片子。

其次，它用現實主義的手法來精彩的表現了這個主題。它很忠實的抓住了當時羅馬的氣氛。片中出現的人物都是瘦瘦地營養不良的樣子，街道上一片淒涼。從第一張畫面第一小節音樂開始，它就表現了淪陷區中生活的主調。以最先的兩場為例：片子一開頭是德軍來搜捕孟佛萊蒂。其後是婦女們擠在麵包舖搶麵包。前者表示人民的鬥爭和其中的危險，後者表示人民生活的困苦，這兩件事是淪陷區中最基本的情況。在這兩件事中，又各加入了另一種相反的因素：德軍搜查時兩個老婆婆裝得很害怕，以解除德軍的疑心，使觀眾覺得很有趣；搶了麵包舖後，警察幫助比娜拿麵包，接受了比娜送他的兩個麵包，因為他餓得不得了，這也是一個令人感到鼻酸的喜劇。單以這兩場而論，就是一件完整的藝術作品，這多麼像音樂：兩個主調反覆出現，又配上了使主調更加完美的和音。

整個電影表現了悲劇性與喜劇性的平衡，實際生活本來就是這樣的。當德軍殘酷地殺害意大利人民時，出現了神父在病人牀上隱藏槍械的小插曲，他用一隻平底鍋把病人打暈，然而銀幕上不出現打的鏡頭，只看見小孩子拿起那隻鍋子，看看上面凹進去的地方，說，「鍋了他一下，很合適！」又如一群小孩子炸毀了德國人的汽油庫，回家時很遲了，經過門口時被父母拉進去懲罰，那時他們不再是抵抗運動中的英雄，只不過像是頑皮的孩子而已。這種例子極多極多。

一九五二年四月四日

再談《不設防城市》

對於一張比較重要的片子，我要多表示一點意見，希望能引起讀者們更深入的欣賞電影，對電影有一種嚴肅的觀念。《不設防城市》在國際電影界造成的影響極大，但是因為它與美國片的差異太多，看慣了美國片的觀眾是比較難接受的。《不設防城市》在國際上所以受人注意，除了內容上的意義外，在形式上主要是兩點：它的現實主義，它酷刑那一場的真實。

或許讀者們會記得，許多美國的警匪片中也常有施酷刑的場面，有時甚至把毆打等情形真正在銀幕上表現出來，但有一個根本的因素，好萊塢電影中是沒有的，那就是「人之尊嚴」的觀念。在《不設防城市》中，主角的受折磨是為了表現人格的高尚與偉大，在這一點，蘇聯片《丹孃》（*Zoya*, 1944）是相同的，不像美國警匪片那樣是為了表現人的屈辱與渺小。

電影中每個角色都感到真實。抵抗運動的領袖孟佛萊蒂只有在臨死時才是全然的英勇，平時他就是一個普通人，他常常猶豫、不安、感到倦乏，在對待那個歌女時沒有一點警惕，性格中存在着很多缺點。寡婦比娜有一個偉大的心，然而令人感到她的兇悍潑辣。歌女瑪麗娜很真誠地愛着孟佛萊蒂，她所以出賣他，不是出於奸惡，而是由於性格上的軟弱。神父唐比特洛鼓勵別人，給別人以勇氣，他自己卻常常很膽小……這些都是真實的人。那個納粹特務頭子的造型也是深刻之極，他不是暴跳如雷像瘋子一樣，而是一個很女性化的人（注意他走路的樣子）。當時納粹黨徒中有很多這樣的人。

德國人是一個文化極高的民族，這種人墮落到極點的時候，常常是這副模樣：陰險、狠毒，有知識分子氣息，但不是一個正常的人。

你在《不設防城市》中所看到的每一個角色，都顯得有一個真實的過去，在電影中所出現的只是他們一生中短短的一段。我們不能不佩服羅斯里尼（Roberto Rossellini）的想像力，因為他把每一個角色的一生都想出來了。

音樂也與一般美國片大不相同的。羅斯里尼所有片子的音樂都由他弟弟倫查．羅斯里尼（Renzo Rossellini）作曲，本片也不例外。最值得注意的是音樂的精簡。一開頭，是德軍到臨時苦澀的軍事性的主調；還有一個美麗的精緻的主調，用來象徵那一批兒童，這主調中帶有一點孩子氣，同時又表現了一方面是兒童的天真、一方面是環境的恐怖兩者之間悲劇性的不和諧。除了這兩個主調之外，其他地方幾乎完全聽不到音樂，只有被捕的人脫險時有一兩小節音樂，用以增加緊張和興奮。一般英美片要大用音樂的地方，如德軍搜查時、神父被槍決時，本片中都沒有音樂。當然少用音樂不一定好，但濫用無論如何都不好，因為這會減少真實感，因為實際生活中並不是處處有音樂伴奏的。

一九五二年四月五日

五十年來的最佳電影（上）

前天的報上登出了一個消息，說比利時布魯塞爾世界電影節委員會投票選舉五十年來的最佳影片，蘇聯默片《戰艦波將金號》（*Battleship Potemkin*, 1925）以絕大多數（五十五票中佔了三十二票）當選，其次則是卓別林的《淘金熱》（*The Gold Rush*, 1925）。

這個選舉結果並不出人意料，任何比較正派的談論電影藝術的書中，差不多都一致認為這張片子是一個大傑作。在美國出版的書中，由於政治上的關係，不一定特別稱讚這張片子的導演愛森斯坦（Sergei Mikhailovich Eisenstein），不過對於他在電影藝術上所作的貢獻，還是不能一筆抹殺的。

愛森斯坦是電影藝術中最大的大師，任何談電影理論的人都不否認這一點，他在電影上的地位，有如貝多芬之在音樂，莎士比亞之在戲劇，而更重要的一點，他不但有偉大的創作，而且對電影藝術有一套精深而完整的理論，用辯證法來解釋電影中的美學問題，我去年在「影話」中曾談到過他的理論。

《戰艦波將金號》（Potemkin，在俄文中讀成「見」的聲音，所以有些報上譯成「波達金」或「波泰金」是不對的）是一九二五年攝製的，故事完全根據於歷史事實。一九〇四至〇五年的日俄戰爭結束後，俄國人民的革命情緒異常高漲，他們激烈反對青年們毫無意義的被屠殺，官員的極度腐敗。「波將金號」的水兵起義了，舉起了紅旗，有些軍官要槍斃起義的領袖，結果被投到了海裏。敖德薩（黑海上的一個港口）的人民在通到海邊的大階石上集合，支援戰艦中的起義人員，結果遭到沙皇士兵的殘酷屠殺。

階石上的群眾場面是電影史上最著名的一場。這張片子比我還早出世，我沒有機會看過，但關於這片子，任何電影書中都是或詳或簡地提到的，現在，我根據那些書上的敍述，向讀者們介紹一下這個著名的場面。

這是一場精心設計的藝術作品，用剪接的手法來創造了震撼觀眾心靈的節奏。群眾站在階石上向戰艦中起義的人員歡呼，不知道階石頂上正有人在威脅到他們的生命。士兵排成了整齊的隊形，放下刺刀，開始走下來。悲劇開始了。人民開始從階石上逃下去。兵士們慢慢地、機械地、堅定地前進，他們瞄準、開槍，又前進。一輛嬰兒車從階石上滾下去。一個沒有腿的殘廢者想逃開。一個少女跌倒在地死了。一個貴婦的陽傘掉到了地上。愛森斯坦用特寫與中鏡頭拍這混亂的場面，同時又不斷插入那些軍隊整齊的步伐。張大了在喘氣的口，慢慢彎下去的膝。兵士們長長的影子投射到抱着死孩子的母親身上。每一個鏡頭越來越短，事件的進行越來越快。一個戴眼鏡的婦人向一個軍官責問。接着是一個極大的特寫，她恐怖流血的臉上的眼鏡碎了，軍官砍了她一刀。

一九五二年四月九日

五十年來的最佳電影（下）

昨天談了《戰艦波將金號》中著名的一場：敖德薩海邊的階石，但這並不是這片子中唯一感人的場面。

許多腐爛的肉，蛆蟲在其中蠕蠕而動，那是戰艦上水兵的食物；一群被定了罪的起義領袖被裹在油布之中，水兵拒絕向他們開槍；一個水兵死了，群眾哀傷地聚集在他身旁；最後勝利的結束，叛艦扯起了紅旗，經過整個黑海艦隊的旁邊，逃到土耳其的港口中去，艦隊並沒有阻止它；這許多場面在電影史上都是有重要地位的。

這張片子沒有特別突出的男女主角。一般電影觀眾常使自己與銀幕上的英雄合而為一，這張片子並不企圖做到這點，它使觀眾的心與銀幕上的群眾（受到虐待的水兵、敖德薩的赤手空拳的人民）合而為一。電影的演員就是敖德薩的居民，這是一個沒有主角的電影。

導演愛森斯坦（Sergei Mikhailovich Eisenstein）寫過許多電影理論的文字，有兩本集子譯成了英文，英文書名的直譯是《電影感》（*The Film Sense*）與《電影形式》（*Film Form*），前者有人譯成了中文，改名為《電影藝術四講》。這兩本書都是電影的經典著作，歐美研究電影的人沒有一個不是仔仔細細讀它幾遍的。事實上，這是電影書中最艱深的作品；英美的書刊上談到這兩本書時（尤其是對後者），常常說「太難讀了。」我很用心的看過這兩本書；有許多地方不能了解，因為其中牽扯到許多哲學問題、美學問題。他主要用辯證法來說明電影，用矛盾的原則來決定每一個角度、每一個鏡頭、每一景、每一場之間的相互關係。

英國有些批評家說，愛森斯坦對於電影的影響，有如喬埃斯（James Joyce）之對於現代文學、畢加索之對於現代繪畫，我以為這個比擬不大對。首先，喬埃斯對於現代文學所發生的影響雖大，但主要來說是一種壞影響。再者，愛森斯坦在電影史中的地位比那兩人在文學史或繪畫史中的地位要高得多。我不知道愛森斯坦有沒有見過畢加索，喬埃斯是會過的。他在《電影形式》那本書中說起，有許多藝術上的形式文學無法表現，電影卻可以很容易的解決，他與喬埃斯在巴黎相會時，談到這一點。那時喬埃斯的眼睛差不多全瞎了，他堅持着看了一遍《戰艦波將金號》與愛森斯坦導演的另一張片子《十月革命》（*October*, 1927）。

愛森斯坦說，一張片子或者一張片子的任何部份，如果能綜合的具有三種性質：史詩性、戲劇性、抒情性，那麼它一定能感人極深。他認為在他的作品中，敖德薩階石上的一場是具有這三種性質的，電影的進展就「像是一個處在大興奮狀態中的人的行動」，「戰艦機械的跳動表現了整個戰艦中集體心靈的跳動」。

一九五二年四月十日

《郎心如鐵》

《郎心如鐵》（*A Place in the Sun*, 1951）這張片子今年得了六個金像獎，當然是一部值得注意的電影，此外，在電影史上，它也是常被人談到的。

片子根據的原作是德萊塞（Theodore Dreiser）的《一個美國的悲劇》（*An American Tragedy*）。德萊塞是美國的大小說家，這本小說尤其是他的傑作，因為指出美國社會中各種不合理的情況，所以曾被列為禁書。德萊塞是共產黨人，好萊塢為甚麼要根據他的小說拍電影呢？因為一則他的書太出名，更重要的是他的故事中的戲劇性極為濃厚，是電影的上佳材料，所以派拉蒙公司很早就向德萊塞買了根據這本小說拍電影的權利。

前天我談到五十年來最佳電影《戰艦波將金號》（*Battleship Potemkin*, 1925）的蘇聯導演愛森斯坦（Sergei Mikhailovich Eisenstein），當時愛森斯坦名氣極大，派拉蒙公司請他到美國去拍一部電影。愛森斯坦決定拍這部片子，德萊塞也同意了，愛森斯坦就着手編寫劇本，進行開拍。愛森斯坦後來記述拍攝的經過時有下面一段話：

「在你的處理中，克拉德．格立麥斯（戲中主角，在本片被改名為喬治．伊斯曼）是有罪的呢還是無罪？」派拉蒙公司首腦舒爾堡的第一個問題是如此。

「無罪。」是我們的回答。

「那麼你的劇本是向美國社會作可怕的挑戰了……我們喜歡是一個簡簡單單關於謀殺的神秘戲……」

「……還關於一個青年與女郎的戀愛。」有人插嘴加了一句，嘆了一口氣。

在這種情形下，愛森斯坦與派拉蒙公司的合作當然繼續不下去了，所以儘管愛森斯坦已詳細寫下了拍攝的大綱，這部片子並沒有拍攝。此後五年後，派拉蒙公司有許多編導動過腦筋拍這部片子，格立麥斯（美國電影藝術的開山祖師）、劉別謙（Ernest Lubitsch）等大導演都進行過一下，也都沒有成功，一直到一九三一年，德萊塞的故事才在銀幕上出現，那是馮·史登堡（Josef von Sternberg）導演的，他把它弄成了一張偵探片。

德萊塞把故事賣給派拉蒙公司時，在合同上曾訂明，電影不得歪曲他原作的意義，這部電影一出現，德萊塞大為憤怒，向法院起訴，要求禁止影片放映，但並沒有成功。德萊塞說，電影把他的主角描繪成一個「好色的雜貨店牛仔」，把情節改為一個「無聊的，炫耀而俗氣的懺悔故事」。如果德萊塞還活着，他看了目前佐治·史蒂芬（Geroge Stevens）這樣歪曲他的原作，我想一定還要控告一次的。有一位批評家說，好萊塢就是一個美國的悲劇，它怎麼能忠實地製攝《一個美國的悲劇》？

我們看到的電影正是「關於青年與女郎的戀愛」，原作所有的主旨都被略去了。到底這張片子與原作有甚麼重大出入呢？準備明天談一下。

一九五二年四月十二日

《郎心如鐵》與原作

德萊塞（Theodore Dreiser）的原作所根據的是一件真事，一九〇六年發生於赫基默郡的案子。德萊塞把這件案子寫成小說，使本來是一個無足輕重的罪案成為全國注意的大事。

電影摘取了小說中的戀愛故事與結局，可是把原作中最重要的部份都略去了。本來，把長篇小說改成電影，必須略去若干部份，但把原作最基本的部份省略卻是不合理的。

原作中暴露美國中產階級兒童所作的教育，從主角十二歲時寫起，父母是做教會工作的，這孩子天真而行為良好，後來，各種報紙與娛樂事業給了他許多壞影響，使他認為，貧窮是最大的罪惡，有錢是最大的美德。

德萊塞還說明，在那個社會中必須互相毫無憐憫地競爭，你每向上升一步，就一定有許多人因此而倒下去，在愛情上也不例外。德萊塞在這本書中的天才表現之一，是對主角早期生活的描寫，一個受別的男人損害了的、更有經驗的女人與他有了交情，要他請吃飯，送東西。主角那時在旅館中做茶房，他與別的茶房們長期積錢，準備好好享受一次。他們「借」了一輛汽車，與女友們出去吃飯跳舞。後來怕回去太遲被老闆罵，就拚命趕回去，在路上輾死了一個小女孩，他們駕了車奔逃。這些都是被省略了的好情節。

在原作中，愛情是一種武器，主角對那女工一再要求她屈從，以對她沒有興趣來威脅。對於那富家小姐，他看到的不是人，是財富與社會地位；而那富家小姐卻希望結婚後可以獨立而脫離家庭的束縛。在電影中，我們看到的是兩個完全相同的陳腐的戀愛故事：一見鍾情，偶然相會，俏皮的對話，配合柔和的音樂而跳舞，永遠相愛的誓言。結果，觀眾看到的是兩個同樣美麗的女人，愛上了一個男人，電影使觀眾有些討厭那個女工，他們會想，如果沒有那女工可有多好，電影使那女工後來成為一個潑婦，在原作，她始終是一個可愛的姑娘。

在原作中，主角夢想與富家小姐結婚後可以升入上流社會，但那只是夢想而已，並不是像電影中那樣成為真實的事，這是很重要的一點。原作的高潮也被全然改變了，電影中主角被關在死囚室中，富家小姐與他訣別，表示永遠愛他，這與德萊塞完全相反。他小說中描寫主角被控後，富家小姐就拒絕再見他，這些有錢的人認為，有犯罪嫌疑以及與女工有交往，與謀殺同樣是不可饒恕的罪惡。原作的主旨是說窮人與富人之間有一條跨不過的鴻溝，電影卻說，只要主角再聰明一些，他就可以在「陽光下獲得一個地位」了。

原作名為《一個美國的悲劇》（*An American Tragedy*），強調這是美國社會中的悲劇，但電影中的故事卻使人覺得這是任何社會中都可能發生的悲劇。我國京戲中的「陳世美不認前妻」不是與這電影很相似嗎？

一九五二年四月十三日

《郎心如鐵》的技術

或許讀者們要問，這張片子為甚麼會得六個金像獎呢？主要是由於它的技術。與好萊塢一般的出品相比，《郎心如鐵》在技術上確實是要高出一籌的。

導演佐治．史蒂芬（George Stevens）是一位老導演，他製作的片子很多，可是在技術上從未給人有過深刻的印象，這張片子卻是例外，其中有許多巧妙的手法。例如介紹安琪拉（伊麗莎白．泰萊〔Elizabeth Taylor〕）出場，喬治伊斯曼（孟甘穆利．奇里夫〔Montgomery Clift〕）打電話給他母親等幾場都是相當別致的。

史蒂芬在這張片子中大量使用「溶出」「溶入」，幾乎每一場的轉換都用「溶」，經過各種互相不連貫的形象，創造出一種氣氛來。

片子的進展很慢，但觀眾並不覺得沉悶，主要是因為導演有一種抓住整個電影重心的力量，偶然，有些地方手法顯得陳腐，但一般而論，導演對於題材與情緒氣氛能夠確確實實的控制。在湖上謀殺一場，是一連串緩慢的、孤立的形象，從白天到夜晚，景色各不同，這樣一連串的鏡頭，組成了心理上的緊張狀態，不像普通電影那樣，用戲劇性的事件來發展高潮。我以為這是電影上很少用的手法。這一場頗有愛倫坡的詩的意境。

德萊塞（Theodore Dresier）寫這本小說的時候，（用一句新名詞來說）「思想還沒有搞通」，他只看到「富人」與「窮人」，還沒有看到「資本家」與「工人」，沒有看到工人有組織的力量，所以他書中有一種強烈的悲觀與憂鬱的情調。這張片子雖然歪曲了德萊塞的主題，但情調方面倒很符合，而且手法很經濟。例如原作花了好幾章來描寫女工（莎莉．雲德絲〔Shelley Winters〕）的墮胎不成，電影中只用一個極短的鏡頭表現這一對青年陰沉地離開一家藥房，以及女工與醫生的對話。同樣的，喬治（孟甘穆利．奇里夫）與女工之間關係的逐漸惡化，也只用一個簡潔的場面來表示：兩人背對鏡頭，只有空虛單調的一個房間陪襯着痛苦而辛辣的對話。

配聲也是不錯的，最突出的是湖上的鳥叫、警車的鳴聲，以及狗叫。

三個主要演員的表演我以為比他們過去任何片子都好。孟甘穆利．奇里夫相當成功的表現了一個有點兒迷人、軟弱、然而是愚蠢的青年；伊麗莎白．泰萊演這個驕縱而嬌艷的富家小姐，很合她原來的個性，用不到有甚麼創造，把她原來的人顯在銀幕上就成了，而她演得很好。莎莉．雲德絲哀愁而有節，見醫生與在船中的兩場，是整個電影中最精彩的演技。

最後要說一句題外的話，《錦繡恆河》（*The River*, 1951）是一張很不差的片子，可是今天是最後一天了，讀者們不妨去看一下，我們明天準備談它。

一九五二年四月十四日

《錦繡恆河》

我看《錦繡恆河》（*The River*, 1951）這部電影後，心中有很長的一段時間不好過，說是傷心吧，不是，是煩悶吧，也不是。這電影使人想起自己的童年。電影描寫女孩子成長時的哀愁、惘惑、苦惱與喜悅，用如詩的筆觸來傳達甜蜜和淒涼的意境。

這是一張很別致的片子，與其說是電影，還不如說是一本小說，更像是一篇很美的散文。一個女人的聲音在片外發聲，敍述每一個人的個性與背景，敍述每一種風俗的情形，每一件事的經過，演員們只在必要的時候才交換一兩句對話。它的戲劇性很淡，不像一般電影那樣衝向一個高潮，結構本來已經很鬆懈了，可是還插入許多描寫印度景色與風俗的鏡頭，使進行的速度更加遲緩。作為一種電影藝術作品看，那是不完整的，可是它自有一種不完整的美。

導演尚・韓諾埃（Jean Renoir）是法國人，在電影界有很高的名聲，但他過去的每一張片子都不能說是完整的傑作，只是在每一張片子中都有天才的痕記，這個電影也不例外。原作是女作家蘿默・戈登（Rumer Godden）寫的，導演在電影中盡量保存着她優美纖細的女性的風格。通過英國人的家庭生活來描寫恆河，無論如何是不倫不類的，但它表現兒童生活的生動，抵償了這個缺點。紙帽、秘密的地方、鴿子、煙火、孩子們的歡笑、哭泣與小小的爭鬧全都很真實。不知誰在嘈鬧地練鋼琴，正如人們在幼小時練琴一樣！

攝影（攝影師是導演的姪兒克勞德・韓諾埃〔Claude Renoir〕）是很精彩的。河上的船隻、青色的黃色的河水、河邊的石階、春天的花朵、燦爛的儀式、陽光照射下的鄉間、恬靜的午睡，每一個鏡頭中都顯示了魅力。除了鴿子在天空跳舞、拉達舞蹈，以及舉行儀式時的擊鼓外，其他音樂很少，然而在熱鬧的市場上、忙碌的苧麻打包廠中，河水的流動中，似乎都充滿了音樂。

那個美國上尉與十四歲的女孩子呆板沒有吸引力，十七歲的女孩子有個性，印美混血女孩子最動人。因為背景是印度，它不可避免地要觸及到哲學。波琪被蛇咬死了，不久又生了一個小妹妹，把生與死很密切的連在一起。電影中的人說，「你每遇到一件事，每遇到一個人，你死了一點兒，也生了一點。」它企圖用河水來表現一種「逝者如斯夫，不捨晝夜」的感傷，但只是接觸到了淺淺的表面，印度人深厚的心靈與智慧他們顯然是沒有了解的。

電影中全部是好人；但如你想到這些白種人舒適的生活完全是由於麻包廠中印度工人的辛勞時，你或許會有一種不同的想法。

這張片子去年在威尼斯國際電影節中得了一等獎。

一九五二年四月十六日

另一種《郎心如鐵》

在利舞臺看了《郎心如鐵》的人，對於湖上淹死這一段印象一定十分深刻，就電影藝術言，這一場是很不錯的。我前幾天談過，蘇聯大導演愛森斯坦（Sergei Mikhailovich Eisenstein）曾應派拉蒙公司之請，準備拍攝這張片子，結果因與公司方面意見不合而沒有拍攝，但他留下來了詳細的「導演劇本」（英國作家伊瓦·蒙太古（Ivor Montagu）在其中參加了意見）。根據這個劇本中，我把他處理湖上淹死的手法簡單的寫在下面，與利舞臺那張片子作一比較，倒是很有趣味的：

湖水很黑，很靜。岸邊都是松樹，這男女兩人在船中。當小船滑進黑暗中時，男的滑進了沉思之中。他內心有兩個聲音在響着——一個是「殺！殺！」那是他對那富家小姐與社會地位的一切瘋狂的希望；另一個聲音是「不要，不要殺！」那是他軟弱與恐懼，對羅伯達（女工）的憐惜與自己內心羞愧的表示。這兩個聲音在水波上顫動，在他心中低語，先是一個聲音響起來，又是另一個聲音響起來。

羅伯達說，「水不冷。」克拉德（男人）伸手去摸水，但他的手好像觸了電那樣震了回來。他們野餐、照相、採水蓮，那兩個聲音總是在折磨他。電影中交替出現這兩種聲音，有時是羅伯達充滿信任喜悅的臉，出現了他母親叫他的聲音「孩子，孩子。」那時「不殺」的聲音佔了上風，不久叫「孩子」的聲調換了一個，那是宋德拉（富家小姐）的，想到了她的一切，「殺」的聲音又響起來了，最後，他看到了羅伯達快樂的臉，看到了他曾如此愛撫過的頭髮，「不殺」的聲音溫柔地決定了一切。他永遠沒有勇氣來殺死羅伯達了。

克拉德抬起頭來，羅伯達見他臉上充滿了痛苦與鬥爭的痕跡，想去安慰他，走過去握住他的手。克拉德突然睜開眼睛，看到她懇切而溫柔的臉，不自覺的跳了起來，把手縮回。照相機彈了出去碰到她的臉。她叫了起來，跌了回去。「對不起，羅伯達，我不是故意的，」他俯身過去。她很害怕，想站起來，沒有站穩，船翻了。

鳥又叫了，翻了的船浮在水面，羅伯達的頭冒了上來。克拉德想去救她，但她見到他可怕的臉，尖叫一聲，瘋狂地打水，沉沒了。克拉德想潛下去救她，但停住了，遲疑。遠處鳥又叫了。如鏡的水面上浮着一頂草帽。密密的森林，沉默的山。以後是克拉德上岸，以及一大段內心的掙扎與默想，步行，驚恐。他在月光下掏出錶來想看時間，錶的蓋一開，水傾倒出來，錶已經停了……

由於篇幅的限制，這段描寫比原來的導演劇本要簡略得多。我以為，愛森斯坦比史蒂芬（George Stevens）高明的地方，是更忠實於原作，同時極深刻的表現了克拉德內心的衝突，把這種衝突作為兩種社會力量的撞擊。我想到羅伯達在水中看到克拉德恐怖的臉的情形時，不禁為之戰慄。在現在那個電影中，一落水之後就甚麼都沒有了。

一九五二年四月十八日

《雪姑七友傳》

前幾天在叔叔訂的一份大陸權威報紙上看到一篇文章，是講格林童話的事。豐華瞻（好像是豐子愷先生的兒子）翻譯了德國格林兄弟的童話集，有人寫文章批評他題材選得不好。那張報紙作了一個結論，認為格林童話集有很大的文學價值，是應該翻譯的。

《雪姑七友傳》（*Snow White and the Seven Dwarfs*, 1937）的題材就取自格林童話集。由於故事本身的價值，加上迪士尼這張片子的廣為傳播，全世界大都市中的成人兒童已很少有人不知雪姑的名字。在上海，她被稱為白雪公主。我做小孩子的時候，當聽到小販在門外喊：「紫雪糕，白雪公主！」心緒會大大的不寧，因為白雪公主是一種很好吃的雪糕。

這張片子據說是電影史上最賺錢的電影，迪士尼靠了它而奠定他公司的基礎。迪士尼的名字對於即使不太迷的影迷，也已非常熟悉，我以前在「影話」中也談過幾次。他的出名主要由於米奇鼠、當奴鴨等等卡通中的人物。有人認為米奇在國際電影界的地位幾乎和卓別林相等。不論大人孩子，都愛看米奇鼠。

我們看卡通電影，很少想到這是與政治社會有關的，其實任何藝術都和社會不可分離。迪士尼最初出名的短片是《三隻小豬》（*The Three Little Pigs*, 1933），在一九三三年發行，那時美國剛經過經濟大恐慌，羅斯福上台後經濟逐漸復甦，這張短片象徵要建造最堅固的房子以抵禦外來的侵害，美國人一看，正中下懷。他們沒想到經濟恐慌是資本主義社會中的必然現象，總以為自己的商店倒閉或者失去職位是由於自己以往沒有好好的鞏固它。這張片子中三隻小豬唱的主題曲《我們怎樣對付大壞狼？》成為美國最流行的歌。

米奇鼠象徵力量，當奴鴨象徵一種走入了絕境的亂發脾氣。迪士尼筆下的人物大多數是和美國社會當時的風氣和觀念息息相關的。迪士尼在三十年代所以一帆風順，因為那時整個資本主義世界受到了恐慌的打擊，每個人都喜歡在迪士尼的卡通中去逃避現實。

在技術上，迪士尼比其他電影卡通製作者優越的地方主要是兩點：他了解繪畫時歪曲誇張的可能性，他對於電影節奏的感覺。自一九三二年他在電影中加上色彩後，運動、色彩、聲音這三個要素他配合得非常之好。

有人指出，《雪姑七友傳》固然是迪士尼的一大成就，但他失敗的徵象也已隱伏在這裏。他以前知道，拍攝卡通片時鏡頭的運用與拍攝普通電影不同，在普通電影，鏡頭移遠移近，在卡通片，人物大就是畫得大些，小就是畫得小些。可是從《雪姑七友傳》開始，他也使用了通常的拍攝方法，這使觀眾增加了真實的感覺，與卡通的原則是不符的。保爾·羅塔（Paul Rotha）說，迪士尼最大的錯誤，或許是把人類（不管是畫的或者是真的演員）加入到他的卡通中去。

一九五二年八月四日

再談《雪姑七友傳》

約可斯（Lewis Jacobs）所作的《美國電影的興起》（*The Rise of the American Film*）中分析迪士尼的卡通說，「一張迪士尼片子的形式總是一樣的。他把形式的結構標準化了，成為一種半戲劇性的定型。兩個敵對的力量出現了：他們發生了衝突、危機、追逐、複雜的關係、更高的危機、最後一分鐘的高潮、迅速的解決。」因為他處理得非常技巧，所以一般觀眾不大會發覺這種定型。像本片，就完全符合這種定型，敵對的力量是公主和女王，危機、追逐、複雜關係（小動物與七矮）、高潮（公主吃毒蘋果）、解決（王子的一吻）。

迪士尼在藝術上主要的成就是節奏良好的剪接，聲音和色彩的運用，豐富的想像力和滑稽的形象。這些當然不是一個人的功勞，本片頭上的字幕中，迪士尼特別聲明感謝他手下工作人員的合作。在任何電影中我們都沒有見過這種感謝的話，由此可見在卡通片中，大量人員的通力合作是如何的重要。當然任何電影需要許多人的合作，不過在長的卡通片尤其顯著。

本片中最好的幾個地方代表了迪士尼創作的高峰。雪姑在森林中的逃遁有力量很大的效果，她眼中看出來的森林可怕異常，從電影中主角的眼光來觀察外界，自德國片《加里格里博士的小室》（*The Cabinet of Dr. Caligari*, 1920）以來有很多導演使用，不過不一定都成功，但本片是成功的。在七矮屋中大掃除那一場的想像力很豐富，松鼠用尾巴掃地撣灰塵，燕子用腳子在麵餅上嵌花，栗鼠清除蛛網，小鳥在瓶中插花和曬衣，烏龜把肚子給兔子當洗衫板，都像「劉別謙輕觸」那樣輕鬆可喜。跳舞那一場與女王變形那一場也是很好的，尤其是後者色彩的運用，顯得陰森可怕。

還值得一提的是音樂。本片中每一個角色都有一個特定的調子和它相配，觀眾只要稍稍注意一下馬上可以發現。雪姑和王子各有一個表示愛情的小歌，每一個矮子都有特定的旋律，甚至那隻烏龜，也有一個和牠慢慢地爬行相配的莊嚴的調子。當那壞女王出現的時候，一個險惡的樂曲也必陪同出現。每一場也各有它特定的伴奏：例如女王照鏡子時是妖聲妖氣的神秘樂（Mysterioso），女王墮崖時則是很響很響的狂暴樂（Furioso）等等。

昨天提過一下，本片最明顯的缺點是要把人顯得真實，結果立體的背景和平面的人物極不調和。我們覺得那些動物和七個矮子非常自然，但雪姑、王子、女王的表現方法相形之下就拙劣了。

比之迪士尼近來的作品，這張片子算是比較好的，因為迪士尼發了財之後，忘恩負義地不要老朋友了。從前和他合作的人要求他履行諾言加薪，他反說他們是共產黨，叫警察來把他們捕去。失去了大批優秀人才的合作，迪士尼就沒有好的作品出來了。

一九五二年八月五日

《情天長恨》的電影藝術

如果上次樂聲、百老匯放映《情天長恨》（*Give Us This Day*, 1949）這張片子時因為有許多觀眾還不知道這是一張極好的片子，以致戲院賣座不好，只映兩天就換片，這次我想是可以多映幾天了。如果時間允許，我想再寫幾篇「影話」，分別談談這張片子的藝術、內容，與導演愛德華·狄米特里克（**Edward Dmytryk**）。今天我單寫我對於本片在電影藝術上的看法。

沒有一個人沒有聽過音樂。音樂有節奏，這是大家都知道，那就是高低快慢的適當安排，使人聽起來覺得好聽。電影也有節奏。對於電影，節奏是一件非常重要的事，不過一般觀眾常常不大注意吧了。但觀眾不注意，並不是說節奏對觀眾就不發生作用，它已在無意之間影響了他們的心理。對於普通人，覺得一支歌好聽，就只是好聽，他雖然不懂旋律、節奏各種複雜的規律，但他還是覺得好聽；對於一張名畫，儘管普通人並不懂透視、構圖、色彩學上的各種規律，他還是會覺得好看。電影也是一樣。

本片的節奏之美，細微之處談起來一般人不會感到興趣，我只舉一個「對比」的例子。中國畫中有所謂「烘雲托月」的說法，把雲畫得黑些，月亮就顯得更加皎潔。圖畫所表現的東西是不動的，它對比的物件同時出現在一張紙上或一塊畫布上。電影所表現的東西是動的，它對比的東西普通是連續出現的。在本片，導演有好些地方使用到達了一個高潮又出現一個高潮的方法，來使觀眾更加感動。比如那個泥水工人生平第一次打了他妻子，氣氛沉重之極，突然他們的幾個孩子一齊出現，向父親高唱：「祝你生辰快樂！」；又如傑萊米歐與他的新娘在借來的房子中度三天蜜月，甜蜜的生活正發展到最纏綿的時候，新娘的一句話使他突然想起三天滿了，他不得不把一件極可怕的事告訴這個快樂的新娘；又如在「耶穌受難日」那天，傑萊米歐已向他妻子和朋友們懺悔了過去，大家親愛地原諒了他，正要快快樂樂地開始以後的生活時，他突然跌在大量拌了水的水泥中窒死了。這種對比的手法當然不一定每次都能感動觀眾，但在這些例子中，那是很有效的。

狄米特里克另一巨大的成就是在英國的攝影場中創造了紐約的工人區的氣氛，他只不過使用了五六次紐約背景的放映。據說有許多大導演對他這種手法很是欽佩。

幾個演員的演技都很好。最好的是飾妻子的李亞·巴杜華妮（Lea Padovani），她是意大利人，以前在意大利拍過電影，她在本片中把一個勤勤懇懇的婦女的生命，非常生動地刻劃了出來。我曾勸夏夢、石慧小姐她們去看看這個女演員，她們說一定要去看。飾老工人的查理·哥納（Charles Goldner）是在匈牙利受訓練的英國演員，他的好處是大家容易看出來的。那個包工頭出場時間雖短，演技卻不可忽略。相形之下主角森·華那馬克（Sam Wanamaker）反而顯得較弱。

一九五二年八月十三日

《情天長恨》的導演愛德華·狄米特里克

任何一個熟悉美國電影界情況的人，遇到有人要他舉出美國當代八個或十個在電影藝術上最有成就的導演來，不論這個人的思想是保守的或是進步的，他一定不會遺漏愛德華·狄米特里克（Edward Dmytryk）的名字。

在美國這些著名導演中，狄米特里克大概是最年輕的一個，他是在二次大戰時出名的。一九四四年，他製作了《再會吧，可愛的人兒》（*Murder, My Sweet*, 1944），那是一張偵探片，立刻引起了廣泛的注意。大戰結束那一年，他到英國去，在霍士公司和蘭克公司的合作之下導演了《永不相忘》（*So Well Remembered*, 1947），這是敘述英國北部一個報紙編輯和惡勢力鬥爭的故事，一般認為他深刻地抓住了英國北部工業區的氣氛，那是英國本國許多導演所無法做到的。他在電影界享到大名，則是由於《雙雄鬥智》（*Crossfire*, 1947）那張片子。

《雙雄鬥智》的主題是暴露美國社會中的反猶太人思想，他用偵探片的形式來做偽裝，巧妙地表現了美國的種族歧視、無謂的迷信、愚蠢的妒忌、狂暴的叫囂。這張片子賣座極好，不論在藝術上商業上都得了大成功。在電影史上，它已成為一個經典性的作品，片中導演的手法後來有許多人模仿，例如用疊印來表現酒醉者的眼花繚亂，此後就有許多片子照抄。

對於這張片子的推崇，一時是寫不完的。英國的保爾・羅塔（Paul Rotha）在他那本近一千頁的巨著《電影史》（*The Film Till Now: A Survey of World Cinema*）中談到英國電影時，曾讚揚《王子復仇記》（*Hamlet*, 1948）、《紅菱艷》（*The Red Shoes*, 1948）的各種優點，但隨即慨嘆地說，「可惜得很，我們還沒有一張可與《雙雄鬥智》那樣輝煌的電影相比的片子。」

這位美國大導演卻不能在美國立足，只好到英國去工作，《情天長恨》就是他在英國所拍的第一部戲。他為甚麼不能在美國立足呢？他是給「非美委員會」趕出來的。

「非美委員會」是美國國會的一個組織，它的任務是調查別人的思想，給美國人戴紅帽子。這個委員會對好萊塢特別注意，它要好萊塢的導演、編劇、演員等等都向它說明自己的思想如何。狄米特里克認為這種辦法是法西斯的作風，拒絕說明，於是，他就不能在好萊塢工作了。

《情天長恨》由於藝術上內容上的價值，得到許多國際榮譽獎，這點我以前談過了。英國的電影界人士認為，狄米特里克在英國拍戲而用的是描寫美國社會的題材，那是在向趕他出來的人宣戰，這張片子是對「非美委員會」的一個答覆。

關於英國電影，英國政府的文化委員會每年出版一本《本年的電影工作》，一九五〇年的那一期檢討到美國電影公司在英國拍片的事，認為這種辦法對英國電影有不良影響，但有一個例外，即《情天長恨》，只有「像狄米特里克先生那樣傑出的美國人，我們的電影工作者才能從他那裏學習到許多東西。」那當然是指技術而不是指思想。

一九五二年八月十五日

《不了情》

在看《不了情》（一九四七）之前，我對於它的編劇者和導演是有一些好感的。編劇者是女作家張愛玲，善於描寫女孩子的心理，我讀過她的小說集《傳奇》，覺得酸澀中頗有甘味。桑弧的導演以細膩見長，《哀樂中年》（一九四九）是一個即使在時間上說來也還不能夠淡忘的記憶。所以雖然叔叔約我去參加「派對」，我還是推卻了。我看悲傷的片子有時難受得會哭，怕朋友們會笑我感情還是那麼脆弱，所以這次去看《不了情》，一個人也沒有約。

故事通過一場戀愛糾紛，寫出病態社會中舊家庭，舊婚姻制度的悲劇。少女虞家茵（陳燕燕飾）在一個公館裏做家庭教師，女主人在鄉下養病，男主人夏宗預（劉瓊飾）是一個溫柔敦厚的中年紳士，在盲婚之下痛苦地過了將近十年，在這樣的情況下，他們的情感一日一日的增加，就在此時，宗預的太太在鄉下趕來大吵大鬧。家茵的父親呢，卻想利用女兒來要挾宗預，在他開設的藥廠裏取得一個職位。家茵在這糾紛中不願意破壞另一個女人的幸福，在無可奈何中離開了宗預，地老天荒，相思不了。

曾有許多小說許多電影用過類似的情節，但導演在這張片中仍不落窠臼，有些小節的處理上更獨具匠心。例如一個打碎了的香水瓶、家茵織給宗預女兒亭亭的一雙手套、一個破熱水壺等小物件，在劇中都交代得清清楚楚，情感刻劃得非常細膩，與《哀樂中年》中交代手杖、手錶的手法異曲同工。演員的演技與今日國語片的一般水準相比較，顯見落後。其實這也可說是可喜的，因為這表示了我們電影事業進步的迅速。陳燕燕在片中說話膩膩的「濃得化不開」，是我日常生活中從來沒聽見過的。

看了之後，有一些「此情可待成追憶，只是當時已惘然」之感。對於片中這灰暗的結局，這種完全沒有出路的絕望很不同意。是不是要年青人都甘於做「命運」的奴隸呢？為甚麼把他們表現得那麼懦弱，那麼衰老呢？就說揭露病態的社會吧，也不夠深刻，只是在一些小事上進行諷刺，而不是作有力的批判。

「不了情」這三個字或許是因《紅樓夢》的回目「不了情暫撮土為香」而想起的。從《孔雀東南飛》到《紅樓夢》到巴金的《家》，《不了情》是這一個長期世代最末的產物，隨着新社會的誕生，以後應該不會再有這種不了的情了。

一九五一年五月二十七日

《茶花淚》

學校中漂亮的女同學被稱為「校花」，女子美容店的美容師被稱為「髮花」，茶樓的女招待被稱之為「茶花」，還有甚麼交際花之類。花雖然是美麗的象徵，但在這些名詞中，卻充滿着侮辱的含意。在《茶花淚》（一九五一）這張片子中，女主角黃曼梨表現一個酒家中女招待（許蘭芳）所遭到的侮辱與損害，但通過了她的妹妹許梅芳（周坤玲飾）的不幸，它更表現了社會上一般被損害的女性所共有的命運。

故事是一個極愛護妹妹的姊姊，在酒家中做女招待，但不把自己的職業告訴妹妹。她受到了富商莫明達（張瑛飾）的侮辱。一個愛護她的同事出來勸解時發生了衝突，結果這位善良的朋友被酒家解僱了。周坤玲在尋找職業時碰到莫明達，她覺得他既有錢，又生得靚，心中暗暗喜歡他。但姊姊知道他是一個壞人，力勸妹妹不要和他接近。這個天真糊塗的妹妹反而疑心姊姊奪她的愛人，與姊姊決裂了，跟莫明達同居之後有了孩子。就像不良社會中所有不良的男人一樣，這個富商拋棄了她。結局是爭執中明達失足墮地，頭撞枱腳而死，好姊姊好到底，叫妹妹避開，自承是誤殺的兇手。

在情節上，這部片子脫離不了社會劇的俗套，但像這樣的悲劇在香港翻來覆去的上演，生活中的事實既是如此，要想在電影上免俗又怎麼能夠？

我覺得這部片子雖然表現得很一般，偶然的地方也太多，但終究是正視生活的現實主義的作品。其中並沒有加進一些打情罵俏的肉麻場面，在粵語片中，這不能不說是難能可貴。

黃曼梨擅演悲劇角色，據說在戰前就有「悲劇皇后」的頭銜，她在本片中很用心的設法刻劃對人歡笑背人愁的心情。這次她當選為華南影聯理事長，想來她在演技上的認真不苟也該是一個原因。

馮應湘對於阿飛的人物頗有把握，他一貫表演這一類型的角色。在這部片子裏，他扮演公司的經理，我覺得比起《滿江紅》（一九四九）中的番書仔起來，就顯得遜色一些，阿飛當經理，這家公司似乎非收檔不可。

張活游很能表現出戲中人善良正直、嫉惡如仇的性格。張瑛、周坤玲都可說稱職，這一半也得歸功於製片當局選擇角色的適當。張瑛自《珠江淚》（一九五〇）中飾文質彬彬的惡霸成名後，他就常演這一類外表斯文內心奸詐的戲，我覺得這一點是更寫實的，因為在社會上，真正的壞人恐怕大部份是一副好人模樣。滿臉橫肉兇神惡煞般的人物反而容易教人提防。

粵語片而沒有大段的粵曲，也可說是本片的一個特色吧，有一支時代曲《歡樂今宵》，國語的歌聲混在粵語的電影裏顯得極為生硬。結尾時配上《聖母頌》很好，使人有一種女性崇高偉大的感覺。

一九五一年七月十日

《江湖兒女》

這可能是我在《新晚報》寫的最後一篇「影話」了，一年多來不斷和親愛的讀者們談論電影的事，也收到了許多讀者的來信，突然要離開這地方，不免很是傷感。昨天收到媽媽來信，說爸爸生了病。我有兩年不見他了，必須回到上海去看看他。回去之後，大概短期內是不回來了。

值得安慰的是，我最後寫的一篇「影話」談的是一張很好的片子。如果讀者們覺得我的意見還有值得參考的地方，我希望你們去看看這部電影。

《江湖兒女》（一九五二）是費穆先生生前花了很多心血的作品，他到香港來創辦龍馬公司，第一個戲就準備拍它，那是他在上海時設計已久的作品。那知不久費先生就生病，後來竟此不起，這個戲由朱石麟先生、齊聞韶先生完成。朱石麟先生的藝術修養極高，是中國導演中我最欽佩的人之一，平時聽他談話，一言一語都有極精闢的見解，至於攝影場上經驗之豐富，那更不必說了。在香港這些電影工作者中，我以為李萍倩先生和朱先生是最值得人向他們學習的。看了這電影後，不論內行外行的人我想都有同感。

費穆先生雖然不能親眼看見這張片子的完成，但他的精神活在裏面，在許多沖淡然而意義深遠的場面中，不是清清楚楚地看到了費先生的才調風華嗎？愛好音樂的人大概都知道，費先生的女兒費明儀小姐是趙梅伯先生的高足，她的女高音在本港年輕一輩的歌唱家中是非常傑出的。本片「啞子揹瘋」中的歌是她唱的。常有人說，一個人死了，他的生命活在他子女的生命中。知道費先生的人，看到這電影，又聽他小姐的歌聲，恐怕會有很多很多的感想。

「啞子揹瘋」那一場或許有些觀眾不懂，那是由一個人來扮兩個人，上身扮少女，下身扮老人。據吳仲實醫生說，那是一種極難的動作，因為一個人的生理是整個配合的，突然要分為兩截而都要神似，必須經過苦練才成。

主角之一的韋偉是我相當熟的朋友，平時我總叫她阿姊。她很喜歡談話，而我則很喜歡聽人談話，在朋友家中，我們見了面常常一談就是好幾個鐘頭。為甚麼談得攏呢？主要是因為她和我對電影的看法常常很一致，在別人和我意見不同的時候，她說的話偏偏正是我要說的。她平時為人極有豪氣，演《江湖兒女》很適合她的戲路。

片子本身在這許多條件的湊合之下是不可能不好的。可惜的是被剪去了許多，以致有些地方顯得不連貫，尤其一個非常精彩的結尾突然之間消失了。原來的電影中是說這一群人都要回國去，過一種幸福快樂的生活。這張片子現在正在北京、上海上映，如果趕得及，我想到上海去再看一遍完整的。但這裏所放映的儘管結束得不夠有力，整個戲的好處還是保存着的。

一九五二年八月十六日

姚馥蘭小姐的信

下面是姚馥蘭小姐在臨走前寫給我的信，她要我把這件事告訴讀者，那件事又告訴讀者，說了很多。我把有關私人的事刪去一些，索性把這信登出來，讓大家看看，算是向姚小姐交差。

——編者

××：

我明天要走了，你突然要工友轉來這許多讀者的信，我怎麼辦呢？我正在整理東西，看到兩年前穿的一雙紅鞋，心中非常難過，只因為我從前穿過它，而現在舊了，不想帶回去。小表妹說，「阿姊，妳不要哭，我把妳的東西都好好保管着。」這時看到了你的條子，看到了你送給我的那個滑稽洋娃娃（我會照你字條上所說的，在火車中多看看它，謝謝你！），看到了讀者們的一疊來信。

這些信中告訴了我許多事，有一位說，他把我的「影話」每一篇都剪下來貼起了，因為我要走了，所以才告訴我。有一位說，他願意來給我送火車揹行李。有好幾位說，本來早就要寫信給我，一直不敢，現在不得不寫了。更使我感激的，是一位讀者在病中給我寫了信，他最後問候我爸爸的病；這是一位細心的讀者，他特別聲明是真心問候，不是討便宜要做我爸爸。我想他大概是深受你影響的大家談談友，所以對討便宜的事特別敏感。

假如是你，看到這些信也一定會感謝會傷心吧。

關於繼續寫「影話」的事，你催催子暢，要他快些開始。他這個人這件事也想做，那樣東西也想學，整天忙忙碌碌，而且又愛玩，你不催他，他是不會動筆的。我們同班同學中，在香港只有你我他三人。我從前寫的「影話」中，有叔叔的意見，有小表妹的意見，有胖子表哥的意見，有你與子暢以及其他許多朋友的意見。大概我們三人長期在一起唸書，受同一的老師指導，所以看法最能統一。子暢來寫「影話」，我想他的意見是會與從前的「影話」一致的。我的電影書都送給他了，他原有的本來比我多，大概在這方面的藏書，在本地可以有一點小小的地位了。

有一點想來你已經注意到了的，子暢這個人有時想法很公子哥兒氣，可能與你的版面不很調和，如果他一定堅持這樣寫，你可以多和他談談，要他多聽聽別人的話，自己不要太驕傲了，總之要設法使我們的「影話」是不偏不倚最最公正的。小表妹還要你轉告他，看電影的時候要常常帶她去，而且要請她吃雪糕。她說，《新晚報》的「影話」、請她看電影、吃雪糕這三種東西是三位一體的，不能只做一件事而忘了其他兩件。

讀者們的信有些我自己會覆，關於技術性問題的信，我都已託子暢代覆。你要經常催他逼他，要他多與讀者通信。他們熱誠地愛我們，我們也要熱誠地愛他們。

一九五二年八月二十一日

第二輯　子暢影話

關於《城市之光》的故事

我生平做過許多笨事，大概答應姚馥蘭小姐來接替她寫「影話」的工作，要算是最笨的事之一。因為大家想念姚小姐，一定會看見我寫的「影話」就覺得惹氣。習慣了她文章的風格，會更難於忍耐我這種平庸的文字，更何況姚小姐在給編者的信中先「破壞我的名譽」，說我驕傲愛玩等等，讀者對我的印象是更壞了。

姚小姐在美國電影工作者中最崇拜的人物之一是卓別林（Charles Chaplin），關於他以及《城市之光》（*City Lights*, 1931），她寫過好幾篇「影話」，今天我想談一些她沒有談過的關於這張片子的故事。

我們在電影廣告上常常看到，「片長十四大本，時間更動，務請注意」等字樣，甚麼叫做一本呢？一本，在英文稱為一個 **Reel**，那就是一千尺膠片（指三五厘的）。這一千尺放映的時候，大概是十分鐘。普通一張片子假使映一個半鐘頭，那大概是九千尺左右。一張片子長到十四本，戲院就需更改時間了，因為兩個鐘頭中映不完。《城市之光》並不長，九本，映八十七分鐘。但你們倒猜猜看，卓別林攝製的時候一共拍了多少膠片？

我先提供一點資料。本港粵語片因為節省成本，九千尺的電影如果拍一萬八千尺已經算非常了不起了（所謂拍一萬八千尺，是犧牲一半，即拍好的電影中，實際上只有半數有用，其餘的半數因種種關係而要犧牲掉）。一般國語片也很少超過一倍，尤其在美國禁運後膠片價錢大漲的時候。長城與龍馬公司製作時態度比較認真，有些片子拍到四萬多尺，那就是說有三倍以上的膠片要犧牲。

你或許猜不到，《城市之光》一共拍了八十萬尺，製作的時間是兩年。像這樣精心構作的電影是很少的，而像這樣成功的片子也是很少的。打一個比方，假如你要投稿「大家談」，用心寫了八十條，再選出其中最精彩的一條來寄出去，其餘的七十九條都自動投入字紙簍，那一條絕對是非登不可了。

飾賣花女那個維吉尼亞．薛麗爾（Virginia Cherrill）是卓別林在拳擊場中發現的，她從來沒有上過銀幕，由卓別林一手訓練成功。不過她一生也就只有這麼一部成功的電影，離開卓別林後就默默無聞，只是嫁了許多丈夫，其中之一是美國明星加利．格蘭（Cary Grant）。

演那個富翁的，本來是哈萊．克洛克（Harry Crocker）。電影中不是有一場跳入河中自殺嗎？可是這位克洛克先生怕冷，清晨拍到這一場，他堅持要等太陽出來，把河水曬得溫暖一點時再跳下去。卓別林一怒之下，換了現在的哈里．米爾斯（Harry Myers）。他不怕冷，可是損失也真不小，一切從頭拍起，多花了六個月時間。

這張片子的成本是一百五十萬美元，卓別林在其中賺到的錢是五百萬美元，你假使今天到國泰去看這張片子，有一部份錢是歸他收的，而這筆錢還不算在這五百萬美元之內。

一九五二年八月二十二日

話說「影話」

我和《新晚報》的關係是老讀者，是新作者。做《新晚》迷已整整兩年，「寫影話」卻還只有一個多月的歷史。

作為讀者，我是很開心的，從「夕夕談」到「大家談」，從「西太后」到「顧左右」，我幾乎是每一篇文章都看，而且看得很高興。每天總希望早些看到《新晚報》，希望它一天比一天更精彩。

作為「影話」的作者，卻是有苦有樂了。

寫一篇一千字的「影話」，大概平均花五個鐘頭。其中兩個鐘頭看電影，半個鐘頭坐車來回，一個半鐘頭看書、看雜誌、看電影廣告、聽有關電影的唱片、看中西報上的影評，剩下一個鐘頭，就是動筆寫了。答覆讀者的來信不計在內。在時間上算來，所費太多。我常常想，假使每天我只睡六小時就夠，那不知道有多高興，這樣就可多寫幾篇。

至於稿費，每個月的「影話」稿費剛夠我訂電影雜誌與買關於電影的書。

還有一件苦事，明知一張片子不大好，但為了交差，不得不去看「一星片」或「無星片」。

不過話又說回來了，即使我不寫「影話」，電影還得看，只是要選得精些，不會看無聊的片子；即使不寫「影話」，書報刊物還得買還得看，只是那些專門給好萊塢宣傳的、沒有多大意義的書刊報紙，就省省了。

最重要的一點是，各人對於電影的批評標準有很大的不同。常常，我覺得一張很好的電影，一位朋友會說：「哼，那有甚麼好？」又有時，我會收到讀者的信：「這張片子我至少要給四顆星，你為甚麼只給一顆？」這常使我很為難。

那麼為甚麼要寫呢？

第一、我收到本港讀者很多的信，這些信對我有很大的鼓勵。這是最重要的因素。

第二、我很喜歡《新晚報》這張報紙，對於自己所愛的（不論是祖國、是人、是報紙），能夠出一點力，即使是最微不足道的，自己也會感到幸福。

第三、因為我對電影很有興趣。

這三點理由剛包括了《新晚報》徵文的題目：「香港、新晚報、我」，同時寫稿之前又不必去看電影，這次寫作可能是給《新晚報》寫稿以來，「效率」最高的一次了。

一九五二年十月五日

《羅生門》

我吃過「大家談」不少苦頭。親友中的小弟弟小妹妹們成為談友後，總託我領那一「雞」，我難得到《新晚報》去，常常自掏腰包代發稿費了事。昨天居然有一位談友斷章取義的引得我的「影話」，害我連接到好幾位朋友的電話，問我為甚麼在報上寫文章瞎三話四。總有一天我要推薦一張全世界最壞的電影，說：「『大家談』談友非看不可！」

至於本片呢，談友們不必去看，因為它相當好看。

在西方國家的電影界，近年來有兩件大事。一件是意大利的電影出現了一個「文藝復興」，另一件就是本片震動了歐美的影壇。雖然西方國家電影界人士給了它最高的榮譽（一九五一年威尼斯國際影展的首獎、美國影藝學院的榮譽金像獎），與最高的評語（「是一個啟示」、「傑作」、「豐富了西方的電影藝術」等等），但我以為，與意大利電影近年來的成就相比，《羅生門》（*Rasho-Mon*, 1950）還是差一級。這原因在於，好的意大利片常常有一個深刻的主題，而本片的優點，卻完全是在純藝術上。

本片劇本是黑澤明等根據芥川龍之介的小說改編的（昨晚陳兄來談，說這篇小說有中文譯文，收在黎烈文譯的《河童》裏，據說電影與原作頗有出入，可惜我沒有讀過）。芥川龍之介在一九二七年自殺，遺書中說自殺的原因是對人類的道德問題想不通。本片的中心思想我以為是赤裸裸地暴露人性的卑劣和沒有道德，和芥川的看法倒是一致的。一個人要自殺，當然對社會和人生是徹頭徹尾的絕望。本片除了一個結尾外，全部是悲觀絕望的氣氛。

故事是第八世紀時的日本京都，內戰、饑荒、地震、瘟疫，弄得民不聊生。一個樵夫、一個和尚、一個浪人同躲在羅生門下避雨，談起前幾天發生的一件命案：一個武士帶了妻子經過一個森林，遇見一個著名的大盜，結果武士被殺，妻子遭到污辱。可是對於那武士的被殺，卻有各種不同的說法。大盜說是在一場英勇的決鬥中把他殺死的；那女人說是她自己被辱後，丈夫對她極度輕視，在昏迷中失手誤傷而把丈夫殺死；武士的鬼魂通過一個女巫，說由於妻子無恥而居心狠毒，他氣憤自殺；而目睹一切的樵子，卻說大盜和武士都是懦夫，武士之死死得極不光榮。

這個故事毫不留情地刻劃了人的醜惡面，描寫貪慾、恐懼、自私、傲慢、虛榮、作偽、殘酷、卑劣，它叫我們輕蔑人這一種動物。它把武士道的光榮諷刺得不留絲毫餘地，據說本片在日本很不受歡迎，主要就是這個原因。它最後的結尾雖然是偷了匕首的樵夫良心發現，自己已有六個子女還收養別人的棄兒，使那和尚對人類還有一點兒信心，但這一些溫暖顯然不能抵銷充塞在整張片子中的冷酷。

我猜想，導演黑澤明企圖影射日本當前的情況。在美軍的佔領下，日本的慘狀不正與一千二百年前差不多嗎？知道自己歷史的日本人民會想到，第八世紀過後，日本在第九世紀中大大興旺。本片的結尾也給了他們以希望。

明天要談談本片藝術上的成就和缺點。

一九五二年十月二十九日

談《羅生門》的電影藝術

昨天我談起這張片子刻劃人性的卑劣，迷瀰着一種悲觀絕望的氣氛。這與戰後日本社會的一般情調倒是符合的，但它把人寫得太醜惡了。事實上，大多數人民是善良的，有不少的人有高貴的靈魂、博大的心胸，有勇敢仁厚的男子，也有堅定崇高的女子。假使人的性格都如本片所描寫的這樣，那真是無異於禽獸，我們都可以去自殺了。

如果撇開內容不談，它的技術可真是高明。有些讀者對「技術」這兩個字望而生畏，以為只有專家才需要去研究。其實，你多懂一點，看電影時就多一點興趣。真正好的藝術作品一定是大眾所能欣賞的。

比如本片的攝影，即使你絲毫不懂攝影，從未做過「拍友」，只要你常看電影，你馬上會發覺，本片實在拍得太好了。那個樵夫到森林中去這一場，可以說是我生平所看到的最佳電影攝影之一，它像一首詩，也像一首鋼琴曲子。濃密的森林中，閃耀出斧頭上的光芒，節奏舒徐迅疾，恰到好處。這樣長的一個跟鏡頭，拍攝時一定很不容易。歐美的一般導演常常不敢在「遠景」與「特寫」之間轉換得太快，本片的導演卻很大膽，不大顧忌這一點，因為處理得當，效果反而很好。還有幾個攝影很好的場面值得一提：大盜首先看到女人時，從女人的腳拍起，鏡頭轉到女人輕紗籠着的頭部；大盜把武士縛住後奔回來，看見女人的纖纖素手在溪流中擺動；羅生門旁的大雨；女人要自殺時，濃黑的森林中只見匕首在發光（這裏的構圖特別好，匕首雖小，但觀眾的目光自然集中到它）；結束時樵夫與和尚離開羅生門。

本片的風格是簡單而突出，例如在衙門中審訊，以一堵白色的牆做背景，其他一無所有，真是天才的念頭。至於比劍的逼真，結構的巧妙，那是每個人都會感到的。

演員連那嬰兒在一起只有九個人，可以說個個都不錯。當然飾大盜的三船敏郎和飾女人的京町子最好。大盜充份發揮了獸性，半裸的身體、喘氣、嘶叫、不時去拍打身上的昆蟲，這不與牛馬的動作差不多嗎？那女巫袖子的動作，臉部的表情都屬上乘。

談到缺點，也是有的。整個說來，速度太慢（雖然這是本片導演所故意要強調的一個風格）。演員們毫無表情的特寫鏡頭時間拖得太久，而這些鏡頭對戲的本身並不一定有甚麼作用。那個女人的哭泣似乎單調了一點，有時令觀眾感到不耐。配音大致說來不錯，但有一個嚴重缺點，其中有一場直接引用了法國大音樂家 Maurice Ravel 所作的 Boléro 曲子。這是一種西班牙的跳舞曲，而且是形式相當現代的舞曲。它緩慢單純，越來越響的旋律，不斷重複的三拍子節奏，確與電影的情調很合適。但在東方的古裝片中配以西方的現代舞曲，總有些不倫不類。

一九五二年十月三十日

《舞台春秋》

芭蕾舞蹈家苔莉在舞台上獲得盛大成功的那天晚上，在公寓外對青年作曲家尼維路傾吐她的心曲，她衷心地愛那個老丑角卡華路，為了「他的靈魂、他的甜蜜，和他的哀傷」。《舞台春秋》（*Limelight*, 1952）這張片子正表現了這些。而我們，也被卓別林的「靈魂、甜蜜，和哀傷」所深深感動。但是，往日的卓別林，在這張片子中看不到了。我們見到的不是憤世嫉俗、大聲控訴的差利，而是一位白髮如銀、回憶往事的老演員。我個人這樣想，假使卓別林一生只拍《城市之光》（*City Lights*, 1931）、《淘金記》（*The Gold Rush*, 1925）、《摩登時代》（*Modern Times*, 1936）、《大獨裁者》（*The Great Dictator*, 1940）、《華杜先生》（*Monsieur Verdoux*, 1947）這些電影中任何一部，單單這一部片子就可使他成為電影藝術中的不朽大師。但假使只拍《舞台春秋》一部電影呢？人們會感動，會愛他，然而到將來，會忘記的。

這是講一個丑角和一個女芭蕾舞蹈家的故事。主題是要愛人生，要有堅強的求生意志。就像差利過去許多電影，這部片子也是他自編、自製、自導、自演、自己作曲、自己設計舞蹈。他演一個年老的喜劇演員卡華路，這丑角過去曾紅極一時，但後來觀眾不喜歡他了。他酗酒失業，無以自拔。一天，他救了一個自殺的女舞蹈家，幫助她克服心理上的障礙，一舉成名。這個少女愛上了他，在他窮愁潦倒的時候幫助他重登舞台，恢復過去的令譽。終究在舞台燈光下，年老的要過去，年青的一代要起來。卡華路在精彩表演之後心臟病猝發而死。

他歌頌生命的美麗、青春的寶貴、人生的尊嚴。故事中充滿着純潔的愛情和溫暖的友誼，但也不自禁流露出憂鬱、自憐和遲暮之感。在看這電影時，我不斷想到，要以更多的愛去待那許多待我很好的人，然而對於卓別林所說人比太陽更偉大、必須好好享受生命的意見，卻沒有多大印象。卡華路臨死時說：「心靈和頭腦——多麼難解的謎！」我們被這個電影所打動的，是心靈而不是頭腦。

卓別林的表演是我們這個時代中的一個偉大天才。他在本片中醉酒的神態、滑稽的動作、莊嚴和頑皮、喜悅和傷心，無一不是傑作。然而我又想，他在《舞台春秋》的演技，英美或歐洲大陸上另外一個經驗豐富的傑出演員是可以做到的，譬如說腓特烈．馬區（Fredric March）、郎奴．高路文（Ronald Coleman），或者保羅．茂尼（Paul Muni），或許沒有他那麼深刻，然而並非不可能。至於《大獨裁者》等片中的差利，全世界都不可能再有第二個了。

據卓別林自己說，本片是他第一次在電影中擔任戲劇角色而不是滑稽角色。本片相當長，但滑稽的地方並不多，就像電影中卡華路說：「生命不再是滑稽的了。從現在起，我是一個退休了的幽默家。」除了舞台上的滑稽表演外，只有房東太太在樓梯邊談話那短短一場是有趣的喜劇。不過聰明警闢的對話極多。

一九五三年一月二十三日

《舞台春秋》的意義

看了這個電影的人，極大多數會深深地感動（不感動的人當然也有，我在散場時聽見一個觀眾大為懊喪地對他朋友說：「我以為是《舞台春色》，哪知是《舞台春秋》！」但對電影所包含的意義，也值得思索一下。

首先，本片告訴觀眾生命之可貴，自殺是一種最大的浪費。反對自殺的美國片也有過很多，最近映過的有《十四重天》、《夢覺浮生》（*Night into Morning*, 1951）等，本片優於那些電影的地方，在於它不僅指出為甚麼不要自殺，還指出了不自殺之後的道路。

其次，它維護人的尊嚴，強調人的偉大。美國有許多電影總是有意無意地在蔑視人的價值，紅番不妨亂殺，盜匪和警察都可以隨便開槍。在那些電影中，人變得非常卑微惡劣，引伸出來的推論是應該多殺人、多戰爭。本片恰恰相反。

卓別林又在這電影中強調人的自覺意識和思想，他說人所以比太陽偉大，因為能夠思想。我們知道，只要大多數人能夠正確的思想，對於自己在這世界上這社會中是處在一種甚麼地位、應該發生甚麼作用等問題有了自覺心，這世界這社會一定會變得千百倍的美麗。

這電影歌頌藝術的永生。老演員雖然死了，年青的一代還在活躍。就如美國詩人朗費洛（Henry Wadsworth Longfellow）在《生命頌歌》（*A Psalm of Life*）中說，「生命短促，藝術恆久。」這電影的勝利是藝術的勝利，不像許多美國歌舞片那樣，演出成功的結果是挽救了一個破產的戲班，或解除了一對愛人之間存在着的誤會。

最後，它教我們正視現實，為了所愛者的幸福，不妨犧牲自己。

這電影有沒有缺點呢？我以為也是有的，主要是在對話之中。戲中的卡華路說，「群眾是一個沒有頭的大怪物。牠永不知道牠要走到甚麼路上去。任何方向他都可能走去的。」世界的糾紛在於「我們都瞧不起我們自己」。生命是一種「慾望而不是一種意義」，生命可以非常美好，「只要你不怕它，有勇氣，有理想——還有一點兒銀紙。」我們譴責娼妓制度，但「我們全都在為生活而掙扎——人類所有的努力，都是寫在水上的」（指沒有價值，英國短命詩人濟慈〔John Keats〕有類似說法）。卓別林對社會不滿而發發牢騷，固無不可，但這些話與本片的主題是矛盾的。再者，卡華路對於自己的藝術似乎也不夠尊敬，他說，我討厭演戲，可是不得不演，正如我討厭血，可是血在我血管中流。他又說，歡迎我的人越多，我越是孤獨。這使我們覺得，卡華路所以登台，只不過為了重振令名，再享受一下往昔的光榮，其中並沒有一個很崇高的目的。

當想到這是一張從美國那樣的環境中拍出來的片子時，我們會多佩服它的成就，原諒它的瑕疵。

一九五三年一月二十五日

《舞台春秋》的藝術

對於我，這是一個太像煞有介事了的題目。我怎麼會有資格來批評卓別林的藝術呢？在看這篇文章之前，希望讀者又一次的想到（其實希望每一次都想到），我在這個框子中所寫的文字，只不過是個人閒談式的一種意見而已，決不敢自居為批評家，作老三老四狀。

關於這張片子，本港各報可說是一致的好評潮湧，我以為這些好評大部份是應得的。本片在藝術上的好處是樸素和渾成。單就故事的情節言，並不見得怎麼偉大、怎麼了不起，甚至可以說並不新穎，然而卓別林把它編成一個完整的整體，一些小穿插都和全劇的主旨相呼應。例如舞台上的小丑表演一個馴獅人淪落到去訓練虱子，就象徵卡華路從光榮的頂點跌到無人理睬的底層。同時高潮的安排，動人心弦場面的出現，都處理得恰到好處。苔莉突然恢復行走的能力，苔莉在後台聽見掌聲如雷而回到自己化妝間喜極而泣等，都是電影中難得見到的傑出場面。

卓別林和女主角嘉麗．寶林（Claire Bloom）的演技之佳是不必多說的。值得一提的是，卓別林不但能很精彩的表演滑稽，還能把本來滑稽的場面表演得毫不滑稽，本片芭蕾舞中丑角的耳朵出水，就使人只覺得淒涼而沒有好笑的感覺。

對話精彩也是一個優點。在苔莉第一次正式表演中，卡華路向上帝禱告，「不管祢是誰——不管祢是甚麼東西——總之使她繼續跳下去。」那完全是卓別林式的，滑稽中帶有熱誠和哀傷。不過有些話不免顯得矯揉造作，如卡華路救了苔莉後，對她說：「我的年紀已到了可以把柏拉圖式的友誼維持在最高道德水準上的地步」等等。

配音和芭蕾舞我以為不好也不壞，男舞蹈家安德烈．伊格萊夫斯基（Andre Eglevsky）的技巧高明之極。

假如崇拜卓別林的讀者不反對，我想指出一些我個人以為不很好的地方。在編劇上，我們極不明白為甚麼卡華路以前極不受觀眾歡迎，後來唱同樣的小調卻引人哄堂大笑。再者，這位小丑在甚麼地方稱得上「偉大」？他唱的小調並沒有特別的地方，《沙丁魚之歌》甚至有一點點黃色。他的興起與沒落只是他個人的事，與社會或觀眾沒有聯繫。苔莉那雙腿的時好時壞，落入了美國電影中精神分析說的俗套，雖然對話中提到一句反對弗洛伊德的學說，但並不能抵銷形象上造成的結果。

卓別林的偉大在於他電影的內容與他個人的表演，單就純電影藝術言，一般認為他並無特殊創造。蘇聯導演們所注重的蒙太奇，他是不重視的，在本片也不例外，鏡頭與剪接平平無奇，有幾個「溶」簡直覺得有點不妥。在電影的形式上他向來是很保守的，大家總記得他曾反對有聲電影。

可是，當我們看到白布蒙上了卡華路的頭，苔莉在舞台上旋轉時，我們只覺得感動，只覺得美極了，傻得去想電影理論的人，大概極少極少吧。

一九五三年一月二十六日

《風流劍俠》

昨天我說這幾天連續看了四個好電影，其中藝術性最高的當然是《舞台春秋》（*Limelight*, 1952），可是我最喜歡的卻是《風流劍俠》（*Cyrano de Bergerac*, 1950）。或許是因為我對法國人的超邁機智比之對英國人的圓熟沉鬱更能欣賞；或許因為卓別林寫這戲的時候已經六十多歲，而羅斯當（Edmond Rostand）寫《西哈諾》（《風流劍俠》的原名）時還只有二十九歲，青年人的感情使我比較容易接受。

本片是十分忠實的根據法國近代戲劇家羅斯當所作的詩劇《西哈諾》拍攝的。該劇在法國上演時，轟動的程度就和雨果（Victor Hugo）當年的《歐那尼》（*Hernani*）相等，因為在《西哈諾》之前，籠罩着法國劇壇的是小仲馬（Alexandre Dumas fils）、奧吉耶（Émile Augier）等寫實派的大師，過了三四十年，一般觀眾對於劇中所描寫的日常瑣事已感到無限疲倦，突然，一個充滿了傳奇色彩的英雄大踏步而來了。這個西哈諾是一個好勇鬥狠、不顧任何桎梏、唾棄一切權威的人物。這戲劇中表現的是至死不渝的愛情、毫不妥協的憎恨，全劇如火如荼，豪放處如魯智深唱「赤條條來去無牽掛」、蒼涼處如林教頭唱「英雄有淚不輕彈，只因未到傷心處」。

西哈諾是法國十七世紀真有其人的一個詩人、劍術家、諷刺家、音樂家，及自命的「哲學家」、「物理學家」。據說莫里哀（Molière）有些詩篇是剽竊他的（這是法國文學史上的一樁爭辯不決的公案，正如莎士比亞的劇曲是不是法蘭西斯・培根〔Francis Bacon〕所寫一樣，都已死無對證）。西哈諾寫過一本滑稽作品：《旅行月球太陽滑稽歷史》，據說英國大小說家史惠夫特（Jonathan Swift）的《加里佛遊記》（*Gulliver's Travel*，即大人國、小人國等遊行）受過這部作品不少影響。在電影中，當霍克霜和克里斯將結婚時，達吉許伯爵來破壞他們的好事，西哈諾攔在門外跟他大段胡謅，說了七種升到月亮裏去的辦法，那就是從他著作中摘出來的。

電影的主要情節和原作完全一樣。西哈諾是一個詩人和劍客，可是生了一個其大無比的鼻子，這是他一生最傷心的事。他熱愛他的表妹霍克霜。雖然他不怕得罪當朝的首相黎卻留主教，雖然他是在黑夜中曾單劍打退一百人的進攻，雖然他和人鬥劍時邊打邊賦詩，雖然他敢向全戲院的人挑戰，說「要死的請舉手」，但他不敢向表妹表達情愫。這個表妹愛上了一個繡花枕頭克里斯將。西哈諾則代那個肚中空空如也的漂亮人物講情話寫情書，表露自己的感情。直到西哈諾臨死，他表妹才知道她真正所愛的人是誰。

本片和《舞台春秋》在感情上有很大的距離，但有一點是相同的，就是強調人的尊嚴。卓別林所飾的卡凡洛說，「我要真理，還要一點兒尊嚴」，他在最窮愁潦倒的時候，也不向戲院大老闆低頭。本片的西哈諾則有大段台詞，表達對趨炎附勢者的鄙視，每句都以「不，謝謝你」做結束，荷西．法拉（José Ferrer）唸得精彩極了。

電影的處理比原劇稍見遜色，荷西．法拉雖因在本片中的演出而得到一九五〇年的最佳男主角金像獎，但表演中似乎也有不完美的地方，過一兩天再談。

一九五三年一月三十一日

《風流劍俠》的原作

對於這個戲中誠摯熱烈的愛情，我確實是很感動的。親愛的讀者們，假使有一位異性朋友深深地愛着你，只要他（或她）是一個善良的頭腦清楚的人，縱使他（或她）很醜，你也深深愛他（或她）吧。假使他（或她）害羞不敢說出來，你逼他（或她）講實話吧。

我喜歡這個劇本，除了它的熱情與豪氣，還因為它的機智風趣。西哈諾在戲院裏對華爾浮用各種各樣的語氣諷刺自己的大鼻子，使對方聽得口呆目瞪，實在是有趣之極。例如，冒犯式：我如果有這鼻子，非立刻割掉不可。友誼式：你喝酒的時候，它一定要浸下去了，你得預備一隻大杯子啊。描摹式：這真是一塊岩石，一個山峰，簡直是一個半島！好奇式：這個大窟窿有甚麼用處呵？是不是墨水瓶？溫雅式：你竟這樣喜歡小鳥，甚至於在臉上為牠們預備這樣一個架子。關切式：小心呵，你頭部的重心在前，一定要向前跌倒了。討好式：你找一把陽傘給它吧，不要把它的顏色曬焦了。誇張式：除非颶颶風，否則沒有別的風會使你的鼻子全部傷風。悲劇式：它流起血來簡直就是紅海了。羨慕式：給賣香水的商人，那是多麼好的一種廣告。詩意式：海螺乎？抑鯨鯢乎？等等，等等。電影中有些改了新式的句子，本來軍事性的語氣是：「快向馬隊瞄準放！」現在改為：「這是秘密武器嗎？」

這還只是開開玩笑，沒有甚麼深意，西哈諾回答他朋友勒勃慶那段話才叫好呢。他說：找一個有勢力的主人，彷彿可憐的藤草似的依附在一棵樹幹上，舐着它的粗皮想求它援引，不打算用自己的力量立起來，只一味用小聰明爬上去？不，謝謝你！每天去趨承人家的顏色嗎？拿肚皮擦着地面走路使牠破損去討人歡喜嗎？教膝蓋那一部份的皮膚特別比任何部份都容易骯髒嗎？教腰骨練習得格外柔軟嗎？不，謝謝你！」這些話不但適用於個人，我以為也適用於今日某些國家的政府和團體。西哈諾又說：「人家不高興我，我正高興。你不知道，我在那些含着刀劍的眼光監視下，走路才格外不會走錯。」這正和在從前，魯迅先生杖擊叭兒狗專門給正人君子製造不快有同樣的精神。

原作還有取笑天主教的地方。西哈諾所以保護一個膽小鬼去抵擋一百個刺客，因為這個膽小鬼有一天做了一件使西哈諾很高興的事：那天禮拜完後，他看見他愛人照例蘸着聖水點十字架，他本來是見水就要逃的，那一次竟把滿缸聖水都喝完了。還有，在陽台談情那一場，西哈諾本來叫兩個人在外面把風，看見女人彈喜曲，看見男人彈悲曲，那知後來聽見他們既彈喜曲又彈悲曲，一看原來來了一個神父。這些，電影中當然略去了。

電影前半段比後面好。荷西．法拉（José Ferrer）演出了西哈諾的豪放和幽默，但沒有他的哀傷和深情。據法國名演員維克托．弗倫奇（Victor Francen）在舞台上表現陽台談愛那一場時，會使觀眾都不自禁的哭起來，電影中這一點可還差得遠呢。

一九五三年二月二日

解釋《淘金夢》（上）

「解釋」這兩個字，是用得相當僭越的。親愛的讀者們會說：「難道我們不懂嗎？用得着你來解釋。」或者：「難道你自以為很懂嗎？」這兩者都不是的。因為昨晚收到一位讀者的來信，她說：「《淘金夢》（*Death of a Salesman*, 1951）的手法很怪，我不大看得懂，請你解釋一下吧。」所以我試着來解釋一番。我是在對好朋友們聊天，或許，你所知道的比我深刻得多，或許，你會覺得我說的根本不大對。

十天之前，一位親愛的朋友要我解釋大畫家畢加索那張出名的《照鏡子的女人》。我說了一些，為甚麼她的肋骨也畫出來了，為甚麼她的內臟都看得見，這一派的畫，企圖不單單畫物體表面的形象，還要畫出物體內部的形象來，畫家主觀的成份非常之濃。但這究竟是不現實的，畢加索現在也不畫這些怪畫了。在許多地方，《淘金夢》的形式和這種畫有共通之處，雖然兩者並不相同。我並不認為這種電影手法非常值得模仿，但作為一個普通觀眾，卻不妨了解它的意義。

大部份電影的鏡頭都是代表觀眾眼中所看到的東西。你希望看得仔細些時，銀幕上的東西會放得很大；你注意到某一個明星臉部的表情時，這張臉孔會讓你看得很清楚。一對愛人去「冬季大拍拖」了，他們不會希望你看到他們，然而攝影機會緊緊跟着他們，因為觀眾是要想看的。電影的好處之一，就是不受空間時間的限制，把最久的最遠的最細小的東西都讓觀眾看個一清二楚。我給杜撰一個名詞，叫做「觀眾觀點」。

另外還有一種情形，我稱之為「角色觀點」（別人並沒有這樣分類過，我是為了說明便利而假定的，不一定很正確），就是銀幕上所出現的東西，是劇中人的回憶、幻想，或者錯覺，現實生活中當時並沒有這種東西。這種表現方式也是由來已久，最老式的辦法是角色作沉思狀，他頭頂出現一個圓圈，圈中有他的愛人等等，因為那個圓圈很像汽球，所以當時稱為「夢之汽球」（Dream Balloon）。現在手法進步了，回憶有很好的方法來表現不必說，各種幻像也用許多辦法顯示出來。例如《毒龍潭》（*The Snake Pit*, 1948）中瘋人的化為蛇，《紅菱艷》（*The Red Shoes*, 1948）中報紙的化為魔鬼，又如《雪中奇羊》（*The Golden Horn*, 1948）中表示想像將來的美景時，有天馬行空的奇觀出現。電影史上有一張很出名的德國片：《加里格里博士的小室》（*The Cabinet of Dr. Caligari*, 1920），它通過一個瘋人的眼睛，讓觀眾看到各種形狀歪曲了的房屋、街道、人物等等。

在普通電影，「角色觀點」只偶或出現一下，《淘金夢》中卻大量使用。本片的現實部份和想像部份是同樣的重要，敘述現實，它用的是「觀眾觀點」，敘述想像，它用了「角色觀點」，而兩點之間的轉換，尤有它獨特的風格。本片將來一定還會再映，類似的手法將來想必也會在其他片子中看到，我想比較詳細的說明這個問題。

一九五三年二月三日

解釋《淘金夢》（下）

為了使沒有看過本片的讀者們有興趣讀下去，我舉一個實例來說明。電影中腓特烈・馬區（Fredric March）飾的主角老售貨員名叫威利，他妻子蓮達由美杜烈・鄧諾（Mildred Dunnock）飾演。其中有一場是這樣的：

威利在紐約家中的廚房裏和他妻子談話。蓮達說：「威利親愛的，你是全世界最漂亮的人……」說到這裏她笑了起來，另一個女人的笑聲和這笑聲混在一起，威利臉上閃過一絲恐怖的表情。他想起了許多年以前，在波士頓旅館裏另一個女人的笑聲，這種回憶有時清晰，有時模糊。他對蓮達說：「妳是最好的，蓮達。在路上……在路上……」他走向妻子，那時回憶清楚起來了。我們看到威利的背影，一邊是坐着的蓮達，另一邊是旅館的一角，一個女人在對鏡穿衣，在大笑。威利繼續走向那女人（攝影機跟着他），口中在對蓮達說話：「有這麼多的事我要做，為了……」那另一個女人突然答道：「為了我？你做的已足夠了，威利……」威利又向前走了幾步，走進了旅館的房間，光線已明亮了很多。那女人說：「我找到你很高興，威利。」威利擁抱她，心神不屬地說：「找到我？」以後就是兒子碧夫闖進來那一場戲。這一場完結時，那女人消失了，留下了她特有的笑聲，笑聲又和蓮達的笑聲混起來，蓮達那時剛講完她在廚房中開始講的那一句話。威利發現自己現在是在他自己家中的走廊上。電影所要表現的現實是：威利從廚房走到走廊，實際上只不過幾秒鐘的時間（蓮達一句話也沒說完），但腦中已回憶了過去長長一段時期。

這種情形我想每個人都有過經驗，你在和別人談話時，突然想到了過去某一件事。和你談話的人並不知道，還在談下去，你心中卻已兜了老大一個圈子。就像唐人傳奇中所說的南柯一夢或黃粱一夢那樣，一個人在心理上經歷了大半個世紀，實際上只不過睡了一覺而已。

一般電影在表現回憶時，都用「倒敍」。本片導演拉斯洛·貝內台克（László Benedek）所用的手法，卻似乎是根據人的心理狀態來處理，即回憶是「過去」湧入「現在」之中，而不是「現在」回到「過去」之中。有時候，我們既看到「過去」，又看到「現在」，所以在本片中也常常看到「過去」和「現在」在同一畫面中出現。在現實世界中，這是荒謬的，如用心理狀態來解釋，卻說得通。不過我以為這種手法不能濫用，否則有把觀眾都當作是「整天做白日夢的角色」的危險，因為觀眾通常終究是用「觀眾觀點」而不是用「角色觀點」來看電影的。（在同一畫面中出現兩個時期，首創的是維斯康堤〔Luchino Visconti〕在《多情自古空餘恨》〔*Senso*, 1954〕中，我看過那張片子，它心理上的處理不及本片。）

看過本片的讀者們或許已經發覺，腓特烈·馬區表演不同年齡和在不同背景中的威利，服裝和化妝始終不變，完全靠演技來表示其中的差異，這點本領確實不錯。他所以在一九五二年的威尼斯國際影展中以本片得最佳男主角獎，我想這點是有關係的。

一九五三年二月四日

再談《孽海花》

王魁負桂英的故事流傳已久，在我國戲劇史上有一定的地位，一般認為《王魁》與《趙貞女》兩劇，是中國「南戲」之始，發源於浙江。王魁真有其人，又名王俊民，是宋仁宗時的狀元。他弟弟王佐才是蘇東坡的朋友，蘇有答王佐才詩，自註裏提到王魁，可見他當時頗有聲望。王魁死時只有二十七歲，是登第之後的第三年。當時京城中對於這位少年狀元的夭折，有許多謠傳，最普遍的一種是說他曾與一妓女私約嫁娶，登第後就婚顯族，這妓女忿恚自殺，化為怨鬼來報仇。這時柳貫化名夏噩寫《王魁傳》，奠定了王魁與桂英故事的基礎。在戲曲中，最早的是宋代南曲《王魁》，後來元朝尚仲賢有《海神廟王魁負桂英》雜劇，明朝有《焚書記》傳奇（結局是王魁桂英團圓），清代崑戲中有《陽告、陰告》（《焚書記》的一部份），川戲有《武活捉》，民國初年川戲改良，《情探》是最出名的一種（康子林、周慕蓮都演得極好），再後來京戲中有《虛榮恨》、《冤孽姻緣》，話劇有田漢的《情探》。自宋代以來，戲劇形式不斷改變，這故事卻始終保留下來。現在拍成的電影《孽海花》（一九五三），可說是承襲了我國戲劇中這個已有九百年歷史的傳統。在莎士比亞的戲曲誕生大約五百年之前，我國古代藝人們就在扮演王魁對桂英負心的故事了。

對於一個角色，每一個演員在演出時都因時代、地域和個性的不同，而有相異的「解釋」。《活捉王魁》的桂英在川戲中是非常決絕堅定，在捉王魁時有大段追躲跌撲的身段。看過川戲的朋友說，本片中的夏夢太溫和了，我倒以為這是另一種「解釋」。尤其，在戲劇中，為要讓觀眾看得清楚，各種動作都是誇張的。電影因為有特寫「近景」等各種方便，甚至一根睫毛的閃動都可以表示許多意義，所以不必像川戲中的桂英那樣演「刀馬旦」（我的看法當然也不一定比那位朋友更對）。據說敫桂英是浙江嘉興人，我小時在那裏唸過書，那邊人的性格「軟綿綿」之極，有人說笑話道因此嘉興產的菱也是沒有角的，我想敫桂英真是很溫文也說不定。在電影中，觀眾對王魁是恨透了，照戲劇的要求，假使桂英更狠一點，觀眾的心理上可以更痛快一點，那當然是對的。本片是夏夢的第六部戲，我覺得比之《禁婚記》（一九五一）、《一家春》（一九五二）和《娘惹》（一九五二），當然是大有進步了，以後還當求更「放手做戲，放膽道白」。

石慧演出了小菊應有的爽朗。蘇秦所飾的王忠在客棧中罵主一場與相府中控訴一場，本來是全戲的主眼所在，他也演得有聲有色。平凡的王魁遇「鬼」時確實做到了家，不過我覺得他把這個墮落的讀書人演得性格似乎還太好了一點。

當讀者們看到這篇「影話」時，我正在火車中，因為我要到杭州上海一帶旅行一趟，看看同學朋友，看看電影和各種戲劇，再拍一些風景照片，預定一個月回來。本港的電影評介，將由我的好朋友葉清揚來寫，同時我也寫一點通訊，我希望親愛的讀者不至於看了他精彩的文章就忘記了我。

一九五三年二月十六日

第三輯　每日影談

關於翻譯片

近年來香港放映了不少英美片以外的外國電影，其中除了蘇聯片大部份都配上了國語對白之外，絕大多數都是藉印在拷貝上的字幕來使觀眾了解對話和劇情。

電影在今日已被公認為一種有價值的藝術形式，並且有高度的教育作用。但即使從純娛樂的立場來看，語言的不同，總是帶來了隔膜，由於觀眾對影片不能充份了解，它在各方面的價值，都會在無形中打了很大的折扣。為補救這個缺陷，就產生了兩種方式：一是在電影拷貝上印上放映地通用的文字，第二就是重新配上另一種語言。前一種方式比較簡單，只消把對白大意翻譯一下就行了。後者卻比較複雜和困難，因為把整個電影的對話用不同的語言複述一遍，不但意思要一般無二，而且口唇的動作要一致，語氣聲調也要和劇情相配合，並不是一件輕而易舉的事。

字幕的優點是保持了電影的原來風格，然而卻使觀眾增加了許多不便。我想每一位讀者，都有這種看字幕說明的經驗，往往看了字幕，就忽略了畫面和演技等構成一部電影的重要部份。配音能使觀眾直截了當的明瞭對話的內容，但是卻往往因為翻譯的未臻完善而失去了原有的精彩。孰優孰劣，頗難貿然的下評語。我以為，一切完全要以物質條件和環境來決定。

在配音人才較少，或配音技術較差的情形下，只好用加印字幕的方式。以香港而論，配音人員的工作，成績還相當不錯，但因為人手太少，而上映的西片數量又多，所以還只能把工作範圍限於國語片配粵語等的一方面。在內地情形就不同了，為了使電影對文化、教育和娛樂上起更大的作用，差不多一切外語片都配上了國語。

歐洲國家也多採這種辦法，如意大利就是把每一部外國片配上意語對白的。如果配音態度認真，這一類翻譯片往往不但能夠保存原來的風格，而且更使觀眾產生了親切感，使影片中的角色，更能為觀眾所熟稔而接受。電影中人物有時以不同的鄉土音來表示個性、身份以及社會背景，意語翻譯片都注意到這一點：美國西部的牛仔，總是講意大利北部口音，有學問的人則配以標準的羅馬音，而美國的南方人則用西西里島的口音。這種配音方式很可供我國的電影工作者參考。

以加印字幕來說明劇情的方式，只不過是一種過渡時期的辦法，是為了要照顧實際環境的權宜之計。如果要把外國的電影真正的介紹予廣大的本國觀眾之前，或者要使本國的出品為外國觀眾所接受，配音的翻譯片是最上乘的方式。

一九五三年八月二十一日

談戰爭片

據英國電影學會的統計數字，與其他藝術品的觀眾相比較，電影觀眾的數量極為驚人：看電影的人比看舞台劇的多二百倍，比聽音樂演奏的多四百倍，比參觀繪畫等美術品展覽會的要超過五百倍以上。在電影歷史還只有五十來年的今日，它對於個人和社會的影響，較之任何公開的藝術展覽為大。因此，毫無疑問的，電影除了在藝術上有它的價值之外，作為一種教育工具和宣傳品，有它極大的效用。電影所要說明的主題，較之任何形式下所表現的主題更容易被人所接受，而電影中人物的言詞動作，也或多或少的進入了一般人民的生活中去。

我在寫這篇文字時（十七日），翻開了一下當天的電影廣告，放映好萊塢電影的十六家頭輪或二輪戲院中，除了金城戲院的《蓬門今始為君開》（*The Quiet Man*, 1952）外，其餘十五家的電影，全部與戰爭有關。或者是牛仔片、或者是海戰片，總之是以激烈的打鬥為主要內容。

關於牛仔片，我以前曾加以分析，現在來談談以大規模戰爭為題材的影片。

本來戰爭的真相總是極能引起觀眾興趣的題材，因為戰爭是一件重大的歷史事件，而一般人對於用藝術形態簡單扼要的表現出歷史的電影，也總是渴望着能一睹為快的。好萊塢就利用了觀眾的這種求知慾，拍出了許多戰爭片來，同時在電影中，橫加進好戰的宣傳。這一類的例子太多了，遠者如《一個國家的誕生》（*The Birth of a Nation*, 1915），表面上是宣傳美國立國精神的，其實都是為所謂「美國主義」張目。近的就如這幾天正在放映的許多影片。我們要注意的是，在表現手法上，好萊塢已有了長足的進步，內容主題都沒有初期時的那樣露骨。往往加進了一些喜劇元素或者描寫軍隊生活的快樂和放蕩，但是主題還是一個，那就是要觀眾不明白戰爭的本質，要觀眾對持久和平沒有信心。

不可抹殺的是，好萊塢也曾拍攝過反戰題材的電影，像《西線無戰事》（*All Quiet on the Western Front*, 1930）、《戰地鵑聲》（*What Price Glory*, 1926）和《從軍夢》（*Shoulder Arms*, 1918）等，但是在現在已經不可能再有了。《西線無戰事》的導演路易士·邁史東（Lewis Milestone）拍了替美國海軍陸戰隊吹噓的《火海浴血戰》（*Halls of Montezuma*, 1951）。最近重拍的《光榮何價》（*What Price Glory*, 1952）已經變了質，拍過《大獨裁者》（*The Great Dictator*, 1940）與《華杜先生》（*Monsieur Verdoux*, 1947）等反法西斯反戰影片的卓別林那樣的人，在美國已不能立足了。

所剩下來的戰爭片，就都是些宣傳國家主義和軍事力量，企圖灌輸人民以戰爭意識的影片。這類戰爭片的題材是多方面的，有的是假定美國受到侵略，有的是誇耀美國在上次世界大戰中的武力。這些影片常常教兵士盲目服從上級，對於二次世界大戰的反法西斯意義總是略而不談。在久而久之耳濡目染之後，有許多觀眾會自然而然地愛好兇暴殘忍的事件起來，會覺得溫暖和平的生活倒反而是一件不正常的事。

一九五三年十月十八日

電影的節奏

電影的構成，有許多地方都和作文很相似。由詞造成句，集合句而成段落，再把各個段落組織起來去表現出一個中心思想，或者是去敍述一個故事，就成為一篇文章。電影的基本組成元素是鏡頭，由幾個鏡頭剪接起來成為一場，再把這些場景加以組織，就描成了一部完整的電影。文章的作法稱為文法，電影的文法，就是蒙太奇。蒙太奇如果掌握得妥善，可以使一部電影由鏡頭和場景的轉換，直到完成整部電影的過程中，引起觀眾情緒的激盪，引起觀眾想像的發展。電影的內容固然是引起矛盾或者鬥爭感覺的重要因素，但是在形式上造成這一種感覺的基本動力，卻完全是蒙太奇的功勞。蒙太奇在電影中所產生的作用，構成了節奏。

簡單來說，節奏就是由各個鏡頭和場面不同的長度所造成的節拍。快速的節拍可以產生興奮和緊張的情緒，緩慢的節拍可以產生恬靜和莊嚴的氣氛，由這些不同的節拍所構成的一種格調，就是電影的節奏。

我們在看完了一部電影以後，有時會覺得很沉悶，有時會覺得很輕鬆，這和劇本的內容當然有着不可分割的關係，但是導演在節奏的掌握上，也是起了極大作用的。試舉一個例子來說明一下：

在《萬惡城》（*Society Defends Itself*, 1951）中，強弱變化的節奏，在構成這部片子的幾個段落中，被很靈活的運用着。開始時足球場劫案的發生，是以適當的速度來進行的，到四個人得手後被追逐時，節拍就加快了，直到他們分別脫險，才歸於平淡。此後就在敍述四個人的不同遭遇的時候，運用了不同的節奏來襯托，而這些不同的段落之間有着一個共通點，就是節奏在觀眾們不知不覺之間逐漸的加快，最後則使觀眾們被抑壓了的情感，在每一段的高潮之處得到了發洩。尤其在處理失業工人夫妻和女兒的一段上，導演故意減慢了速度，在火車中的一場，用幾個很長的特寫鏡頭的交替出現來加強觀眾們的情緒，和後面突如其來的高潮形成一個很大的對比。這中間節奏的快慢徐疾，是被充份的發揮了的。又像最後那個青年學生回家的一段，長長的鏡頭跟着他一層樓一層樓的走上去，後來越來越緊，當他從窗外爬回室內的時候，方始把剛才逐漸積壓起來的情緒鬆弛下來。到這裏已經發展到全劇的頂點，所以戲就戛然結束，不再拖泥帶水的令人感到不耐煩。

詳細來說，節奏的運用有許許多多方式，但有一個原則是共通的，即優良的技術必須和正確的內容相結合。巧妙的掌握節奏，決不能彌補劇本上的缺陷，正像精通文法，並不一定會寫好文章一樣。

一九五三年十二月十一日

新藝綜合體電影

《聖袍千秋》（*The Robe*, 1953）是第一部所謂「新藝綜合體」（CinemaScope）的電影。

人的眼睛看這世界，所以有一種立體的感覺，因為人有兩隻眼睛。兩隻眼睛相距大約兩英吋半，每隻眼睛從不同的角度看同一件東西。兩隻眼睛所攝取到的兩個形象在我們腦子中統一起來，構成了立體的感覺。普通的電影是平面的，總似乎和真實的世界有所不同，立體電影則企圖在銀幕上給觀眾一種立體感。

我們在香港已看過許多立體片。這些立體片的簡單原理是這樣的：用兩架攝影機在不同的角度中拍攝同一的景物，拍得的兩卷膠片同時放映在銀幕上，互相重疊起來、觀眾戴上偏光眼鏡之後，一隻眼睛只看到一卷膠片而看不到另一卷膠片，那就是說兩隻眼睛在不同的角度中看到同一的景物，兩個形象在腦子中統一起來而形成立體感。

蘇聯的立體電影原理與此相同，但方式不同，它不必戴偏光眼鏡。它的銀幕用一條條極細的膠線扭成，景物放映上去，每條細線把形象分成兩部份反映到觀眾眼裏，結果觀眾左眼看到的與右眼所看到的形象不同，也造成了立體感。觀眾的頭如果一動，深度的感覺就要消失，但馬上能夠恢復。蘇聯的科學家們對立體電影正在積極進行研究，相信不久會有新的成就。（蘇聯還在研究在日光下放映電影的方法，已有初步成就，將來我再作介紹。）

有一種稱為 Cinerama 式的立體電影，是用三個鏡頭拍攝三卷膠片，用三個放映機放在闊銀幕的三個部份上，因而造成立體感。「新藝綜合體」只要一卷膠片，那是用一個特殊的鏡頭，把特別廣闊的場面壓縮到普通的三十五厘膠片中。放映時，電影院的放映機上要加一個特製的鏡頭，把壓縮了的形象歪曲了的畫面放映在闊銀幕上。這種辦法是法國科學家昂利．克利金（Henri Chrétien）發明的。在《聖袍千秋》之前有一張短片，介紹新藝綜合體電影的情況，其中也介紹了這種特殊鏡頭和那位科學家。

據我看了這種電影的印象，覺得它的立體感遠不如以前看過的那些立體電影，不過比之普通的平面影片，它的背景部份就顯得清晰得多。昨天晚上，我和一位經驗豐富的電影攝影師談起這部影片，他覺得聲音很好，畫面並沒有甚麼特殊成就。我個人覺得，就純電影藝術而言，這種方式的影片至少要暫時造成一種退步。不可避免的，這種影片的鏡頭一定很長，作為電影藝術生命的「蒙太奇」極少施展的餘地，戲劇性的特寫即使不是不可能，也勢必極少應用，演員們的演技要走向舞台化。

這種方式的影片是否有前途現在還不敢隨便下斷語，至少，我覺得用來拍抒情的素描式的電影一定不及普通影片。事實上，並不是每個觀眾都喜歡到電影院去看亂哄哄的熱鬧場面、去聽打雷一樣的聲音。不過它比一般立體電影好，那是沒有問題的。

一九五三年十二月二十六日

《血淚情絲》

美國的大老闆們在第一次世界大戰中大大地發了一筆財，國內財富陡增，瘋狂崇拜金錢的風氣，一時發展得非常厲害。到一九二九年經濟大恐慌爆發，社會上的風氣才又突然為之一變，從狂亂變為消沉。在二十年代，美國整個社會陷入一種不擇手段地賺錢、「亂七八糟」地花錢的情況中。在這個經濟基礎上，文化生活也起了相應的改變，最顯著的就是爵士音樂的勃興。這種嘈雜興奮的音樂正迎合了美國當時社會的需要，後來人們對這段時期就稱之為「爵士時期」（Jazz Age）。美國小說家史各特·菲士吉拉德（Scott Fitzgerald）所以出名，就是由於他着力的描寫了這個時期中的人物與時代背景。

《血淚情絲》（*The Great Gatsby*, 1949）是根據菲士吉拉德同名的小說而攝製的。電影開始時用一連串的鏡頭來表示那個時期的氣氛：爵士音樂、卻爾斯登舞（The Charleston）、淫亂的舉動、滿天飛舞的鈔票、風馳電掣的汽車、砰砰發射的手槍，以及私酒的販賣。本片片名的直譯是「偉大的基士比」，這個基士比就是一個因販賣私酒而發財的人。

美國「爵士時期」最出名的人物是一種稱為Flapper的年輕女人。這種女人穿短襯衫、剪短髮、臉上化妝品塗得一塌糊塗、抽香煙、跳卻爾斯登舞、漠視她父母所信守的道德規條。電影中莎莉·溫德絲（Shelley Winters）所飾的威爾遜太太就是這種人物，在性格上，比提·菲露（Betty Field）所飾的布肯南太太也屬於這個類型。她們崇拜金錢、行為浪漫、個性軟弱、不論對丈夫或是對愛人都沒有真正的堅貞的愛情。

這些人物組成了一個悲劇。基士比出身窮苦，在某一個機緣中遇到一個百萬富翁高地。高地不斷教訓他，要不擇手段取得金錢，金錢就是一切。高地有一個年輕的妻子，當高地活着的時候，這個妻子拒絕基士比的求愛，等到知道高地的遺產可能落入基士比手中時，她表示愛他了。基士比沒有接受這種建築在金錢基礎上的愛情，他愛着另一個女人。但這個女人因為他沒有錢而嫁給了富商布肯南。基士比憤而去撈錢，撈起了，買了異常豪華的房子，把布肯南太太邀來向她炫耀自己的豪富。這位太太居然準備跟丈夫離婚而嫁給他。一件意外事件顯示他所衷心愛着的女人其實對他毫無情意，另一個傷了心的丈夫（他妻子與布肯南有不正常關係）用手槍打死了這個傷心的情人。

電影中全是性格上有嚴重缺點的人物，即使是比較好的尼克，也不能堅持道德的原則。作為暴露美國那個時期中社會的混亂與道德的淪喪，這電影是可以一看的。故事用一連串的倒敍展開，但並不顯得混亂。飾主角基士比的阿倫．列特（Alan Ladd）未成名時曾得過美國西海岸的潛水冠軍，在本片中臨死時顯了一下身手。女主角比提．菲露在《人鼠之間》（*Of Mice and Men*, 1939）與《香城春夢》[1]（*Kings Row*, 1942）中有相當不錯的表演，在本片卻平平而已。電影是一九四九年的出品，那時莎莉．溫德絲還沒有走紅，所以在片中只飾一個閒角。

一九五三年五月九日

[1] 又譯《金石盟》。——編者按

《羅宮伏獅記》

蒲松齡的《聊齋誌異》中有一則小故事，說一位老婆婆在山中替一隻老虎醫好了身上的病痛，後來老虎向她報恩。這個故事來源很古，大概最初發源於東方，後來傳到希臘，伊索把它改變了一下寫入《伊索寓言》之中，羅馬時代的作家又把這故事改動了一下。奧勒斯・蓋立斯（Aulus Gellius）的記載是這樣的：羅馬時代有一個奴隸名叫安德洛克爾，他受不住虐待逃亡出去，在非洲的一個洞穴中遇到一隻獅子。獅子沒有吃掉他，把腳爪伸到他面前，他看見爪上有一根大刺，就替牠拔了出來。安德洛克爾後來被捉了回去，被判餵獅，那知遇到的獅子竟是舊侶。獅子和他老友記一番，觀眾驚訝無比，就讓他恢復了自由。從前許多唸英文的人都讀過的一本《泰西三十軼事》（*Thirty More Famous Stories Retold*）中，好像也包括了這故事。

以這出名的故事為骨幹，蕭伯納（George Bernard Shaw）寫了一本幽默的戲劇，題目就叫做《安德洛克爾和獅子》（*Androcles and the Lion*）。蕭伯納把安德洛克爾寫成一個裁縫（亞倫・楊〔Alan Young〕飾）。這個裁縫是基督徒，可是上帝沒有保佑他，使他有一個既自私又兇狠的妻子。這位裁縫倒很有哲學家風度，妻子惡狠狠地質問他：「我們結婚難道是我的錯？」他答道，「不，是我的錯！」他們逃避羅馬皇帝的追捕時遇到一隻獅子，安德洛克爾替獅子拔去了腳上的一根刺。後來他因為是基督徒而被送去餵獅時，遇到了老朋友，一人一獸在千萬人之前大為親熱。羅馬皇驚懼之後，宣佈不再迫害基督教徒。

除了這簡單的骨幹之外，蕭翁又加了一個美麗的虔誠的少女（珍．西蒙絲〔Jean Simmons〕飾）、愛上了這少女的羅馬隊長（域陀．米曹〔Victor Mature〕飾），和一個大力士基督徒（路拔．紐頓〔Robert Newton〕飾），這些情節與《暴君焚城錄》（*Quo Vadis*, 1951）中所描寫的也大致差不多。看過《暴君焚城錄》、《羅馬屠城記》（*Fabiola*, 1949）、《羅宮春色》（*The Sign of the Cross*, 1932）等電影的人，會覺得《羅宮伏獅記》（*Androcles and the Lion*, 1952）的情節並無新奇別致之處，但我們要知道，蕭翁的每一個劇本，幾乎全沒有緊張新奇的劇情。他的戲劇所以有價值，因為他是通過劇中人的對話來表示他自己卓越的意見，尤其是對於當代社會中政治、宗教、家庭、經濟各種不合理現象的諷刺。他的劇本其實就是一篇社會論文，例如《貢第德》（*Candida*）是談愛情與憐惜、《人與超人》（*Man and Superman*）談優生、《巴巴拉少校》（*Major Barbara*）論貧窮、《傷心屋》（*Heartbreak House*）論第一次世界大戰、《凱撒和克麗奧派屈拉》（*Caesar and Cleopatra*）論天才與偉大等等，《安德洛克爾與獅子》的內容是談論宗教信仰的性質。可惜的是，電影中只保存了原劇的故事和許多只博一粲的對話，蕭翁關於宗教的精闢的意見，都蕩然無存了。

蕭伯納並不明白反對宗教，不過他認為在目前社會裏，人與人之間還有不平等，種族與種族之間還有偏見，這時談上帝、談宗教精神、談愛人如己，都是騙人的把戲。他認為要每個人在物質上沒有匱乏，才能談得上宗教信仰。他這戲劇的要旨本來是如此，但好萊塢電影，當然是不會容忍這種主張的。

一九五三年五月十日

《藝海鴛鴦》

毛姆這位今年快八十歲了的老作家，對於電影觀眾並不是生疏的名字，他的長篇小說與戲劇都有改成電影的，其中《剃刀邊緣》（*The Razor's Edge*, 1946）與《人的束縛》（*Of Human Bondage*, 1946）是最出名的。根據他的短篇小說而拍電影的，《藝海鴛鴦》（*Encore*, 1951）已是《通天曉》（*Mr. Know-All*）與《生活的藝術》（*The Facts of Life*）之後的第三部。與以前兩張片子相比，本片的文學氣息更濃，有更多的毛姆的冷嘲，或許有更少的娛樂性，也就是說更忠實於毛姆的原作。當然其中也有一些改動，但決不如《通天曉》中的《療養院》（*Sanatorium*）或《生活的藝術》中的《紙鷂》（*The Kite*）那樣改得離譜。

這部電影包括三部短片，由三位不同的導演來處理。第一部叫做《螞蟻和蚱蜢》（*The Ant and the Grasshopper*）。據我猜想，這個題目的出典是取自《伊索寓言》，那本寓言集中有一個關於螞蟻與蚱蜢的小故事。蚱蜢在冬天肚子餓了，向螞蟻討糧食，螞蟻問牠，「你為甚麼不在夏天儲蓄些糧食？」蚱蜢說，「我夏天在唱歌。」螞蟻說，「那你只好餓了肚子在牀上跳舞了。」毛姆的小說和這寓言恰恰相反。湯姆是一個遊手好閒的少年，不斷用各種無聊的手段向他哥哥騙錢。他哥哥喬治是一個勤奮的律師，對他弟弟這種作風，大為頭痛。哪知這個不務正業的弟弟娶了一位富家小姐，不但還清了欠哥哥的錢，還保留了祖產不落入別人手中。毛姆的作品常諷刺傳統的道德觀念，他另一篇小說描寫一個世故極深的父親告誡兒子不要賭博、不要借錢給人、不要接近女人，兒子三者都犯了，結果卻大有所獲。《螞蟻和蚱蜢》的意思也差不多，它意思是說，在資本主義社會中，勤奮工作不一定比懶惰胡鬧更有好結果。這張短片被導演處理得平淡無味，演湯姆的尼格．巴特萊克（Nigel Patrick）也毫不精彩。

第二部《冬季的海上旅行》（*Winter Cruise*）講一個喋喋不休的老處女乘船在牙買加旅行，船上的船長、醫生、機械師被她的疲勞轟炸弄得頭昏眼花。於是船長命令船上漂亮的法國籍的侍應生向她求愛，這位長舌小姐果然不多嘴了，但最後勝利還是屬於她的。凱．華爾舒（Kay Walsh）演這位老處女，很有英國漫畫中那種有節制的幽默氣息。

第三部《藝海鴛鴦》（*The Gigolo and the Gigolette*）是三部短片中戲劇性最濃的一部，也是最像電影的一部（前兩部更像舞台劇）。故事說史蒂拉和丈夫拍檔在蒙特卡羅夜總會中表演，從八十尺高的梯頂跳入火池。他聽了一位退休的老藝人的話之後，突然喪失了信心，覺得觀眾所等待的不過是她的跌斷頸骨。她拿了夫妻兩人的積蓄到賭場去一試，想贏一筆後從此不做這危險的生涯，結果是輸光了。最後是丈夫的諒解和愛情恢復了她的勇氣。電影使人相當感動，不過看了電影，我們首先想到的是夫妻之間真誠愛情的可寶貴，而原作所要表示的卻是賣藝人的辛酸與貧窮的壓力。電影把一個苦澀的故事美化了，說它好，是使人覺得人性的美麗；說它不好，則是沖淡了現實生活中的苦楚和險惡。

一九五三年五月十四日

《阿利巴巴之子》

如果有哪一位小弟弟問我，為甚麼在西方的童話和傳說中，古時候有那麼多的英雄好漢，現在卻不大聽說到了？我會要他去看《阿利巴巴之子》（*Son of Ali Baba*, 1952）。看了之後再告訴他，因為那些英雄好漢的兒子們不如他們的父親，想起來孫子又不如兒子。一代不如一代，所以英雄好漢都變得「麻麻地」了。

常看電影的觀眾們會知道，甚麼《三劍俠之子》（*At Sword's Point*, 1952）、《羅賓漢之子》（*The Bandit of Sherwood Forest*, 1946）、《鬼醫之子》（*The Son of Dr. Jekyll*, 1951）、《基度山之子》（*The Son of Monte Cristo*, 1940）、《脂粉雙槍俠之子》（*Son of Paleface*, 1952）、《皮萊之子》等等，都不如他們的父親英雄。甚至《蘭茜之子》（*Son of Lassie*, 1945）中的狗明星，也不及蘭茜那樣得人喜愛。《阿利巴巴之子》中的加舒馬巴巴不及阿利巴巴，四十大盜的兒子們那些「小強盜」與《阿利巴巴和四十大盜》（*Ali Baba and the Forty Thieves*, 1943）一片中那些披了綠大氅呼嘯來去的大盜相比，更是不可道里計了。

理由是很容易明白的。好萊塢所以要拍這類「兒子片」（我來杜撰一個名詞），純粹是想像力貧乏的結果。《三劍俠》（*The Three Musketeers*, 1948）、《羅賓漢》（*The Story of Robin Hood and his Merrie Men*, 1952）等等電影賣座好了，要另外編一部生意有把握的電影編不出，只好叫從前電影中的主角生一個兒子。既然從貧乏的想像力開始，當然不可能有多彩多姿、眩人耳目的情節產生出來。假使把美麗的神話比作一個美麗的公主，把囉裏囉唆陳腐不堪的故事比作一個多嘴的老太婆，那麼拍攝這一類「兒子片」的結果，常常是使美麗的公主生了一個多嘴的老太婆出來。當然，《阿利巴巴和四十大盜》等電影決不美得像公主，但因為它根據於古代的神話和傳說，有寶貴的文學遺產做靠山，縱使導演和演員的本領差，情節是不會差到哪裏去的。

本片的主角東尼・寇蒂斯（Tony Curtis）和琵琶・羅麗（Piper Laurie）第一次合作是拍《賊王子復國記》（*The Prince Who Was a Thief*, 1951），那部電影是根據美國大作家德萊塞（Theodore Dreiser）所寫的神話而拍攝的。德萊塞就是寫《郎心如鐵》（*An American Tragedy*）和《嘉麗妹妹》（*Sister Carrie*）那兩部小說的人，他牛刀小試寫一個神話，也充滿了魅人的力量和豐富的色彩。琵琶・羅麗在那片中飾一個軟骨女郎，那種嬌憨婀娜的神態，使人印象很是深刻。同一個琵琶・羅麗，在本片中簡直如木頭美人。東尼・寇蒂斯絲毫不比她高明些。電影中竟有這麼許多美人追求這個呆裏呆氣的青年，大概他父親和四十大盜搶來的錢的確很多。例如在他生日宴會裏，當他和同袍們把搗亂者拋入水池之後，他舉杯高呼：「美酒盈樽，夜正未央！」本來從這兩句話中大可表示年青人狂歡縱飲、肆無忌憚的豪氣，但從他說這兩句話時的神態來看，我猜想他杯中盛的不是美酒而是廿四味涼茶。

電影中有兩個大力士，據說是美國真正的摔角家，編劇先生如有多一點想像力，要這兩個大胖子參加進攻王宮之役，就不知會增加多少生氣和笑料。

我們在這美國片充斥的香港，擔心的是，好萊塢那些製片人、導演、編劇、演員們生出來的「兒子」，不知道是不是也搞電影。

一九五三年六月五日

悼普多夫金（上）

據昨天法新社報道，蘇聯《消息報》宣佈了大導演普多夫金（Vsevolod Illarionovich Pudovkin）逝世的不幸消息。對於電影界，這是繼愛森斯坦（Sergei Mikhailovich Eisenstein）、史楚金（Boris Shchukin）等人逝世之後的一個大損失。如果是在幾天之前，可以這樣說，當世沒有一個人比普多夫金對電影藝術作的貢獻更多。卓別林的名氣比他大，影片的觀眾也比他多，然而卓別林的成就主要是在演技與影片的內容，而不在電影藝術。

普多夫金所導演的影片，初期有科學短片《腦子的機械作用》（*Mechanics of the Brain*, 1926），那是他和科學院的院士們合作而攝製的，內容是傳播俄國大科學家巴甫洛夫（Ivan Pavlov）的學說，說明條件反射的原理。在此以前，他還拍攝一張喜劇片《弈棋熱》（*Chess Fever*, 1925），巧妙地諷刺了蘇聯當時為了下棋而耽誤正經工作的那些人們。普多夫金本來學過化學工程，所以在處理電影時也應用科學手法。他常把所需要的材料加以分析，再組合成一個完整的整體。如研究他的影片，可以發現幾乎每一個鏡頭都有特定的作用。

根據高爾基（Maxim Gorky）作品而拍成的《母親》（*Mother*, 1926）一出，他作為電影藝術大師的地位就確定了。這張片子前年在英國重映，曾轟動一時，許多人認為雖然這是一張無聲片，但它的藝術價值至今還是很少有幾張影片及得上。女明星梅・齊德琳（Mai Zetterling）看過後說，「它雖然沒有音樂，但影片神妙的節奏有它自己的音樂！」普多夫金導演這部戲時年紀還很輕，許多演員都比他聲望大得多、資格老得多，而且當時電影還在萌芽時代，許多手法都須由自己去創造，但這位年輕的導演終於完成了一部偉大的作品。這部影片深刻地描寫了一個堅強的無產階級女戰士，描寫蘇聯革命前工人所受到的壓迫和他們不屈的鬥爭。影片表現了普多夫金組織鏡頭的天才，他用各種不相連續的鏡頭，在觀眾心頭引起強烈的印象，例如：在美麗的樹木與湖畔風景之後，跟着是少年被關在獄中；在堅冰的破裂之後，跟着是騎警向工人的衝鋒。《母親》一片中演員的演技也是非常成功的，普夫多金在他那本《電影演員論》中曾敍述他如何想盡方法，叫舞台上的各演員在電影表演中放棄舞台上的誇張動作，敍述他怎樣指導非職業演員和孩子們演戲。

跟着是《聖彼得堡的末日》（*The End of St. Petersburg*, 1927），又是一部不朽的傑作。那是一九二七年為了紀念蘇聯十月革命十週年而拍攝的。這電影通過一個農家孩子來敍述聖彼得堡的起義，影片中描寫出了一對老布爾什維克夫婦。據保爾・羅塔（Paul Rotha）在《電影史》（*The Film Till Now: A Survey of World Cinema*）中記載，這部電影於一九二九年二月三日在倫敦影院放映，觀眾都是對電影很有研究的人物，他們全被普多夫金短鏡頭的剪接吸引住了。當接近了高潮，銀幕上出現「一切政權歸蘇維埃！」字樣時（那是一張無聲片），這些資產階級的知識分子都不自禁的起立，高呼拍手。這電影的動人，可想而知。

一九五三年七月二日

悼普多夫金（下）

《聖彼得堡的末日》中傳達了俄羅斯這廣大的國土上的氣氛。有一場是聖彼得堡的交易所，投機商人發狂般買進賣出，而在戰場上，兵士正在被發狂的槍炮子彈所殺死。觀眾自然會在這對比中得到結論。他的諷刺也是很辛辣的：一個政客向群眾發表演說，他踏爛自己的禮帽，說這是敵人製造的，折斷自己的手杖，說這也是敵人製造的。他指着一個兵士，要大家學他榜樣，參加軍隊，但群眾明明知道這個人是被迫拉去參軍的。這兵士舉着一幅沙皇的肖像，他說，他心中可並不願這樣幹。

普多夫金另一部著名的電影是《成吉斯汗的子孫》（英文中稱為《亞洲的風暴》〔*Storm over Asia*, 1928〕，主角是一個蒙古青年，領導同胞反抗外國侵略者。這電影中對比的剪接更加令人難忘。外國軍官的司令到喇嘛廟中向幼年的活佛祝賀，他致詞時銀幕上是那個活佛在玩他的足趾，其後則是外國軍隊向蒙古人開槍。廟中的儀式越來越隆重，野外殺的人越來越多。電影結束時是蒙古青年從外國軍隊的司令部中殺出來，騎馬在沙漠上奔跑，後面的人在追逐。大風暴起來了。蒙古青年拔刀大呼，「同胞們！」成千成萬蒙古人騎了馬在沙漠上出現，大叫「起來求解放。」大風暴起，千軍萬馬在沙漠上橫越而過，外國軍隊望風披靡，構成動人的形象。

普多夫金得過兩次列寧勳章、兩次紅旗勳章、三次斯大林獎金。他在一九四一年連得兩次斯大林獎金，一次是為了《米寧和沙爾斯基》（*Minin and Pozharsky*, 1939）一片（國內譯作《衛國雙雄》，描寫一六一二年米寧和沙爾斯基抵抗外來干涉者的英雄事蹟），另一次是為了《蘇伏洛夫將軍》（*Suvorov*, 1941，國內譯作《常勝將軍》，敍述俄國歷史上這個偉大的愛國統帥）。一九四六年他攝製《海軍上將那西莫夫》（*Admiral Nakhimov*, 1947，國內譯作《破釜沉舟》），因為歷史觀點不大正確，曾受到公開批評，但他加以修正後，這張片子使他又在一九四七年得到斯大林獎金。

普多夫金在電影藝術中活動的範圍是很廣的，以前他做過電影演員，也有很好的成績。他所導演的片子，除上面已談過的之外，還有《單純事件》（*A Simple Case*, 1932）、《逃亡者》（*The Deserter*, 1933）、《俄羅斯航空之父》（*Zhukovsky*, 1950，講儒可夫斯基發明飛機的事）、《為了祖國》（*In the Name of the Fatherland*, 1943，描寫抵抗德寇的蘇軍活動）等等。

他是一個熱心的和平運動者，是蘇聯保衛和平委員會的委員，華沙、布拉格幾次世界和平大會他都參加了。黃宗英的一篇文章中曾提到和他的談話，普多夫金說中國電影設備的簡陋並不影響作品的內容，而且中國很快就要有好的設備了。他說演員必須「誠懇」，必須「用功」。

普多夫金在電影上的創造不是這篇短文所能列舉得完的。他所創用的配音與畫面辯證的蒙太奇、電影表演中應用史坦尼斯拉夫斯基體系、非職業演員的使用等理論，都已成今日世界進步電影界所遵循的原則。這位大師的逝世，實在是電影界以至和平陣營的一個損失。

一九五三年七月三日

普多夫金與《常勝將軍》（上）

電影藝術的大師普多夫金（Vsevolod Illarionovich Pudovkin）逝世後的第三天，我曾寫了兩篇「影談」，敍述這位大藝術家在電影上的成就。但他豐富的創造與貢獻，決不可能在短短的兩千字中有比較完備的介紹。乘着《常勝將軍》（*Suvorov*, 1941）剛映過，住在香港的讀者已有不少人看過這部影片的時候，再來談談普多夫金怎樣在這片中運用史坦尼斯拉夫斯基體系，因為《常勝將軍》在蘇聯被評為「在電影藝術中創造性的運用史坦尼斯拉夫斯基（Konstantin Sergeyevich Stanislavski）演劇體系的光輝範例之一」。

在普多夫金逝世之前四個月，今年二月二十八日，為了慶祝他的六十壽辰，曾在莫斯科「電影之家」舉行盛大的祝壽晚會，蘇聯最高蘇維埃主席團特為發佈命令，又一次授予他勞動紅旗勳章。普多夫金曾兩次獲列寧勳章，兩次獲勞動紅旗勳章，獲得「蘇聯人民藝術家」的稱號，並得過三次斯大林獎金，其中一次就是為了導演《常勝將軍》這部電影。

普多夫金服膺史坦尼斯拉夫斯基的演劇理論，重視演員的內心活動，也非常注意演員的外形動作。他認為姿勢是情緒狀態最初的外形表現。為了要有生動而真實的語調，就必須有真正直接從情感中產生出來的姿勢。他又認為不論在舞台上或在電影中，強烈而良好的想像是演員成功的決定條件。

在《常勝將軍》中，關於這幾點原則他都很有說服力地證明了。

普多夫金着手導演這部影片時，閱讀了有關蘇沃洛夫將軍的一切記載。蘇沃洛夫同時代的人所寫的關於他的回憶錄，都把他描寫為生龍活虎不知疲倦的人。他的身體難得有安閒下來的時候。普多夫金研究了蘇沃洛夫的各種談話節錄後，他想像中便構成了蘇沃洛夫動作的特性，那便是一陣陣疾風般的行動和堅決有力的姿勢。他認為蘇沃洛夫的外形極富於表情，他的思想、情感與行為之間的路程非常短促，是想幹就幹的那種個性。

普多夫金決定應該這樣的來在電影中表現蘇沃洛夫，他還沒有選擇好由哪一個演員來扮演，他試行與恩．契爾卡索夫（Nikolay Cherkasov）會談。據普多夫金的記載，契爾卡索夫行為的獨特，一見面就使他驚奇，他們談到電影劇本、蘇沃洛夫的形象等等。在談話中間，契爾卡索夫對他的言談某些地方感到不滿，突然堅決地站起來要走了，甚至不說明突然離開的原因。普多夫金花了很大力氣才在門口留住他，說服他繼續談話。契爾卡索夫根據普多夫金的話作出了斬釘截鐵的結論，馬上把內心的決定化為堅決明朗的具體行動。普多夫金體會到他的特性正與那位名將的氣質不謀而合，決定請他飾演蘇沃洛夫。他們這次商談得到良好結果，而他們在藝術上的合作結果尤其良好。普多夫金選擇了適當的演員，把這部影片的創造建築在穩固的基礎上。

一九五三年八月六日

普多夫金與《常勝將軍》（下）

戰後這幾年中，普多夫金發表了不少比以前更加成熟的理論文章，更豐富更深刻的發展了他早期著作中那些正確的論點。他最後導演的一部影片《收穫》（*The Return of Vasili Bortnikov*, 1952），蘇聯評論界一致稱讚他的才能與技巧，認為這部影片「富有詩意地表現了普通蘇維埃人情感上的純潔、道德上的偉大」。

黃宗英寫過一篇短文，記敘她與袁雪芬、石聯星等人在火車中遇見這位大師的情形。普多夫金嚴肅地告訴了她們幾句話：「要用功；要爭取時間用功。如果你在忙的時候不會用功，空閒下來就更不會用功了。」對於這幾句話，我印象一直非常深刻。藝術上大師們的成就，哪一個不是從用功中得來呢？

普多夫金在一篇文章中曾談到他拍攝《常勝將軍》的經驗，那是蘇沃洛夫率領部下越過阿爾卑斯山時的場面。由於盟國的背叛，這位白髮如銀的老將被困在絕境之中，前有敵軍，後無退路，四周是崇山峻嶺，兵士又冷又餓，已有人個別的要求撤退。蘇沃洛夫於是要對兵士們談一次話，要扭轉這種灰心頹喪的情緒。電影中蘇沃洛夫所說的那一段很長的話，是一字不易地從回憶錄材料中引述下來的。演員契爾卡索夫起初說得令他不滿意，說話中有時帶了悲傷的情緒，有時又有了造作的雄壯，即使個別句子說得很好，卻又和整個講話不調和。普多夫金要求這段話的確能令人聽來異常感動，要使灰心的老兵真的情緒激動，振奮起來。然而試了好久都沒有成功。

普多夫金認為，要說服那些遇到了極大困難的兵士，單用言語是不可能的，一定相伴有生動的姿勢。相傳下來，蘇沃洛夫當時對兵士們說了這幾句極有名的話：「那好吧！既然這樣，就把我們戰鬥的光榮，還有我，一起埋葬在這裏吧！我決不使自己的白頭受辱，我絕不投降。給我掘墳墓吧！就埋葬在這裏吧！」

導演設法使演員相信，對於蘇沃洛夫，墳墓這個名詞並不只是說說而已的漂亮話，而是兵士馬上要接受他命令真正去挖掘的泥坑，只要兵士對恐懼稍加退縮，這位老將軍便真的要埋骨荒山。演員要相信，他所說的墳墓，不是在空中畫畫的假想的圖形，而是就在這裏挖掘的真的墳墓。

普多夫金解釋蘇沃洛夫這幾句話的含義：「過去，你們一貫地相信我，因此，我和你們在一起，曾經百戰百勝，而現在，你們不再相信我了。你們已經不需要我的生命，我也就不需要自己的生命了。」契爾卡索夫相信了語言中的含義，也相信了伴附這些話而來的真實的動作，終於令人感動地表演出來。由於經過國語配音，我們聽到的已不是契爾卡索夫自己的說話，但他動人的姿態我們在銀幕上是看到了的。演員內心和外形的完整和一貫，這是一個範例，然而那是花了多少精神和力氣才達成的啊！

一九五三年八月七日

《蘭閨春怨》

為了看金像獎獲得者沙莉．布芙（Shirley Booth）的演技，我去看這部影片，結果，它沒有令我失望。《回來吧！小希巴》（*Come Back, Little Sheba*）是美國一齣著名的舞台劇，改編電影後依然是部相當不錯的影片。與其說它是描寫酒徒的故事，不如說它是刻劃中年人的哀樂。那些已經失去青春的觀眾，看到醫生（畢．蘭加士打〔Burt Lancaster〕飾）的苦悶與羅拉（沙莉．布芙飾）的百無聊賴，或許也會感覺到一點年華老大的傷感。當然，你如果有更崇高的生活與工作目標，沒有那種不正常的愛情觀念，你自然會懂得，在夫婦之間，比青春更重要的是真純的愛情。這部片子接觸到了這一點。它也揭露了一些美國社會中不正常的戀愛與結合。它認為，夫婦間的相愛，不是建築在臉孔與身材上面，所以，我要說它是部好片。在今日好萊塢充滿着歪曲歷史與粉飾太平的影片的時候，《蘭閨春怨》（*Come Back, Little Sheba*, 1952）有它特定的價值。

畢．蘭加士打與沙莉．布芙是一對結婚二十年的夫婦，他們在年青時曾經像美國大多數孩子一樣荒唐過。現在他們都是中年人了，但膝下沒有子女，家庭就顯得寂寞起來，他們遂把縫紉間租給一個在附近唸大學的瑪麗（泰莉．摩亞〔Terry Moore〕飾）。

這做醫生的房東以前是一個兇狂的酒徒，現在他戒酒了，同時還加入戒酒會，剛好當瑪麗搬進來時，是他戒酒一週年紀念。

他的妻子羅拉自從走失那隻象徵着青春的小狗小希巴之後，就更無聊，更苦惱。現在來了一個充滿着青春活力的瑪麗，卻是輪到醫生苦悶了，他看不慣瑪麗的交遊，他要干涉瑪麗的戀愛，他關心她，其實是在妒忌她的男友。最後，瑪麗和男朋友幽會，和愛人結婚，他受不了「青春不再」所給他的打擊，又酗起酒來。他足足狂飲了一夜，拂曉時才從外面回來，對着妻子咆吼。他說：「妳和瑪麗都是賤貨，他可能不得已才和她結婚的，就像我和妳一樣。妳不打理家庭，連早餐和打掃妳都不理，我要殺掉妳……。」其實醫生的內心是在說：「我要殺掉妳這失去青春的醜婦！」結果，他被抓進了瘋狂病院。

幾天後，他清醒了，他又讓自己的感情給修養蓋住了。回到家裏，他抱着羅拉，傷感地央求她不要離開他。

戲是在這裏結束了，但問題並沒有結束。醫生真的能把不正常的感情消除嗎？像羅拉這種女人，像醫生那種埋在心坎深處的不正常的情感，都是一個無窮盡的危機！

沙莉·布芙有恰到好處的演技，深刻的內心表演使人從微笑中感動，同情。她把中年婦人的苦悶無聊、喋喋不休、善於回憶、深愛丈夫，演得淋漓盡致。

畢·蘭加士打演得也不錯，以前看慣他跑跑跳跳、打打殺殺，現在有一番新味道。

一九五三年七月六日

《銀幕生涯》

卓別林從影的歷史很長，從一九一三年首次在銀幕上出現，到現在已整整四十年。這四十年可以分為好幾個時期，因為他的藝術就如任何事物一樣，是在逐漸發展的。現在在國泰戲院放映的《銀幕生涯》（*The Charlie Chaplin Festival*, 1938）包括六部短片，都是一九一六到一九一七年間他在「相互公司」期間拍攝的（這期間他一共拍了十二部短片）。

他原本與艾撒納公司訂有合同，合同在一九一六年期滿，相互公司就聘用他，薪金是每年六十七萬美元。在當時，這是一個驚人巨大的數字，因為他在影界的名譽地位已在三年之間確立了起來。那時他的藝術水準比三年前高出很多，每一部影片中都有令人感動的人情味，對於自己以及社會環境，採取了比以前更深刻的批判態度。他拍電影的態度異常嚴謹，在這段時期中常拍攝數萬尺的影片，結果只選用了兩千尺。

本片中的六部短片是《流浪漢》（*The Vagabond*, 1916）、《移民》（*The Immigrant*, 1917）、《亡命徒》（*The Adventurer*, 1917）、《溫泉療疾》（*The Cure*, 1917）、《公爵》（*The Count*, 1916）及《警察和惡漢》（*Easy Street*, 1917）。這些短片有一個共同之點，就是差利都以受欺侮的小人物姿態出現，在影片中塞滿了令人傷心的笑料。差利自己年輕時生活很窮困，他從前所受到的屈辱、挫折、打擊，都在這些影片中表現出來。這些短片的主角除了差利自己外，還有一個美麗的少女、一個又高又大的大漢。這大漢始終是差利的對頭。差利一再受他欺壓，但在鬥爭的末了，總是差利得到勝利。這是現代化了的大衛王與歌利亞巨人之爭。

在這些影片中，我們已可看到差利對資本主義社會的諷刺。在《亡命徒》中，差利救起了在水中快要溺斃的富翁，那富翁反而把他踢在水裏。在《移民》中，大群移民剛看到紐約港外的自由女神像，他們就像牲畜那樣被攔在繩子後面；美國的餐室為了客人少付一毫子，就把人打得半死。在《公爵》中，他諷刺有錢人盲目的崇拜貴族，而沒落的貴族呢，在寫給「錢袋」太太的信中說，雖然他沒有見過她女兒，但一定會愛她，因為她有錢。在《警察與惡漢》中，做了警察的差利反而去同情為了貧窮而偷竊食物的女子。

我們想到這些是三十多年以前的影片，想到差利拍攝這些電影時，今日的觀眾之中恐怕有半數還沒有生出來，對於他的表演和對電影的處理，實在是不勝敬佩。例如他拉小提琴受到少女的讚美而害羞、尷尬、喜悅的表情，對於旋轉門的利用，用快鏡頭來拍攝爬山，餐室中會賬的滑稽設計等等，都是天才的創作。

這些短片中有些情節，在後來的長片中得到更完美更充份的發展。如《城市之光》（*City Lights*, 1931）中忘恩負義的富翁，《小孩》（*The Kid*, 1921）中流浪漢救富家子，《大獨裁者》（*The Great Dictator*, 1940）中小人物誓死與大亨鬥爭等等，在這些短片裏已可見到一些痕跡。

一九五三年七月二十五日

《民族的怒吼》（上）

本片的原名是 *Il Sole Sorge Ancora*（又名 *Outcry*、*The Sun Still Rises*, 1946），意思是「太陽又升起了」。這原來是一首意大利歌的名字，電影中的游擊隊們，就是用這一首歌作為進攻的暗號而殲滅了德國軍隊的。這是一九四六年的出品，那時候戰爭剛剛結束，游擊隊們的英勇事蹟，在人民的腦海中記憶猶新，而本片中的事蹟，也還被當地的人士所傳誦着，所以影片就選用了這一首使局勢轉振的歌名來做片名，用意是很深長的。到了一九四九年，本片給配上了英文字幕，並且換了英文的片頭，才換上了現在的名字。我認為，對於一般不大熟悉意大利狀況的外國觀眾來講，這個新的片名是更能傳神的，中文譯名也很好。

本片和另外一張在國際上極有名的意大利片《悲慘的追逐》（*The Tragic Hunt*, 1947），同樣是在「意大利游擊隊協會」（Assciazione Nazionale Partigiani d'Italia）的支持之下而拍攝成功的。這個協會的會員們，都是曾經在戰時親身參加過反法西斯戰鬥的。像《烽火流鶯》（*Paisan*, 1946）最後一段河上漂流的屍首，就是被德國軍隊殺害了的游擊隊員，他們拍攝這兩部電影的最初的目的，當然是要藉此來宣揚游擊隊員們的英勇史蹟，所以工作的態度極為嚴謹。電影大部份忠於真實的史蹟，絕對不過份的誇張，因之也就不重視突出的個人英雄。電影的主角，就是一切反法西斯的人民。

這一類電影盡量的利用了實際的環境，攝入畫面的城市、街道和房屋，泰半就是故事確實發生的地點，這愈加增加了真實感。觀眾在看電影的時候，就好像親身經歷了電影中的事蹟，尤其是曾經參加過游擊隊的人們，更會覺得自己是走進了電影中去。這一類電影的現實的作風，增高了它們在藝術上的價值。

凡是看了羅斯里尼（Roberto Rossellini）的《不設防城市》（*Rome, Open City*, 1945）的觀眾，都會被電影所感動，都認為那是一部好電影。因為羅斯里尼和許多演員們，都曾經親身參加過意大利的地下組織活動，和納粹作過戰鬥，這就使電影具有了高度的真實感。我想每一個觀眾，在看過了這一部《民族的怒吼》以後，也將有同樣的感覺，而且對意大利游擊隊員們堅定戰鬥的印象，在某一方面，恐怕更要深刻些。因為本片不但是幾個主角的戲，更是全體在電影中出現的人民的戲。同時導演的處理手法也絲毫不弱。本片的導演阿道．范加諾（Aldo Vergano），自己也曾是游擊隊員之一，所以在片中表現出了極度現實主義的手法。副導演則是約瑟．德．桑蒂士（Giuseppe De Santis），他在完成本片以後，就獨當一面的導演了《悲慘的追逐》，以後還完成了《粒粒皆辛苦》（*Bitter Rice*, 1949）。他去年到過中國。

一九五三年八月十二日

《民族的怒吼》（下）

我不想在這裏複述本片的故事細節，因為這可能會注重於少數「主角」們的遭遇，忽略了電影中每一個參加反暴力鬥爭的人們。歸納起來講，本片主要是描寫兩種不同的人：一種是以大眾的利益為利益、以挽救意大利的命運為任務的有血性的人，這些人包括被德國兵槍決了的神父和游擊隊員，凱撒、羅拉，以及其他的游擊隊員、工人們和善良的人民。另外一種是一小撮不顧國家災難和民族利益的豪富、曲意奉承德國人的意大利軍官、醉生夢死的女人、喪盡天良的私販等。電影中用對照的方式，來表現出這兩種人不同的結果；借了凱撒和馬里奧這一對兄弟之間截然不同的人物，說明了人民力量的勝利和美景，和作為法西斯走狗的下場；借了游擊隊的勝利和德國兵的全軍覆沒，說明了正義的不可戰勝，和暴力的必然走向毀滅。

此外為了說明主題，導演還用了許多對比的手法，使觀眾從這一個人物眾多、情節複雜的電影中，能夠看出線索來。這裏舉幾個例子。

在說明人民生活痛苦、貧富懸殊這一點上，導演用窮人家中煙囪淤塞的一件小事來發展，好的木柴都被富人拿去烘波羅蜜了，窮人只好用劣質的木頭，燒得滿屋子都是煙。在說明不同觀點的人對德軍進駐的不同看法時，鏡頭從許多有志之士正在商議到山中去參加游擊隊的場面，立刻轉到豪富們正在商量逃到瑞士去享福。此外類似的對比手法很多。當志士們在黑夜中冒險向山中出發的時候，恰巧是那些豪富們駕駛着大汽車，滿載着行李，收音機中播放着輕快的爵士音樂而駛向瑞士。在下雪的冬天，一方面是德國軍隊搶走了百姓的一切，連耕牛也牽走了，銀幕上映出在沒有爐火的小屋中人民痛苦和憤怒的面部特寫；另一方面，則是豪富人家正在忙着收藏古玩和佈置過新年。又如當凱撒和神父被捕後綁在柱上做靶子時，銀幕上不斷的用甘心事敵的女人的歡樂狂笑，來打斷了二人面部憤怒的特寫。這些都大大的增加了氣氛，也使主題更加倍的突出。

在整個場面的處理上，本片也是很成功的。最動人的是神父和游擊隊員被處決的那一場。在剪接上，導演運用神父面部特寫和群眾中各部份人面部表情的交替出現來加強情緒，再以祈禱聲的由低而高，襯以教堂的鐘聲，更造成了悲壯激昂的場面。接着是槍聲數響，烈士們壯烈殉義，整個人群的騷動，德國兵用刺刀來驅散人群，鏡頭最後再回到倒在地上的兩個屍身上，以一片沉寂來結束。到這裏，觀眾們已帶着悲憤的心，來等待往後的發展。因為這一場已經替觀眾培養好了感情，所以在後面的那場大戰，就更顯得痛快了。

一九五三年八月十三日

《柏林火海》

在戰爭中，空軍人員的生命是最危險的，每個人都經常處在一種朝不保夕的狀態之中。他們比陸海軍人員還有一種不利的地方，就是同袍之間相互的支援和依賴比較少，在茫茫碧空沉沉黑夜之中，只有一架飛機中少數的幾個同伴是親切的。如果是出發轟炸敵軍後方，心理上孤寂危險的感覺就更加厲害，空中、地面，都是屬於敵人的。

這種緊張的心理狀態無疑會影響每一個空軍的情緒，以空軍為主角的電影，只要能充份利用這種情緒，常常可以拍出相當優秀的影片來，因為題材本身之中，就已存在着很強烈的戲劇性。

《柏林火海》（*Appointment in London*, 1953）的主角是第二次世界大戰時英國空軍的一位大隊長鐵姆·美臣，他已出戰了八十七次，每次都有很好的戰績，座機上所漆的小飛機（每隻小飛機代表擊落敵機一架），已教人來不及數清楚。他有一個志願，想完成出戰九十次的紀錄，可是軍醫檢驗結果，認為他身體太疲勞，不宜再飛行。談到這裏，觀眾可以想像得到，他一定能完成這志願，而在第九十次的飛行中，一定會遇到許多驚險。

電影中應該有女人，尤其主角似乎不可沒有愛人。鐵姆的愛人是他們駕車到總部時在途中遇到的，名叫伊芙。她是一個寡婦，丈夫在戰爭中犧牲了，自己在海軍部的情報處服務。愛上這女人的還有一個在英國空軍中服務的美國人麥克。兩個男人愛上一個女人，這兩個男人一個是英國人，一個是美國人，誰得到勝利呢？通常的情形是這樣：假使是美國電影，勝利的當然是美國人，本片因為是一張英國片，所以英國人在情場中得意了。這大概是所謂「電影中戀愛的民族主義」吧。

空軍中有一個白力諾，每次出擊回來，必定要發一個電報給他妻子，大隊長鐵姆認為這樣做會洩漏機密，禁止他再發電報。有一次出擊，白力諾駕機受傷，回到基地降落時機毀人亡。以前我看過奇勒．基寶（William Clark Gable）主演的一張空軍片，有類似的降落鏡頭，拍得比本片還顯得更緊張些。

本片許多場面大致都有了，然而總覺得還相隔一層，導演和演員都沒有做透。例如伊芙是寡婦，丈夫在戰爭中犧牲了，她心中當然有無限傷痛。白力諾的妻子還是一個天真的女孩，她知道丈夫陣亡的消息時是怎樣的難受。又如空軍人員在俱樂部中狂歡，在歡樂之中，每個人心底都隱藏着一層對未來的渺茫感覺。這些場面都是很深刻的戲劇場面，但導演一概草草表過，將之與普通軍部中的例行工作作同樣的處理。這電影所以令人看來感到氣悶，主要是在情節上該強調的地方沒有強調。

大舉轟炸一場攝影很好。空軍基地中的人員聽到大隊長無恙歸來而紛紛出去迎接，我以為是全片最動人的場面。

一九五三年九月二十日

《非洲白天使》

《非洲白天使》（*White Witch Doctor*, 1953）是由美國一部暢銷書所改編的電影，講的是一個美國女護士，深入非洲的比屬剛果去服務的故事。因為她用科學的醫術救活了幾個人，所以原名叫做「白巫醫」，意思是這一個白人的法術非常高明，比非洲的法師和巫醫強，由此而深得土人信仰。他們不但信仰她的醫術，同時也相信她之所以有這樣大的本領者，是為了她是基督教徒的緣故。

故事除了以這一個「白天使」為骨幹之外，同時還講了一段白人到非洲去尋金的故事，結果是男主角遇見了女主角而一見鍾情，所以最後也不願和他的夥伴合作去發財，在一次自相殘殺的槍戰中，殺死了那個貪婪的夥伴。

一般所謂蠻荒探險片的電影，總不外在說明兩個主題：在以前多數是白人到非洲去掘金，和土人大戰，結果是得到了黃金了還贏得了美人的青睞。這類電影中的白人，一定是英雄，土人都是壞蛋，除非他們也來幫白人英雄尋金和殺人。後來似乎好萊塢聰明了一些，於是影片中的白人，變成了到未開化地帶去宣揚文明，「協助」土人改進生活。宣揚文明也者，總是教土人讀《聖經》，改進生活也者，不是給幾片金雞納霜之類的藥片，便是教土人如何放槍。不論是哪一類的主題，總是以一種優越感來駕凌於土人之上，來達到白人的目的：短視的目的是黃金，而遠大的目的，則是要土人順服白人的文明，都來歸我。

魯迅先生在他的一篇雜文〈電影的教訓〉中，曾對這些電影下過一個批評，說「當白色英雄探險非洲時，卻常有黑色的忠僕替他開路，服役，拚命，替死，使主子安然回家；待到他預備第二次探險時，忠僕不可再得，便又記起了死者，臉色一沉，銀幕上就現出一個他記憶上的黑色的面貌。黃臉的看客也大抵在微光中把臉色一沉：他們被感動了。」過了二十年後的今日，我們仍可從電影中看到相同的鏡頭，像本片中那個黑人忠僕賈克，就是為了救男主角郎尼而喪生的，當然今日的電影技術已進步多了，但電影想告訴觀眾的，卻仍是這一些。

英國詩人吉卜齡（Joseph Rudyard Kipling）在一八九九年寫過一首出名的詩，題目叫做《白人的責任》（*White Man's Burden*）。意思是說，開發落後地區，灌輸西方文明於有色人種，乃是白人們職責所在，他用了 Burden 這個字，於是一切探險、戰爭，也成了「義不容辭」的「苦差使」了。本片所表現的，主要也是這一點。

協助落後的民族提高生活水準，本來是很對的一回事，但是不應當以一種高高在上的救主式的姿態來進行，應當是大公無私的友愛性的援助。像本片中的方式顯然頗成問題。同時在比利時所屬的剛果，卻要美國教會派人去「服務」，而白色壞蛋又是荷蘭人，其間也包括了另一種優越感在內。

一九五三年九月二十一日

《米蘭的奇蹟》

意大利是一個天主教勢力極大的國家。天主教的神甫與修女們，最喜歡說某某地方聖母或者聖徒顯靈，那就是所謂「奇蹟」，於是善男信女們就會去膜拜參朝，把宗教心大大鞏固一番。經過千百年來的「顯聖」之後，意大利幾乎沒有一個地方不發生過奇蹟，而著名的城市，奇蹟決不止於只有一個。例如在二次世界大戰中，某某城市經過轟炸，居然教堂沒有炸毀，那就是一次「奇蹟」。本片《米蘭的奇蹟》（*Miracle of Milan*, 1951）採用這個片名，是有深長意味的。

就它的藝術性言，我以為本片實在是電影史中的一個奇蹟。它在殘酷的現實中混和了那麼富於詩意的幻想，在辛辣的諷刺中混和了那麼溫柔的撫愛。它表達了人類崇高的理想，要到達一個大家都平等友善的世界；它又表達了窮人們謙遜的願望，要求的只不過是一塊小小的土地、鞋襪和饅頭。

我不在這裏複述本片的故事，只希望觀眾們不要錯過這張極好的影片。因為它要逃過嚴格的審查制度，主題思想都用譬喻表達，可能有些年輕的觀眾不十分了解，我在這裏試作一些解釋。

影片中的奇蹟是一隻白鴿，好人陶陶拿到了這隻白鴿之後，任何願望都可以實現。首先，他用來打退在大資本家指揮之下來驅逐貧民的警察。這些場面既令人興奮，又令人覺得好笑。警察隊長的衝鋒口令變成了聲震屋瓦的男高音和女高音獨唱，警察的衝鋒變成了滑稽的溜水。外界的威脅解除之後，這隻白鴿使窮人們過幸福的生活，每個人有華麗的衣着、漂亮的禮帽。最後，白鴿把人們帶到一個幸福豐足的世界中去。

在這裏，白鴿是和平的象徵。大家騎了掃帚飛行，象徵着走向社會主義社會的途徑。

大資本家與貧民之間的鬥爭，本身就是很明顯的表明兩個階層之間的誰是誰非。電影用許多巧妙的方法來醜化那些大老闆。他們的討價還價最後變成類似狗叫的聲音；他們在團結的貧民之前膽怯懦弱，說了許多欺騙的話，暗中卻在指揮警察向窮人進攻。在影片中，那資本家摩皮一再向窮人們說，咱們大家都有十個手指，都是一樣的人。然而他自己有了高樓大廈，還要把千百家窮人的木屋拆毀。我以為這件故事還象徵美國與意大利之間的關係。「摩皮」與石油兩種東西加起來，就是美國一家大石油公司的名字。這位摩皮先生為了搶奪窮人們的資源，利用了窮人中間的叛徒拉比。每當摩皮出現時，配音總是用嘈雜的美國爵士音樂。

有許多場面是處理得極美的：如陶陶義母的出殯、陶陶與小女孩在一扇孤零零的門旁遊戲、陶陶與愛維之間天真的愛情、貧民們擠成一團在太陽下取暖等等，都是電影中罕見的精彩場面。

對《單車竊賊》（*Bicycle Thieves*, 1948）有深刻印象的人，對於這部也是由德・西嘉（Vittorio De Sica）導演的影片一定也會永遠不忘。

一九五三年十月十六日

再談《米蘭的奇蹟》

這部電影的主題思想，我已在上次的「影談」中提出過了，在這裏，我想談一下幾處值得注意的小節。

首先是陶陶的出場：他是老太婆羅路達太太在菜園裏發現的一個棄嬰。這一段就開宗明義的向現社會提出了控訴。

電影中對於草菅人命、唯利是圖的庸醫的諷刺，是極其辛辣的。羅路達太太在病榻上教陶陶算學，他對六乘六和七乘七都答得很正確，但在看見醫生的時候，卻因為悲痛和恐懼而把三乘三答成「十一」。兩個醫生替老太太診病了，方式只是數一下脈搏的跳動，從「一」直數到「五十六」，老太婆就在這種醫治之下逝世了。

電影中還提出了一個兒童教育問題。在貧民區裏，兒童們是完全沒有受教育的機會的。陶陶在造房子的時候，問那些小孩們簡單的算術，他們都回答不出來，這實在是一個悲慘的現象。電影中借了這短短的一兩個鏡頭，再加上陶陶把那些沒有意義的路牌塗改成算術習題，是具有很深長的意味的。

借了那一首歌，電影表達出了善良的窮人們的願望。在這一方面，電影中還利用了發現油礦的一段來加強。起先大家以為是水，已經很滿足了，寫起了「Viva Aqua」（水萬歲）的標語，及至發現那是石油的時候，更加歡喜若狂了，然而他們欣喜的原因，卻僅僅是可以利用這些免費的油來點亮他們的燈，再沒有其他的奢望了。這和資本家獲悉消息以後立刻要來驅逐貧民，正好是強烈的對比。

在奇蹟出現了以後，各人都忙着達到自己久已渴望着的東西。那個患有口吃病的人，曾經因為期期艾艾的說不出「法諾朱古力糖」而得不到錢，在能夠順利說話時第一句就是「法諾朱古力糖」。這一段很深刻的表達了資本主義社會中的商業行為如何的摧殘着人們善良的心靈。

當貧民們把催淚彈的煙霧吹向警察之後，指揮官受了毒氣的侵襲而流着眼淚，資本家向他說：「你哭甚麼，這幫人是絲毫不值得同情的。」於是指揮官就趕緊擦眼淚。單單這一個鏡頭，就極明顯的道出了，那個社會中大老闆、警察、法律的面目。

全片最有力的諷刺是在最後一場上。米蘭是意大利最重要的工商業中心，其繁華比羅馬尤其過之，而米蘭的中心，就是最後一場在銀幕上出現的廣場（Piazza Duomo）四周，那是全市最繁華的區域，在銀幕上出現的建築於十四世紀的大教堂，是被稱為「米蘭的驕傲」的。然而，電影中卻偏偏讓囚車在那裏破裂，窮人們在教堂下面騎了掃帚飛向另一個世界去。這不啻是給予整個米蘭甚至整個社會一個絕頂的譏笑和諷刺。因為一切豪華的享受，不是窮人們所有的，他們住的只是木屋；「米蘭的驕傲」也和窮人們無關，在這裏所包藏的只是卑鄙和污穢。導演特地選中了這一塊廣場來拍攝本片的高潮，實在是對這個社會下了當頭一棒，同時也加倍的突出了本片的主題。

一九五三年十月二十三日

《無情海》

本片是根據尼古拉斯・孟沙勒（Nicholas Monsarrat）的一部小說而拍攝的。原著者是英國海軍少校，在第二次世界大戰中親身參加過北大西洋的戰鬥，積累了五年多的經歷，寫了四部關於海戰生活的小說。《無情海》是其中最成功的一部。因為作者除了忠實的記錄下英國海軍護航隊的艱苦作戰過程之外，還道出了一個中心思想，這個思想就是反對戰爭。原著者在書中的許多地方，借了各個不同的人物的談話和思想來表達出這一個主題。同時他卻並不是盲目的反對一切戰爭，他強調了戰爭需要有一個目標，而這個目標，就是打擊暴力，打擊破壞和平的人們，打擊納粹，打擊法西斯。因為戰爭是殘酷的，所以不得不盡一切的力量，來勝利的結束戰爭，使下一代能平平安安的過日子。

改編成電影以後的《無情海》（*The Curel Sea*, 1953），也是相當成功的作品，主要的原因，就是在乎電影保存了這一個思想，並且適當的表達了出來。電影在短短的兩小時中，摘要的敍述了原著費了四百多頁的篇幅所要講的一切。雖然在許多地方都有了改變，但是大體上來講，是做到了「忠實」這兩個字的。電影的優點，是能把一個故事活生生的展現在觀眾的眼前。電影的缺點，是它不能表達出原著中許多細緻的描寫。關於原著中所有而電影中所沒有的，我準備下次再談，在這裏先談一下電影本身。

故事的中心人物是「羅盤玫瑰」號的艦長伊力信少校。他忠於職守，也知道為甚麼要戰爭，所以他要部下認識到各人在戰爭中的任務。他富有同情心，所以肯冒着被敵人潛艇襲擊的危險而停下來救人，然而在緊要關頭卻有勇氣權衡輕重，甘願受人指責而在伸手待援的人叢中放下深水炸彈，因為他了解到一艘潛艇所威脅着的生命，遠較幾個人的生命為大。在電影中，積．鶴健士（Jack Hawkins）的表演相當不錯，對於角色個性的體驗很是成功。

為了幫助說明戰爭的殘酷，電影中很技巧的選了幾段最令人感動的片段來表現：少尉莫勒的妻子因為丈夫終年在外面打仗而愛上了別的男人，莫勒至死還想到他的妻子愛倫，但是戰爭奪去了他的愛情，同時也奪去了他的生命。管引擎的華滋正想和副官塔羅的姐姐結婚，但是她卻在一次轟炸中死去，使他失卻了人生樂趣。為了戰爭，中尉洛克不敢想到婚姻和家庭，在電影中，他和婦女隊員珠莉之間的愛情為戰爭所隔離，在原著中就更慘了，珠莉給予洛克以新的希望，給予他對將來美好的憧憬，然而她卻在一次襲擊中犧牲了。此外像范勒比因受沉船的刺激而不得不長期療養，在擊沉德國潛艇時救起的德國兵也是「和我們一樣可憐」等，在在都很幫助了主題的發展。

這部影片以樸素的手法來表現出這一個故事，愛丁堡影展的「金桂冠」獎並沒有給錯。

一九五三年十月二十四日

《無情海》的原著和電影

尼古拉斯．孟沙勒（Nicholas Monsarrat）在書的開始寫道，「這是一個冗長的故事，因為它敍述了一個冗長和殘酷的戰爭，最最惡劣的戰爭；這是一個真實的故事，因為唯有真實的故事，才值得敍述。」

作者除了在正面描寫這一個殘酷和惡劣的戰爭以外，很有力的在側面烘托了戰爭的可厭。范勒比在「羅盤玫瑰」號沉沒之後得了嚴重的精神病，這完全是漸漸造成的。他在女兒六個月大的時候返家一次，那時他雖在家裏，但卻不能忘情於戰爭的狀況，他覺得自己生活在戰爭與和平兩個不同的世界中。為了戰爭，他不敢想到將來，所以在十二個月以後再度休假的時候，他已大大的變了，他看見自己的女兒，就想像到海中的屍首，想到了自己、妻子和女兒也將在戰爭中變成這樣的屍首。人生已是可怕的了；他不敢親近自己的妻子，因為連年的作戰，已經使他痲木，同時完全失去了希望。

洛克和珠莉的愛情，是作者用來說明他對於戰爭的另一種看法。他寫道：「這一百五十個人，至少有同樣數目的女人在愛着他們，鼓勵着他們，而同時也使他們有求生存的慾望和戰勝敵人的決心。」作者提出了納爾遜（Lord Nelson），說這位英國的海軍英雄，一半是為了他愛國才成為英雄，另一半卻因為漢彌登夫人（Emma Hamilton）的愛情鼓舞了他。在這一點上，作者是過份強調了愛情的重要的，但是書中的主角們，卻大多連愛的權利也被戰火所剝奪了。在小說中，洛克和珠莉是同居了的，他剛剛開始領略到納爾遜「另外的一半」，珠莉便死了。作者把這一件悲劇看成和「羅盤玫瑰」號的沉沒同樣的重要，那分別代表了戰爭對於人民在精神上與物質上的打擊。

原著中有一段很精彩的對話，電影中完全沒有提起，那就是對美國的不滿。洛克說：「美國隔了一道大西洋，大喊其打倒希特勒，然而它卻等了兩年多，才在我們的海軍被消滅一半的時候，用我們的百慕達和安地國島為交換條件而給了我們一些破船，在自己被日本人打了以後，才裝腔作勢的來參戰。他們等兩面都已元氣大傷的時候，才來湊現成。我敢說戰爭結束以後一定是美國人的天下了，因為我們都已打得半死，而他們還是原封未動。」在原著中，作者用了許多篇幅來說明英國人的這一種看法，可惜電影中卻不見了。

戰爭結束了，得到了甚麼呢？電影中只說洛克沒有得到獎章，在原著中，大兵們所關心的，是納粹消滅後，德國將要怎樣？世界和平是否能夠確保？「將來」是否會好些？和還會不會有「老闆」？這一些電影中都隻字不提。所以我說電影的優點固然很多，但缺點則是有意的忽略了這些部份。

一九五三年十月二十五日

《孽海奇逢》

聽幾位朋友談起這部《孽海奇逢》（*Dangerous Crossing*, 1953），大家覺得還算滿意，我也認為本片比較還可以一看。

其實本片的故事並不新奇，但是很難得的是，它自始至終都相當的能抓住觀眾的情緒。尤其是像我這樣每天要看電影的人，有時候往往頭腦太冷靜了，對於莫名所以的緊張和曲折，不但不容易提得起興致，而且還會相反的覺得困擾和討厭。本片似乎尚不至於使我有這種感覺，這恐怕要歸功於導演的善於控制氣氛。雖然有些地方還是有許多不必要的穿插，例如電影中把那個跛腳的搭客弄成很神秘可疑的樣子，處處用他來使觀眾產生出恐怖感，似乎很不必要。但大體上來說，本片的導和演都夠得上水準。

玲妮．奇蓮（Jeanne Crain）演一個新婚的少婦。她和丈夫搭船出去度蜜月，丈夫卻突然在船剛剛啟碇的時候失蹤。她明明在船上接到丈夫的電話，但是搜遍整艘輪船，卻完全沒有她這位神秘丈夫的影子。於是她被弄得十分疑惑和傷心，但是船上自船長以下，都疑心她有神經病。船上的醫生米高．蘭尼（Michael Rennie）雖然很關心她，但是也以為她的神經有些失常。在全片的十分之八的時間中，每一個人都急想知道這一個事件的真相：珍妮．奇蓮想找到她的丈夫，米高．蘭尼想探求出他這一個病者的病源，而觀眾們則想知道究竟是怎麼一回事。

這一對新婚夫婦上船後到房間中去的時候，唯一確實看見他們兩人在一起的是侍女安娜，但是她卻矢口否認曾經看見過那個神秘的失踪者。這一點就使觀眾覺察到其中必有蹊蹺，而導演就利用了這一點來吊住觀眾的心弦。珍妮．奇蓮是始終在緊張的情緒之下的，然而卻沒有人能夠替她解答一連串的疑團。這些疑團也正是觀眾所亟求知道真相的，所以導演也就非常可惡的不讓你全盤得到答案。因此我說這部片子的導演還算成功。

關於本片的故事，的確並不新奇。讀者中大概很多人看過以前歌羅德．高露拔（Claudette Colbert）和羅拔．賴恩（Robert Ryan）合演的《驚魂花燭夜》（*The Secret Fury*, 1950），就會覺得二者極其類似。在《驚魂花燭夜》中，羅拔．賴恩買通了許多證人，他們都一致否認曾經見過歌羅德．高露拔；在本片中，這個同謀者就是侍女安娜。《驚魂花燭夜》中那個壞丈夫的目的是在妻子的錢財，本片中的情形也完全一樣。以兩部電影來比較，在故事方面本片不及前者的曲折，同時也有很大的漏洞。例如本片中說珍妮．奇蓮的婚事她的親友毫不知情，同時她的丈夫用的也是化名，這就令人奇怪他怎樣才能達到攫取遺產的目的。比較這二部相仿的電影，本片顯然是差一點。只是以這樣一個故事，導演居然能加以適當的掌握來做到如此成績，那末在好電影愈來愈少的今天，就不能不說本片是還可以一看的了。至少，這不是不健康的心理片或謀殺片，或者是故意令人大吃一驚的偵探片。

一九五三年十一月三日

《春宵一刻值千金》

《春宵一刻值千金》（*Adorable Creatures*, 1952）是「法國電影週」中公映的第一部影片，內容可以說相當的不健康，不過導演盡量利用了電影的技巧，自有法國藝術作品那種俏皮可喜的作風。

我猜想編劇先生剛失了戀，所以眼中看出來所有的女人全都很壞。片中的男主角叫做安德，影片開始時他剛結了婚從教堂中出來。在車中，他吻他的新娘凱德玲，說，「我平生只愛你一個人。」影片的旁白出來了：「不，不，他在說謊！」於是他過去的情史一件一件的從銀幕上顯現出來。結果，證明他至少愛過五個女人。

這五個女人全都是壞女人，至少，在我看來是這樣，或許風流的巴黎人覺得並不太壞也說不定。

第一個加特琳是一位有丈夫與兩個孩子的太太。她每星期有兩次要去看牙醫。所謂牙醫，其實是服裝設計家安德；所謂「醫牙」，則是電影審查官不許在銀幕上放映的事情。她回家遲了，總推說的士叫不到。為了強調這種情形的普遍，加特琳的女友法蘭蘇亞也要常常去看外科醫生，而她也常常叫不到的士而遲回家。

第二個情人米奴西（瑪丁．嘉露〔Martine Carol〕）是一個掘金女郎。她自稱「隨身不帶錢」，而對店裏各種顏色的衣料都很喜歡。她和安德訂了婚，但當看見女友從情人那裏得到大批珍貴的飾物和皮大衣時，她覺得有錢的老頭子實在比沒有錢的青年要可愛。於是略施巧計，拋開了未婚夫而引誘了那老頭子。

安德的第三個情人是米奴西的女友伊芙蓮。這位小姐有一個脾氣，愛和父子倆同時談戀愛，因為父親通常總比兒子的錢多些，所以她對父親的興趣總比較好些。

有錢的寡婦黛妮絲是他的第四個情人，而和他結婚的凱德玲則是一個和人私奔的牛女。影片完結時旁白說：「你們不要以為這是羅曼司的結束，這只不過是開始。」表示在這一對夫妻之間，以後亂七八糟的事情還多着呢。

本片的對白很輕鬆俏皮。鋼琴家不斷彈奏，有人說他是雕刻家，因為他整天的敲打。富孀要把舊情人鋼琴家趕走，理由是他吃得太多，不適宜演奏蕭邦，必須使他忍飢挨冷、大受痛苦，藝術上才有成就。安德失了戀從樓梯上走下來，別人問他為甚麼不坐電梯，他說他的心很弱，等等。

電影技巧用得很多。英語的旁白很有喜劇效果（劇中人的對話用法語）。凱德玲的父母偷看女兒日記，又要安德朗誦一場頗有趣味。整個說來，結構似乎鬆散了一點，以致有些地方顯得沉悶。

劇中的女人沒有一個是好的。主要角色不說了，甚至閒角，也各有缺點。女傭常常大發脾氣，女秘書則會揭露女主人年齡的秘密。但片名卻叫做「可愛的人兒」，真是妙想天開。這位編劇先生不知道世界上有許多真正可愛的人兒，該打手心！

一九五三年十一月五日

《妙人異蹟》

《妙人異蹟》（*Mr. Hulot's Holiday*, 1953）是一部風格很獨特的影片，可以說是近乎「啞劇」。全片沒有幾句對白，而這些對白在整部電影中根本佔着一點也不重要的地位。整個戲劇故事的開展，完全是依靠畫面動作表現出來的，導演充份的運用了畫面的轉換和音響效果，組織出一系列的事物來呈現於觀眾之前，使觀眾在九十分鐘的過程中，可以單單憑視覺官感來了解故事的內容。這一種使電影成為最高度「視覺藝術」的手法，在有聲電影發明已有二十五年歷史的今日，在觀眾們已熟習於以對話加上動作來構成的戲劇形態的今日，不能不說是一個新的嘗試。我認為有許多地方，編導者是在模仿卓別林式的幽默啞劇（如《城市之光》〔*City Lights*, 1931〕和他前期的作品），不過因為全片過於着重笑料，而諷刺也不夠深刻，相較之下，頗有不及，然而至少是比號稱為有聲電影以來最大發明的《原子竊賊》（*The Thief*, 1952）那樣的「默片」，是要高出許多了。

本片的主題是在譏諷一般度假的人。歐洲人對於度假，似乎是較之任何地方的人還要重視，尤其是一般有閒階級，差不多一生的時間，就花費在度週末、度暑假和度寒假上，而一生的精力，也就耗費在計劃如何在假期中去享受一番「恬靜」和「安逸」。其實呢，他們的假期卻往往是毫無靜逸之趣的，結果只好再來一次休假，來休息上一次假期的疲勞。一般普通的打工仔們，對這一年一度的假期，也認為絕對不可放過。因為差不多每人都在同一的時期出去休假，所以這種度假，實在除了

「出錢買罪受」之外，已完全失卻了真正休息的本意了。對於這一方面，本片中有非常令人好笑的描寫。

電影中的主角許樂先生是一個丑角，他的舉動怪誕，處處招人發笑。編劇者以他來代表一般好趕湊時髦的人們。他因為汽車「老爺」而被人看不起，喜歡巴結別人，但卻因此而遭人白眼。電影中再通過了許樂先生的休假生活，讓觀眾看見了各式各樣到海濱去度假的人。他們中間有休假不忘生意、天天捧了電話接洽商務的大腹賈；有十分無聊、整天以散步來打發時間的老夫婦；有只顧玩紙牌當放假的賭客；有不忘國家大事的老政客，他即使在休息的時候也要收聽新聞報告；有以讀愛情哲學來追求女朋友的書呆子；也有為度假而度假的女郎。總之這一群人所享受到的是甚麼呢？恐怕除了夜夜不得安睡、每天單調的生活之外，就是在分別時互相握手和派名片，約定明年再見和大叫 *Au Revoir*（再見），以及回家去大加休息來紓解疲勞了。

導演的手法頗為輕鬆可喜，例如介紹許樂那輛舊汽車出場時，用了一個火車疾駛的鏡頭來對比，火車差不多是沒有聲音的，而他這輛汽車卻響得厲害。在鏡頭和場面的構成方面，也有獨到的地方。作為一部諷刺喜劇，本片是可以一看的。

一九五三年十一月六日

《法網情絲》與《迷離世界》

正在國泰上映的《黑海岸浴血戰》（*The Last Hill*, 1944）是一部感人至深而富於人情味的影片，對好電影有興趣的讀者不應該錯過。此外，快樂的《法網情絲》（*Odd Man Out*, 1947）和利舞臺的《迷離世界》（*Harvey*, 1950），雖然是舊片，但也有相當價值，因為映期短，我先併在一起談一下，明天再談《黑海岸浴血戰》。

《法網情絲》在上海被譯作《虎膽忠魂》，實在有些莫名其妙，本港的譯名雖然比較好一些，但也不能道出本片的主題。這部片子的內容很豐富，其中有對法律的諷刺，對社會人情的針砭。編劇者通過了男主角不幸的遭遇，可以說是大聲疾呼的對那個社會提出了控訴。通過了這一個故事，說明在不合理的社會中，一個好好的人如何成為惡劣環境的犧牲品。他被周圍的壓力迫得透不過氣來，唯有愛情才稍稍給他一些溫暖，然而就是愛情也終於不能久享。我想每一位觀眾，在看到結尾男女主角在雪地裏死去的一場，沒有一個會不被深深的感動的。劇作者所要說明的，是在那個社會中，不同流合污的人難以生存，他將被視為一個 Odd Man（古怪的人），會被摒棄出去。至於哪一種人倒反而可以活着呢？電影中說，是那些臨難棄友的人、是那些見死不救的人，和那些「各人自掃門前雪」和履行鴕鳥政策的人。在全片兩個鐘頭的過程中，編導處處令人覺得不舒服，但是他們卻始終不給你一個一舒胸中抑鬱的機會，每個人的心上像加上了一塊鉛似的步出戲院。這是一部好影片。

《迷離世界》有許多地方和《法網情絲》很相像，這部電影表現出一個好人在不合理社會中所受的奚落。他心地善良，樂於幫助別人，但大家卻把他當做神經漢。在本片中，占士．史超活（James Stewart）和《法網情絲》中的占士．美臣（James Mason）一樣，都是不合普通人胃口的人物。所不同的是：《法網情絲》用以暴露社會醜惡面的是沉痛和悲劇的手法，而《迷離世界》則全部用諷刺喜劇形式。同時在效果上也有距離，前者是有血有肉的，能夠為每一個人所接受，後者卻摻入了許多哲理，最後並使所有人都受感化而變成好人，其真實性因之也比較缺乏。它彎彎曲曲的故作高深，不能從正面來提出問題，比起《法網情絲》的一針見血，《迷離世界》就顯得有隔靴搔癢之弊了。

這兩部影片中，前者是占士．美臣成名之作，但他今日已在好萊塢演些不倫不類的片子；占士．史超活在後者中恢復了他以前在《浮生若夢》（*You Can't Take It with You*, 1938）等片中那種戇樸的作風，但現在卻又在大演牛仔片了。對於他們兩人而言，這兩部影片是一種可珍貴的記憶。同時像這種非難社會病態的片子，在今日英美的作品中已幾乎找不到，所以如果以前沒有看過，這次就應該去補一補。

一九五三年十一月十二日

《慈母淚》

粵語電影最近有很大的進步，好片子一張一張的打拍出來，確然是一件令人欣喜的事。《慈母淚》（一九五三）也是這些好片中的一張，在製作和題材上，都有值得稱道的地方。

它的主要內容是表達人類感情中最偉大的一種——母親對子女的愛情。紅線女飾這位母親。片子開始時是她老年時的回憶，在這家中已住了三十年，現在要離開了。三十年來的悲歡離合，一件件的湧上心來。

作少女時，她有兩個好朋友，一個在洋行中打工，一個做醫生，三個人常一起出遊（電影中有幾個在海面揚帆游泳的美麗鏡頭）。後來她與那在洋行中工作的王嘉平結了婚，連續生了兩個孩子。丈夫的經濟情況並不太好，可是她又懷了孕，她去找醫生朋友商量，想請他給她墮胎。醫生不同意，勸她，說她肚中的孩子將來可能做很好的事業。這個孩子生下來名叫阿良，果然是三個孩子中最有用的人，安慰了老年的母親。觀眾們會想到，假使當時這位太太打了胎，她老來就沒有一個親人了。

王嘉平的負擔加重，晚上只好再去做經紀和報館中的校對，以增加收入。過勞的工作把他身體累壞了，回家來兒女吵鬧，太太照顧了兒女就沒有餘暇來理丈夫，於是丈夫去找舞女，後來甚至好幾天不回家。傷心的太太找到了那個舞女，求她放丈夫回家。這舞女的心胸很偉大，說「只要你們家庭幸福，就是我心中痛苦也是快樂的。」王嘉平回家後夫妻互相承認錯誤，和好如初。我以為在實際生活中，這種情形是有的，子女一多，丈夫未免遭到冷落，但電影中這樣處理，似乎有替胡鬧的丈夫開脫之嫌。電影認為，所以發生這件事情，夫妻雙方都有責任，我卻以為根本是丈夫不好。

戰爭爆發了，嘉平所工作的洋行因戰事影響而倒閉，嘉平失了業。受到這刺激後，本來已很嚴重的肺病突然轉劇，不久就死了。太平洋戰爭的發生使王太太的第二個兒子又離開她。這電影接觸到了一個事實：對於這善良的女人，戰爭的影響是多麼大。

紅線女演得很好，演老太太就是老太太的樣子。丈夫逝世時，她拚命要醫生給丈夫打針。每個人對於不願發生的事的終於發生，最先的反應就是不相信。她不相信丈夫會死，這點是演得很動人的。張瑛先飾王嘉平，後飾大兒子國基，表演了兩個不同的性格，第一次浪子回家，他與母親妹妹三個人之間的戲處理得不錯。

導演相當用心，他在這戲中愛用歡樂突然轉為悲哀的情節，如中秋節歌唱後的母親逝世，王嘉平在生日那一天死亡，女兒在試穿結婚禮服時被打死。這張片子中有許多鏡頭都極長，有點單調，這或許是受到攝製成本的限制。

兩個兒子為甚麼性格不同，沒有明確指出來，是一個缺點。

配音中用了柴可夫斯基的華爾茲《斯旺尼河》等曲調，情調倒還適合。

一九五三年六月三十日

《絕代佳人》

《絕代佳人》（一九五三）片前有一個短短的楔子：一個使者騎馬在原野裏飛馳，沿路隨處可見死屍，有的是餓死了的，有的身上中了箭是死於兵災的。這個楔子的用意當是描繪出故事的背景，那是一個兵荒馬亂民不聊生的時代，同時直接引入故事的中心：趙國京城被圍，向魏國求救。在電影中使用楔子，國語片中這是第一次。本片的楔子造成了一種局勢緊急的氣氛。

影片的主題思想是愛國主義與反戰，同時把我國成語「唇亡齒寒」的意義形象化起來。劇作者研究了當時的史實，多多少少反映了戰國時代的時代精神。劇中主要人物的重要對話，有許多是從古書中引來的，例如如姬的話一部份出自《墨子》、信陵君與魏王辯論救趙一部份出自《戰國策》。片中並沒有把現代人才具有的思想塞到古人腦子中，這是處理上忠於歷史之處。當然，語言的現代化是免不了的，假如電影中的魏王對如姬說，「毋泣，吾悅汝甚」（不要哭，我很喜歡你），恐怕沒有幾個人能聽得懂了。

片中描寫了一些兩千多年前我國人民的生活，有農民在勞動中的歡樂，也有君主的荒淫殘暴，以及戰爭給予普通人民的痛苦。當時的一些文娛體育活動如歌舞、彈琴、射箭、投壺、下圍棋等，也用了一些場面來介紹。

歌舞中畫面最美的我以為是如姬撫琴而吟《關雎篇》那一場，很有我國國畫的風調，同時因為觀眾已知道有一樁不幸即將降臨到她身上，使她誠樸的歡樂之中增加了悲劇的成份，也就是增加了文學上的美。如姬的一段綵舞用的是京戲中的身段和步伐，是承襲了我國舞蹈藝術的優秀部份。這時唱的歌：「盼河之清清兮，伊人已渺，寧箜篌之寂寂兮，戈止兵銷。心誰寄兮，如芹采之漂漂；唯萬國之和兮，黎庶媌媌。」是把墨子非攻、兼愛、節樂，以及「使飢者得食、寒者得衣、勞者得息」的思想音樂化起來。豐收舞是表達勞動的喜悅。我以為宮廷舞太長一些，據說本來要間隔地插入貧民流離失所的鏡頭，因為對比過於強烈，所以雖然拍成了，並沒有使用。

配音在幽怨處用古琴彈奏，《憶故人》的調子時時浮動，緊張處則以琵琶為主。竊符一段的音樂中，休止符的運用有戲劇效果。結束時的配音是一段沒有詞的合唱（所謂 Chanson sans parole），對如姬人格的描寫有幫助。

夏夢的如姬演得很生動，表情與對白比過去是邁進了大大的一步，她與姜明的表演很使全劇生色。姜明把魏王演得有血有肉，個性十分突出。其他平凡、蘇秦、金沙、樂蒂等也都在水準以上。

宮室、用具與衣服雖然在體裁與圖案上都經過一番考據，但一般說來可能太美太宏大，當時的生產力恐怕還不能達到那個地步。由於技術、人力等等限制，使片中不能出現巨大的群眾場面與戰爭場面，不免是一個遺憾。

一九五三年九月二十四日

再談《絕代佳人》

前幾天我談過了《絕代佳人》之後，又碰到幾個一同去看過這部戲的朋友，聽了一些意見。這些朋友，都是平時對電影較有興趣的。我想把他們的意見整理一下寫出來，對讀者想也不是完全沒有意思的。

除了我在上一篇「影談」裏提到的那些人物外，有一個朋友認為演朱亥和秦使的兩人，使他有比較突出的印象，朱亥的粗豪樸實，由體型到表演，都相當好。演秦使的人那幾下眼色，相當地傳達了秦國的強凌弱、眾暴寡的精神。這兩個人出場的機會不多，但給人的印象不壞；可能也因為其他一些人物的性格發展都比較「平」，使這兩人更容易突出。文章筆墨，往往是寧嗇毋奢的。

另一個朋友認為平凡演的信陵君，如果能更深入一步，把性格的優點和缺點同時強調，也就是把他本身的矛盾加深，這樣，角色就會有更多的血肉，其動人之處就會更多了。那位朋友說，現在所見到的信陵君，是對如姬有愛而愛不深，對家國有情而情不烈，力量就稍嫌不夠。關於這一點，有一半恐怕得由編劇者負責[2]。

這位朋友又說，看了這部片子，覺得李萍倩的導演又有了進步。如果說一部片子也像一篇文章，則《絕代佳人》的章節段落是清楚的，藝術上的「平衡」是相當掌握了的，拖泥帶水的毛病是去除了的，剪接乾淨利落，調子明快。如果要求得苛一點的話，就是這種明快也帶來了一種缺點，它同時也沖淡了這部片子的悲劇氣氛。所以也可以說明快又損害了主題所需要的基調。

那些朋友又提到配樂問題。其中有人認為對於古樂的利用，《絕代佳人》比《孽海花》（一九五三）又進了一步。這表現於這一回用得比較恰到好處。一般的說，古樂比西洋音樂變化少，組織也比較單純，所以如果用得太多，往往易陷於單調，「量」多反而損了「質」。《絕代佳人》只在適當的時候去用，要言不繁，是聰明的。對於歌舞部份，有一個朋友說：「豐收舞」宮庭味多，生活味少，未免是美中不足之處。

大家都同意這部片子的聲光是很好的，甚至可以說是長城出品中最好的。

我對那些朋友說準備把他們的意見整理發表，他們說這些都是「求疵之見」，而且怕人說他們「彈嘅唔知唱嘅難」。我說，電影的進步是要靠觀眾的熱心的，他們這樣的認真，即使說錯了，也不會有甚麼壞處。所以我還是把它們寫出來了。

一九五三年九月二十七日

[2] 編劇是林歡，即金庸自己。——編者按

《水紅菱》

我自己生在江南的水鄉，吃紅菱吃了十幾年。小時候，有時坐在採紅菱的姑娘們的木盆裏，在靜靜的湖上看她們採菱。看到《水紅菱》（一九五三）這名字，就想起兒時的經歷來，我好像聞到鮮菱的清香，看到了碧綠的水裏浮着的一粒粒的紅菱，聽到採菱姑娘們的歌聲和她們講給我聽的故事。我想到江南各種各樣吃菱的方法，生吃、蒸熟、風乾、糖拌、蜜餞，直到與火腿同煮。我懷着這種心情去看這部影片。看到五分之一，我就在怪我自己的幼稚和無知。盡是想到江南表面上的美麗，不深入的去了解這水鄉內部的辛酸故事。這部影片叫觀眾們想到，在從前的黑暗時代，在美麗的景物之中，蘊藏着多麼悲慘痛苦的事情。

這部影片原名《莫愁巷》，那是故事發生地的地名。對於影片中所敍述的故事，不論原名與現在的名字都是一種諷刺，也是一種辯證性的襯托。名字多麼美，可是現實是多麼不幸。

編導者以相當簡潔的手法來敍述這個故事。許多地方都是暗寫，例如劇中王臻的自殺、李清的被打、陳娟娟的錢被偷，都不直接在畫面上表現出來，然而並沒有使觀眾感到混亂。莫愁巷的實際統治者是王公館，但王公館與王家的人都沒有出現，憑了王公館狗腿龍二（姜明）的作威作福，觀眾也可想像得到王公館中人物會是怎麼一副樣子。不論在戲劇上或文學上，適當的含蓄有時比全部的暴露更有力量，因為其中讓觀眾有發展想像的餘地。而當在適當的暴露都不容許的時候，含蓄手法的運用是更加必要了。

剪接很緊湊。本片的情節不複雜，有些部份有素描戲的風格，又因為背景是農村，事件的進展不能如都市戲那麼的快速。如果處理得不好，很可能沉悶，然而本片並沒有這種缺點。原因之一我想是在於剪接。讀者們如果留心看，可以發現全片極少用「溶」來連接，大部份是直接的「割」接。導演在片中好幾次用對話來連接場次。

演員們都有水準以上的表演。陳娟娟、李清、姜明都演出了劇中人的個性，馮琳、劉甦、王臻等的戲不多，然而觀眾對她們還是很有印象。可見要演好一個角色，戲多不多不是主要的問題，重要的是怎樣體驗與表現一個角色的個性與形象。

配音的風格很新，比較特別的是，兩支歌不由演員唱出來而是作為一種背景音樂，用來表達劇中人的心情與增強故事的氣氛，就好像有許多影片中用「片外發音」的「第三者評論」來發表意見一樣。這種辦法如果用得不得當，極可能使觀眾失卻現實感而意識到電影的機械成份，但本片中這種情形並不顯著。

聽朋友們說，為了環境的限制，許多拍好了的精彩鏡頭都無法用上，整部影片前後也作了許多修改，以致顯得有點不是一氣呵成的樣子。由於其他的原因以致藝術品受到損害，作為一個觀眾，只有對藝術工作者更加表示敬意。

一九五三年十二月十九日

再談《水紅菱》

這幾天天氣暖和，這種暖和，在冬天就更加使人覺得可愛。這和我看了《水紅菱》（一九五三）之後的心情相似，因為在這影片裏邊的人情溫暖，至今仍縈迴在我的心底。在冰雪垂簷的莫愁巷中，在王公館的霸氣籠罩之下，我看到陳娟娟為着替李清做一雙布鞋，而靜靜地去街上買布，偷偷地在地上量李清的腳印的長度，就不禁為這種純真而又帶點羞澀的兒女之私，感到溫暖。當我看到龔秋霞把手製的小貓小狗，送給鄰居的一群小孩子，母性與童心、生活的窮苦與人性的善良融和在一處，也不禁感到溫暖。照我想，就是這種溫暖給莫愁巷那群窮苦的人物以生活的勇氣與力量，給他們以對於未來的信念，否則，被關在王公館狗腿龍二爺家裏的陳娟娟，不會有勇氣走出來，失掉了一條腿的李清不會有勇氣活下去，孤苦無依的小女領弟不會免受摧殘……這種人情溫暖給我的印象很深，到現在餘溫尚在！

其次，我喜歡《水紅菱》裏面那點熱鬧的生活氣息。特別是前頭的三分之二的戲，把這點處理得不錯。記得有一個人寫過一篇論報紙副刊的文章，叫做〈短些，再短些〉[3]，它裏面有一段這樣的話：「讓我們有這樣的副刊罷……每天萬把字的版面擠滿各種作者讀者的跟各種內容形式的幾十篇稿件信件，切實緊湊地傳達着生活……的各個側面，傳達着群眾的呼聲，好比生意旺盛的花園一般。」如果一部好電影，也可比作一個好副刊的話，我所說的「熱鬧的生活氣息」，也就是上一段話的最後兩句的意思。我想說的是，《水紅菱》裏有生活的聲音。戲一開頭，井邊那一場就很「活」，各種人物，各種聲音，都自自然然地來到這塊眾人出入必經的地方。跟着，人事的矛盾與人事的諧和，人情的殘酷與人情的溫暖，都生氣勃勃的冒出來，叫你入戲。整個戲的人物，都在這一場裏上了場，做到樸質而生動。然後就是各種人事關係的細緻分析，錯綜複雜，抽絲剝繭，逐漸展開。導演的這種手法，我覺得有點氣魄。若以古文的情況相比，則類乎《醉翁亭記》的首句，只用「環滁皆山也」五字，就有綜觀全局之妙。

這部影片的外景很美，特別是李清和陳娟娟的溪畔深談，樹影濃陰，水流潺湲，都富有牧歌風味。可以看得出來，攝影師對於若干畫面的處理是花過心思的，調子多有明快之感，這與戲的內容也是相配合的。

在前一篇「影談」裏，我曾說過有幾個演員都演得很好，有一位讀者李先生來信要求我說明一下好在哪裏。在這裏順便簡單地答覆一下，我主要是指對於人物個性的把握，如陳娟娟的善良、李清的耿直、姜明的陰毒、龔秋霞的慈和、馮琳的刁唆、劉甦的潑辣以至於王臻的軟弱等等。

一九五三年十二月二十三日

[3] 胡喬木於一九四六年在《解放日報》發表的文章。——編者按

《秋海棠》

「舊時江南曾相識，今日海外又逢君。」這是《秋海棠》（一九五三）廣告中的兩句話，對於許多曾在江南住過的人，這兩句話是很貼切的。上海的知識分子不知道《秋海棠》的人大概是很少的吧。這本小說本來就有相當多的讀者，後來費穆、黃佐臨與顧仲彝改編為話劇，就轟動了一時，在上海連演了好幾個月。當時演《秋海棠》的是石揮與張伐，在本片中飾羅湘綺的韋偉，當時在舞台上也演過這角色。這個戲因話劇而出名後，其他許多劇種如越劇、申曲等都拿來改編演出。我有一段時期曾相當喜歡聽蘇州彈詞，在書場上，也不知道聽了多少回《秋海棠》中的《羅成叫關》了。

這故事以前曾拍過電影，是呂玉堃演的，不過沒有多大成功。本片是第二次拍攝電影，許多對話採自費穆等編的劇本，所以還保存着原劇本中一部份辛酸而芳冽的味道。

故事是說民國初年一個京劇藝人的遭遇。這戲人名叫吳鈞，藝名秋海棠，是唱青衣的。他與天津一個軍閥司令的小妾羅湘綺相愛了，生了一個女兒梅寶。秋海棠被軍閥毀壞了面容，不能再唱戲，流落在上海。梅寶在酒樓中賣唱，與她生母在偶然中相會，而秋海棠則帶病充當京戲中的武場把式，死在台上。

舊藝人的生活中充滿着無數苦澀的故事，聽人說起來真會感動得流淚。《秋海棠》的故事有一部份是有事實根據的，雖然故事中人物的身份和結局都有了很大的改變。片中羅湘綺被軍閥騙婚，以前著名的京劇女演員劉喜奎就曾遭到過類似的不幸。因為故事有相當的現實性，再加上曾由費穆、黃佐臨等幾位名手的加工處理，使本片的劇情有了一個相當不錯的基礎。

韋偉相當生動的把羅湘綺的寂寞與委屈演了出來。酒樓中認女一場戲我以為是最好的，使人感動。就整部影片而言，我也以為這場戲最好，導演對鏡頭長度的掌握、對演員的處理，在這場戲也比較成功。前面的戲，有許多地方令人感到沉悶。故事是以藝人的生活為中心，然而藝術的情調不強，我以為還沒有充份利用到電影的長處。

飾梅寶的韓湘在這部影片中第一次擔任比較重要的角色（在《蜜月》〔一九五二〕中曾短短的跳了一點舞，沒有引起多大注意）。在原來的小說中，對梅寶的描述本來很多，後來她要和羅湘綺的內姪要好。電影給她的戲不多，像她唱《春香鬧學》等戲時，鏡頭都不在她身上。據我想：《春香鬧學》是一齣很有趣的崑曲，如先表現這少女活潑的憨態，再跟上她父親的阻止，一喜一悲之間，矛盾、衝突、戲劇不都出來了嗎？梅寶唱《羅成叫關》而她母親在隔房傾聽一場，如果把梅寶的聲音和秋海棠的聲音造成「聲音上的蒙太奇」，也就是說再多使用電影手法，那麼戲劇性可以更強，目前的回憶辦法，則令人感到混亂。

一九五三年十二月二十二日

與姚嘉衣兄一夕談（上）

昨天晚上到長城公司去看拍新戲《視察專員》（一九五五），場上平凡與姜明正在走地位排練，石慧這一個鏡頭沒有戲，但她也沒有空着。她用右手的食指在牙齒前面作刷牙狀，眼睛則看着站在隔着一大段路的姚嘉衣。她這番表演意思是說嘉衣「牙擦」，嘉衣就做拿了衣刷刷西裝上灰塵的姿勢。石慧連忙假裝掃地，嘉衣在空中把電氣插頭插上，表演使用真空除塵器。他們的「刷子」越來越大，正在這時，導演黃域兄喊出了「好，我們正式拍。」石慧只好停止了她的「無聲牙刷」。

等一個鏡頭拍完，石慧卻安安靜靜地聽張錚、嘉衣、金沙他們的談話了。《都會交響曲》（一九五四）中要有一段傳奇幻想的場面，準備出現代表酒、色、財、氣的四個魔鬼，這四個魔鬼想用芭蕾舞的姿勢來表演。這還只是一種計劃，設計音樂和舞蹈可能時間上趕不及，但我們聽他們談得非常有興致。從片場出來，我跟嘉衣到他家裏去玩，看見他書桌的玻璃板下有一張他與石慧合攝的照片，旁邊有人題了三字：「雙擦會」。京戲中有一齣《雙搖會》，他們兩個見面就說對方「牙擦擦」的人，這三字題詞倒有點意思。

我們談了四個多鐘頭，主要是談《火海雙雄》（*Blowing Wild*, 1953）前面加映的那張芭蕾舞彩色短片。嘉衣說了許多我所不知道的事，我把他所談的記在下面，作為我昨天那篇「影談」的補充和修正：

他說，我把片名譯作「歡樂的巴黎人」，那是根據英文的翻譯，在原來的法文，Gaîté 是名詞，Parisienne 是形容詞，最好譯作「巴黎的歡樂」。演出這芭蕾舞劇的劇團是「蒙德卡洛俄羅斯式芭蕾舞劇團」（Ballet Russe de Monte Carlo），我昨天說那些舞蹈家們是法國人，也未必盡然。演那個遊客的主角馬西年（Léonide Massine），就是俄羅斯人。

嘉衣說，馬西年是當代最偉大的舞蹈家之一，所謂「本世紀四大芭蕾舞蹈家」，他名列在內。他的舞固然跳得極好，此外還能編芭蕾舞劇，這是勝過巴甫洛娃（Anna Pavlova）、尼琴斯基（Vatsalv Nijinsky）等人的地方。對於馬西年，香港觀眾是並不陌生的，在《紅菱艷》（*The Red Shoes*, 1948）中，他飾演鞋匠；在《魔宮艷舞》（*The Tales of Hoffmann*, 1951）中，他跳了好幾個角色。

嘉衣從他書架上抽出一本書來，那是《電影與芭蕾》，他翻出《巴黎的歡樂》（*The Gay Parisian*, 1941）那短片的一張劇照給我看。那本書中說：這部短片是在一九四一年拍的，是華納公司的一個新嘗試，除了這部影片外，還有一張彩色芭蕾短片，叫做《西班牙狂想曲》（*Spanish Fiesta*, 1942），音樂是俄國大作曲家李姆斯基—柯薩可夫（Nikolai Rimsky-Korsakov）的作品。據說，這兩部短片十多年來不斷在歐美放映，觀眾的歡迎始終不衰，在電影史上倒是很稀有的事。我看這部短片後，許多觀眾都拍起手來，許多朋友說，他們也遇到這種情形。他們很希望那部《西班牙狂想曲》不久也能在香港看到，因為其中除了馬西年外，還有都瑪諾娃（Tamara Toumanova），那就是在《歡唱今宵》（*Tonight We Sing*, 1953）中跳《天鵝之死》的那個女舞蹈家。

一九五三年十二月三十日

與姚嘉衣兄一夕談（下）

嘉衣向我解釋，在《火海雙雄》前面那部短片《巴黎的歡樂》中，馬西年的舞蹈跳得多麼精彩。在那部影片中，馬西年飾一個來自秘魯的遊客，他的芭蕾舞中混有拉丁美洲的成份。他跳起來在空中連打三個轉，顯得一點也不費力的樣子。這種稱為 Tour en l'air[4] 的動作，是非常艱難的，嘉衣說他再練兩年，也不知道能不能在空中打兩個轉。馬西年快六十歲了（他於一八九六年生在莫斯科），他拍這部影片時雖然年紀還比較輕，但我們看他的近作《魔宮艷舞》，可以看到他的動作仍舊十分輕盈矯健。有一位芭蕾舞批評家說，歌德八十歲時還在和一位少女戀愛，馬西年到八十歲時一定還在跳芭蕾舞。

馬西年所編的芭蕾舞劇很多，有一部叫做《馬戲班遊行》（*Parade*, 1917），他自演主角中國魔術家。這是一個小小的悲劇，馬戲班的演員們在遊行中落力表演，招徠顧客。觀眾們卻說，「我們已經看到你們的表演了，何必再買票入場。」據說馬西年飾那位中國大魔術家，是一個很精彩的創造。馬西年的藝術思想早期很受現代畫派的影響，他創作的許多舞劇是所謂「立體主義」的，畢加索曾給他設計過很多舞台裝置。這種頹廢性的藝術是不大健康的，但馬西年後期的作品已走向比較優美的道路。

《巴黎的歡樂》的音樂是奧芬巴哈（Jacques Offenbach）的作品。馬西年說，他花了兩年時間，研究奧芬巴哈已發表與未發表的作品，選出許多片段來組成這個芭蕾舞組曲。其中《霍夫曼故事》（*The*

Tales of Hoffmann）中的威尼斯船歌與《巴黎生活》（*La Vie Parisienne*）中的肯肯舞曲，是香港觀眾們十分熟悉的，尤其是後者，一般遊樂場雜技團的樂隊常常拿來演奏。

我們從肯肯舞談到烈打．希和芙（Rita Hayworth）的脫衣舞，又談到法國片《春色無邊慾海花》（*Domenica*, 1952）。嘉衣說，他對於我對這張影片的看法也不同意。他認為這部影片表現了男女之間的不了解。一個男人深深的愛着一個女人，願為她犧牲一切，然而兩人在情感上卻有着隔膜，那是很動人的戲劇。我說，「談到愛情問題，你也不見得懂甚麼，還是少『牙擦』吧！」

最後，我談到了正題。我告訴他，明年度我所屬的公司要擴充海外業務，想多做點生意，有許多工作派給我。我沒有時間天天寫「影談」，以後要請他與邵治明、李慕長等幾位幫忙寫。他連忙推辭，說不會寫文章。我說，你橫豎要看電影，看了電影橫豎要「牙擦」，把說話寫下來，豈不比我呆呆板板的文字生動活潑得多。嘉衣說，「君子動口不動手！」我勸之再三，他終於答應試試，我很高興，因為他家常閒話式的影「談」，一定會比我板起了面孔的影「評」受讀者歡迎。我答應他的條件是：假使我做生意賺了錢，一定請他和他的女朋友看戲吃飯。我很放心，因為第一，明年做生意賺錢希望很少；第二，像他那樣「牙擦」的人，不見得會有甚麼小姐願意做他的女朋友！

一九五三年十二月三十一日

[4] 指芭蕾舞的空中旋轉。——編者按

第四輯　影談

影人義演的排練

在春節之前，有一天遇見傅奇，見他哭喪着臉，渾身不舒服的樣子。我以為他挨了石慧的罵，他說不是的，是練雜技鑽火圈摔痛了肚子。這項雜技是準備在元宵救災義演中表演的。我覺得他們這樣賣力的練功夫，為了幫助苦難的同胞而付出很多的時間與勞力，是很好的事情。

排練演出的當然不止是他一個人。好幾家國語影片公司的人都為這事而動員起來了，演員們忙，職員們也在為這件事而忙。

上月中，經過夏夢家門口，看見有人在打籃球，我也想去參加。夏夢說，「快進來吃臘八粥！」一起吃粥的還有著名的京戲青衣朱琴心先生，他這天在給夏夢說《鴻鸞禧》。那也是準備在義演中演出的。起初，聽說她們要演《春香鬧學》，後來覺得這齣崑曲雖然有趣，但不大通俗，恐怕有些觀眾會感到沒有興趣，大家商量之後，決定改演這齣《鴻鸞禧》。在這戲裏夏夢飾金玉奴、韋偉飾金松、海濤飾莫稽，其他小乞丐等配角也都由女演員扮演。這幾天她們排練很勤。

義演中一個比較新穎的節目是「跑驢」。那是我國一種著名的民間舞蹈，在國外演出時都得到很高的評價。這舞蹈由三個人表演，先是一對小夫妻去探親，妻子抱了孩子騎了驢子，丈夫在後面跟着。驢子時常發驢子脾氣，丈夫去拉牠，反而被牠摔了一個筋斗。後來驢子陷在深坑裏，丈夫想盡方法都拉不上來，幸虧一個農夫來幫忙，兩人合力救起了小媳婦和驢子。這次舞蹈中傳奇和李嫱飾那對小夫妻，飾農夫的是李清。大概在一個月前，我去看他們排練，覺得這舞蹈表情豐富複雜，決不在西洋的芭蕾舞之下，就只是姿勢與步法比較單純些。這故事很有趣，我忽然想起，說，「有點像《一夕驚魂》（一九六〇）的故事！」小樂蒂在旁邊，忙說，「比《一夕驚魂》好。」的確，它的含義比《一夕驚魂》有意思得多。

樂蒂自己在義演中參加了兩三種節目，但別人排演時她也常來看。她一面看，一面手中總在結一件毛線衣。那件毛衣號稱是「白色」的，但早已變成了淡黃色。前天看見她，她和許多人在一起練大合唱，那件毛衣的顏色又深了一些（她說全部打好後要去染成黑色，我請她打一塊黑色的毛線小手帕，她考慮之後沒有答應）。我聽了他們的大合唱，覺得歌詞很有風趣。

獨唱有費明儀、龔秋霞、石慧、江樺等的節目。舞蹈有花環舞、邀請舞、芭蕾舞、單人舞。毛妹這次跳的芭蕾舞動作很複雜、很難，也很好看。跳單人舞的是容小意女士，我沒有見過她跳舞，她的女兒咪咪我倒每星期總要見到幾次。咪咪的芭蕾舞已學得有一點基礎，從她輕盈的姿態推想，她媽媽的舞蹈一定是不錯的。大軸戲是話劇《同居樂》，由姜明、朱石麟、李萍倩三位聯合導演，這三位聯合導演的戲倒不容易看到呢。

一九五四年二月八日

石慧與傅奇要結婚了

前幾天的一個晚上，我做完事回家，家裏的女工友對我說，「剛才有兩個人來拜年，一位先生高高的，一位小姐小小白白的，幾靚嘅！」當然，那是傅奇和石慧了。這幾個月來，他們除了工作之外，整天都在一起。現在他們結婚的日子也確定了，那是下個月六日。

昨天，在過海的渡輪中遇到傅奇，他說是到婚姻註冊署去詢問結婚登記的手續。我問他，這消息可以發表了嗎？他認為不必再保守秘密。早在兩個月之前，他們就決定在三月六日結婚，這天是傅奇的生日，他們希望使這個日子有更多一重的紀念意義。本來他們想再遲一些，到今年秋天或者冬天，但根據長城公司的拍片計劃，他們兩人今年下半年可能工作很忙，所以決定乘這兩個月中比較空閒一點，使這個所有朋友們都早在意料中的幸福早些實現。

石慧與傅奇開始要好，是兩年前一起合拍《蜜月》（一九五三）的時候，在那部戲中，他們分飾一對新婚的小夫妻。那時傅奇剛進長城，石慧拍戲的經驗比他豐富；再者石慧雖然年紀小，但非常機伶，傅奇在外表上卻有點傻頭傻腦，兩人鬥起嘴來總是傅奇輸的多。他們感情的完全成熟則是在拍《蘭花花》（一九五八）的時候，在這部戲中他們又飾演一對夫妻。有一次我到片場去看拍戲，拍完後許多人一起去看電影，只有他們兩人不去，看他們那副親熱的樣子，我心中有數了，可是沒有說出來。這部影片的導演程步高先生告訴我，他們在表演電影中夫妻別後重逢，以及戲中戲《大雷雨》一對情人的難捨難分時，演得特別到家，因為那是有真實感情在做基礎的。起初傅奇、石慧一起出去看戲吃東西，大概怕難為情，所以一定要拉在《蘭花花》裏學習場記業務的張冰茜同去，後來，他們叫張冰茜時，這位大女孩子不肯去了。

去年十二月裏，當他們把結婚的日期告訴我後，我就考慮送一件甚麼禮物。起初想送一把擦地板的機器，因為石慧「牙擦」不過。後來石慧一本正經的對我說，這件禮物太貴，送一樣便宜的好了。我想，她快結婚了，果然老成懂事起來了。那裏知道這個推想並不完全正確。有一次我到朋友家裏玩，發現他們兩人躲在房裏，推開房門一看，他們在地板上用粉筆畫了格子，拿一把鑰匙丟在地上，兩人在單腳雙腳跳的玩「造房子」遊戲。又有一次，我陪他們到公司裏去看新居用的家具，他們發現了一個玩具彈子盤，竟大大發生興趣而熱烈的討論起來，對桌子沙發等家具理也不理。

對電影藝術的共同愛好促成了他們感情的成熟，所有的朋友們都喜見這對銀幕上的夫妻在實際生活中也成為夫妻。這幾天他們在為了義演而十分賣力的排練節目，恐怕談情話的時間也沒有了。石慧很擔心傅奇在表演鑽火圈時燒傷了臉，舉行婚禮時假使新郎臉上貼一塊橡皮膏可就不漂亮了，傅奇拍拍胸膛向她保證絕對沒有問題。

一九五四年二月十一日

演員和雜技

今天晚上，在娛樂戲院將有一場很盛大的影人義演。這幾天我接到了很多電話和口頭的請託，要我代買一張票，然而早在許多天以前票就賣完了。這次義演能得到觀眾們這樣熱烈的歡迎，很使人高興。一個多月來，我常看見他們在辛勤的排練，這番努力能有這樣的收穫，不論對人對己都很可以安慰了。

義演的每一個節目事先都花了不少時間的練習，其中各有各的困難，但最危險的，大概要算是雜技表演了。讀者之中一定有不少人看過《中國雜技團》（一九五〇）和《蘇聯雜技大會演》（*Daring Circus Youth*, 1953）這兩部影片，雜技的驚險和動人，自然知道得很清楚。這次義演中的雜技就技術而論，當然不可能和那兩部影片中的演出相比，然而自有其親切可喜之處。

去年夏天，有一個晚上我到長城公司去參觀拍《絕代佳人》（一九五三），到深夜兩點多鐘，忽然大雷大雨，收不了音，戲只好暫時停拍。在無聊之中，黎草田、金沙、陳靜波各位都表演起雜技來，大雨下了兩個鐘頭，他們就層出不窮的玩了兩個鐘頭。憑良心說，這實在比試了一遍又一遍的拍戲好看。大概性之所近的關係，許多演員朋友們都會玩一點雜技表演，這次義演演出的主要是把他們本來會的玩意再加精煉而成，否則，一個多月的功夫哪裏練得成精彩的雜技。

對於一個演員，雜技的學習是很有好處的。史坦尼斯拉夫斯基（Konstantin Sergeyevich Stanislavski）的演劇體系是今日進步戲劇界所一致遵奉的原則，北京與上海的電影演員劇團的團員們目前就正在學習他的《演員自我修養》（*An Actor Prepares*）第一卷。這部書的第二卷「演員的技術」第四章裏，講到一個演員應該用甚麼方法來使自己的身體有豐富的表演能力，他要每個演員練習健身術、芭蕾舞、雜技三種東西。

他說，雜技可以使演員的動作敏捷活潑，這種益處是很顯著的。但此外還有一種更重要的好處，那是培養迅速的決斷力。在雜技表演中，決沒有可以逡巡猶豫的餘地，生死成敗都是間不容髮的。演員們在雜技中養成這種能力後，對演戲大有幫助。史氏舉例說，如果演莎士比亞的名劇《奧塞洛》（*Othello*），到主角大叫「啊，血！血！血！」的高潮時，演員必須毫不考慮的把整個自己投入戲中，正如在高空翻筋斗的雜技演員在當翻時就把自己整個生命交出去一樣。決斷力不夠的演員們，在高潮到達很久之前心中就想着這高潮，以致產生了壓力和緊張，使他們的戲放不開，在緊要關頭中不能演得恰到好處。

史氏的書中有一個假想的演員訓練學校，這學校的主持人特別請了一位著名的小丑來教學員們翻筋斗。參加這次義演雜技節目的電影演員們，想到自己的努力除了救災之外，附帶的還有一點業務進修的意義，一定是會多一份高興的吧。

一九五四年二月十七日

高爾基和電影（上）

蘇聯的大戲劇家丹欽柯（Vladimir Nemirovich-Danchenko）在他的回憶錄中曾談到高爾基（Maxim Gorky）給莫斯科藝術劇院寫劇本的經過，談到他與全俄國最美麗的女演員安德烈耶娃（Maria Andreyeva）同居，他與著名歌唱家沙里夏平（Feodor Chaliapin）在大海中的遨遊。回憶錄中寫道，「這兩個人，高爾基和沙里夏平，教人們覺得，要是對他們多看一眼，就等於相信了最熱烈的浪漫主義。」高爾基的作品首先吸引我的，就是他那種熱烈的浪漫主義。他的《草原故事》（*Stories of the Steppe*）、《意大利故事》（*Tales of Italy*）中那些豐富的想像、精力瀰漫的人物、甘美的芳香，每一個青年讀者都會對之着迷的。

高爾基和中國

外國作家作品被介紹到中國來的，就數量之多而言，高爾基大概要算是第一人了，可以說，我國沒有一個知識分子不知道他的名字。另一方面，高爾基早在一九〇〇年時，就曾寫信給契訶夫（Anton Chekhov），熱烈邀他一起到中國來旅行，後來這計劃終於沒有實現，但他對中國始終關切。一九一二年，他寫了一封信給孫中山先生，其中說，「我，俄國人，正和你一樣，都為了那些理想的勝利而鬥爭：不管這些理想在甚麼地方勝利，我和你都因為這個勝利而感到幸福。……我們，俄國人，也想做到你已經達成了的工作：我們，在精神上是弟兄，在目標上是同志。」

關於高爾基在文學戲劇上的成就，他對世界藝術思想的影響，已有許許多多書刊文字研究過。現在我乘着影片《在人間》（*On His Own*, 1939）的上映，簡單談談這位文學巨人和電影的關係。

看電影的看法

早在一八九六年，高爾基在談到電影時就曾說過：「這個發明，由於它具有驚人的獨創性，可以準確地預言它會得到廣泛的傳播。」但他同時惋惜地說，在資產階級的社會條件下，電影將不能為社會服務，它將被生意人作為謀利的工具，因而害多利少。那時電影剛剛萌芽，但他的預言後來證實一點也沒有錯。

一九一五年，高爾基對電影作了廣泛的評述，他在該年十一月的《戲劇報》上寫道，「我認為，將來的電影一定會在我們生活中佔着特別重要的地位。它將是廣博知識的傳播者和藝術作品的普及者。當電影根據人民的要求與興趣深入到具有民主思想的人們中間的時候，當它開始在需要的地方撒下『智慧的、善良的、不朽的』種子的時候，它的作用將會非常巨大。」高爾基看出電影對人們巨大的影響力量，也指出要好好的利用它，必須把電影掌握在人民自己手中。

高爾基對文學藝術的言論對蘇聯及其他進步的電影工作者有很大影響。現在一般認為，好的電影應該為觀眾服務、劇作家要真實地描寫生活現象、要以積極行動表現生活中美好的東西等等，這些觀念都是和高爾基的教導相一致的。

《母親》

高爾基作品第一部被搬上銀幕的是中篇小說《母親》（*Gorky's Mother*, 1919），那是在一九一九年拍攝的，導演是拉朱姆內衣（Aleksandr Razumnyj），由於當時對電影藝術還沒有足夠的經驗，所以這次嘗試是失敗了。到一九二五年，電影劇作家扎爾赫伊（Nathan Zarkhi）和導演普多夫金（Vsevolod Illarionovich Pudovkin）從真正現實主義的立場出發，把小說《母親》改編為電影。小說《母親》和電影《母親》（*Mother*, 1926）是同樣的偉大，並肩成為俄羅斯藝術中的經典作品。

影片中的母親起初是一個被虐待的、愚昧無知的受難者。她對丈夫、對貧苦、對整個黑暗的生活害怕得發抖。後來在對兒子的愛裏，漸漸了解了兒子爭取幸福與自由的戰士的世界，變成了一個有明確目標並為此而努力的女性。影片中傳達了小說中心理描繪的全部微妙，成為世界電影中劃時代的作品。全世界任何一部談電影史的書籍，決不可能不提到這部影片。

《該隱和阿爾喬姆》

一九二九年，列寧格勒製片廠根據高爾基早期的短篇小說《該隱和阿爾喬姆》（*Cain and Artem*）攝製了影片，因為編導人員受到當時十分風行的形式主義的影響，使影片中失卻了原作所有的許多微妙的色調和心理細節。

阿爾喬姆是一個大力士，有一次該隱救了他，他對該隱就存在着感激，對虐待和迫害該隱的人們復仇。據批評家說，導演彼得洛夫—畢托夫（Pavel Petrov-Bytov）在影片中保留了原作的戲劇性和氣氛，但在本質上，有些地方和原作是相違背的。

《我的童年》

現在要談到這幾天在國泰和景星放映的「高爾基三部曲」（《我的童年》〔*The Childhood of Maxim Gorky*, 1938〕、《在人間》、《我的大學》〔*My University*, 1940〕）了，這是根據高爾基的三部自傳體小說而拍攝的，是蘇聯兒童電影廠在一九三七、三八、三九年的出品。導演是頓斯柯伊（Mark Donskoy），編劇是著名的高爾基研究家葛魯茲傑夫（Ilya Gruzdev，在香港可以買到他寫的《高爾基的少年時代》）。

俄國古典文學中有許多關於童年生活的作品，托爾斯泰（Leo Tolstoy）把自己的童年寫得透徹動人、杜思妥也夫斯基（Fyodor Dostoevsky）把自己的童年寫得殘酷可怕，而在史坦尼斯拉夫斯基（Konstantin Sergeyevich Stanislavski）《我的藝術生活》（*My Life in Art*）中，可以看到他的童年是淘氣而愉快的。高爾基的童年是另一種寫法，他深刻地描寫了一個被為爭取生存的殘酷鬥爭所包圍着的孩子世界。他的書中顯示，為了「透過現在骯髒的血霧看到未來清潔的光輝」，需要有對人類偉大的愛。他這部書很早就有中文譯本，而且一共有四五種譯本。在紀念高爾基逝世五週年的紀念會上，馮玉祥將軍曾談到一個有趣的故事，他說他喜愛這本書，介紹給朋友看時，朋友說看了心裏難過，因為「他說的怪寒愴，盡是些老實話。甚麼他家怎麼窮呀！他母親怎麼嫁人呀！他外祖母常常挨打呀！他在旁邊看着啦等等也寫出來，和我們的『父為子隱、子為父隱』的古訓不對。」馮玉祥說，他覺得這種說實話的精神是高爾基的偉大之處。

在影片裏，這些情形全被很生動的表現了出來。

一九五四年五月二十一日

高爾基和電影（下）

《我的童年》的電影劇本和高爾基的原作很相近，只有一個插曲是從高爾基另一個小說《大災星》中取來的——這就是小高爾基和沒有腳的連恩卡的相遇。看過這部影片的讀者們，對於那位收養着各種各樣小動物的殘廢者，一定有很深刻的印象。這個人是極度的不幸，然而有多麼豐富的樂觀精神。同時小高爾基把他最寶貴的小白耗子送給他這件事中，也充滿着人與人之間的同情和友愛。

是素描戲而非情節戲

我們在這裏看到的電影是附有國語配音的，可能因為翻譯者力求忠實於原作，我們聽來似乎覺得文學的氣息太重而不夠口語化。事實上，原來電影劇本中的詞句，據說完全取自高爾基的原作。劇作者在構寫電影劇本的方法中，竭力保存高爾基劇本的原則，高爾基稱這些劇本為「生活中的場面」。電影劇本的寫作方法在結構上和高爾基的一般劇本很相似，即力求生活的真實，而並不故意安排巧妙的佈局和高潮，照這裏電影界流行的術語來說，是屬於「素描戲」而不是「情節戲」。

影片的中心是小高爾基和外祖母。飾演小高爾基的童星李雅爾斯基（Aleksei Lyarsky），據說是本片導演頓斯柯伊無意中發現的。他在莫斯科幾百所小學裏物色而找尋不到，正在無法可施之中，在電影散場時的觀眾群中發現了這位童角明亮的眼光。

飾演外祖母的卻是蘇聯著名的女演員瑪薩麗蒂諾娃（Varvara Massalitinova），她是共和國人民演員，一向演反派，以演《大雷雨》（*The Storm*, 1934）中的惡婆婆而名聞全國。她在回憶錄中曾談到怎樣決定演《我的童年》中外祖母的角色，說來是很有趣的。

一段佳話

她說，在開拍這部影片的十年之前，蘇聯的電影工作者就有將高爾基的作品搬上銀幕的念頭。她很想演外祖母，就去拜訪高爾基，想從他本人口中知道，她是否適宜於演這角色。她去的時候高爾基正在早餐，高爾基雖然明知她拜訪的目的，但對這問題隻字不提。他們談文學、談人民的痛苦、談到給高爾基作品中人物塑像的雕刻家。瑪薩麗蒂諾娃心中非常激動不安，不知高爾基對她的詢問會有甚麼答覆。突然，高爾基迅速的向她看了一眼，簡短地說，「適合的。」這句話決定了這角色，而這部影片在十年之後拍攝時仍舊由她來演外祖母，可算得是一個佳話。瑪薩麗蒂諾娃以一種光明的溫暖的情感，滲透到她所創造的外祖母的形象中去。

高爾基在他的書中這樣描寫外祖父：「一個身材不很大的、乾癟的小老頭，穿着黑色的長衣，生着褐色的像黃金的鬍鬚和綠眼睛。」影片中特羅揚諾夫斯基（Mikhail Troyanovskiy）所創造的外祖父的形象也正是這樣。他傳達了高爾基筆下那個人物富有特徵的活潑、無事忙，以及尖銳的聲音。他帶着嘲笑和侮辱的口吻和每個人說話，竭力惹所有的人生氣。

整個說來，「高爾基三部曲」中以《我的童年》最好，以至英國影評家李察．威寧頓（Richard

Wellington）說它是世界電影史上三部最偉大的作品之一。但其他兩部作品也各有精彩之處，它們所以成功，我想主要是由於忠實地表達高爾基的精神，倒不在乎原原本本的照抄原作。例如《我的大學》中高爾基幫助一個倒在路上的婦人生產，就和他短篇小說《一個人的誕生》（*The Birth of a Man*）中所描寫的完全神似，同時又充份利用了電影藝術所特有的可能（用潮水的沖擊來作為鏡頭的間隔，並象徵產婦心理上的激動和肉體上的痛苦，又表示了新生的偉大與喜悅）。

《仇敵》

另一方面，如果將高爾基的作品認為神聖不可侵犯，一成不變地搬上銀幕，而不利用電影特殊的形式，那它的藝術價值就會低得多。一九三八年攝製的《仇敵》（*Vragi*, 1938）就是這樣一部影片。那是根據高爾基同名的舞台劇本拍攝的。這個戲在莫斯科藝術劇場演出時曾得到很大成功。但電影編導伊凡諾夫斯基（Aleksandr Ivanovsky）卻不從電影形式去構思，在寫作電影劇本時把原來的劇本整個搬過來再加以縮短，以致影片成為舞台劇的電影說明，而不是真正的電影藝術作品。因此，雖然有許多很優秀的演員如茹柯夫斯基（Boris Zhukovsky）等參加演出，但影片還是黯然無光。不過，它雖然有缺點，但仍舊起着有益的作用，使千百萬觀眾認識了高爾基的最佳劇本之一。

《阿爾達莫諾夫的家事》

在衛國戰爭初期，莫斯科製片廠根據高爾基的小說而攝製了《阿爾達莫諾夫的家事》（*The Artamonov*

Business, 1941）。電影劇本的作者保留了原作的精神，而在許多插曲中使用新的電影手法，得到很大的成功。優秀演員傑爾查文（Mikhail Derzhavin Sr.）表演了一個心地善良的少年變為千方百計想發財的人的過程。馬烈茨卡雅（Vera Maretskaya，《政府委員》〔*Member of the Government*, 1939〕、《鄉村教師》〔*The Village Teacher*, 1947〕的主角）則將一個生活枯燥而單調、毫無外在戲劇效果的角色，在心理上發展到十分尖銳的程度。

《夜店》及其他

中國的電影與高爾基的作品也有過關係，那就是黃佐臨導演的《夜店》（一九四七），這是根據高爾基的劇本《底層》（*The Lower Depths*）改編的。劇中的人物都中國化了，電影劇本基本上是依據柯靈和師陀的話劇《夜店》而寫作的，所以戲裏的人物有甚麼聞太師、楊六郎和林黛玉等等。演員有童芷苓、石羽、韋偉等。這部影片最近還在香港映過。

看過《列寧在一九一八》（*Lenin in 1918*, 1939）這部電影的人，總會記得影片中的高爾基和列寧（Vladimir Lenin）辯論鎮壓反革命問題的場面，飾高爾基的是天才演員契爾卡索夫（Nikolay Cherkasov）。他在演這角色之前，曾詳細研讀高爾基的作品和許多有關他的資料，所以不但在外形上相像，而且也表現出了高爾基的精神。

一九五四年五月二十二日

臉部的特寫鏡頭

這裏有些不是以嚴肅的態度去對待電影藝術的演員們，常常斤斤計較於自己在一部影片裏有幾個特寫鏡頭，聽說有些在影片裏投資的女演員，會以多少特寫鏡頭來與導演討價還價。幸虧我的朋友中沒有這種人，他們都覺得拍特寫是一件很艱巨的工作。比如說拍哭泣的特寫吧，用眼藥水來冒充眼淚就不大好，因為真正使觀眾感動的，並不在幾滴肥大的淚水流下來，而在眼角從乾燥逐漸濕潤，淚水隨着傷心而逐漸凝聚。特寫要能表現這種過程才有意義，而這種過程是極不容易演的。

在最近放映的《波羅的海代表》（*Delegation of the Baltic Sea*, 1937）裏，契爾卡索夫（Nikolay Cherkasov）所飾的波列沙耶夫教授有一個特寫使人永不能忘記。那是在他生日那一天，因為他參加革命工作，所邀請的客人都故意不來。餐桌佈置好了，可是只有他與他太太孤零零的兩個人。一片淒涼的情況，他太太哭起來了。教授突然走到他的實驗室去，他看到了一排排的儀器、試管、用具，這些是永遠忠於他的朋友。這些東西的特寫本來已經夠好了，可是教授的臉的特寫更好。他有點難受，可是有強烈的自尊，對革命表示了無限的忠誠，這是一句無聲的獻身的誓言。據說蘇聯觀眾們看到這個鏡頭時總是不由自主的鼓起掌來。

看過《列寧在十月》（*Lenin in October*, 1937）那部影片的人，當會記得史楚金（Boris Shchukin）所飾的列寧和一個小女孩談話的場面。當他親密的同志尤里斯基被暗殺的消息傳到時，列寧臉上剛才與小女孩談話時那種父親般的慈愛還存留着。他一句話也不說，只轉過臉去。他沉默了很久，臉部的特寫比任何語言都說得更清楚。他臉上慈祥和愛的表情並沒有消逝，但又蓋上了另一層情緒：哀痛。然後出現了第三層的表情：憤怒，再轉化為猛烈的憎恨。這四種情緒同時出現在史楚金的臉上，就像一個和弦的四個音符同時響着。導演所以要讓這一場直接接在小女孩的場面之後，是為了要在這些情緒的衝突之中，表現出革命的真正精神來。他要表現一件最重要的事：嚴厲只不過是慈愛的另一面，革命家所以能如此猛烈的恨人，只因為他能如此熱切的愛人。

我們再舉一個默片的例子。在一部影片裏，著名的女演員亞絲達．妮爾森（Asta Nielsen）飾演一個女人，被歹徒僱用去引誘一個青年。僱用她的人躲在帷幕後面監視。妮爾森假裝表現愛情。她演得很好，臉上充滿了柔情蜜意，但觀眾看得出來那是假的。後來，她真的愛上了那青年。她的表情怎樣改變呢？她一直在表示愛他啊。可是她臉上有了一點點難以察覺的變化，本來的做作現在成為真正的深情了。但突然，她想到有人在監視，她的真情不能讓他知道，於是她假裝是在假裝。她臉上有了第三層改變。起初她假裝愛，後來是真愛，再後來是假裝假裝愛，這時她臉上有了兩層假面具，觀眾仍能看到她的內心。我沒有機會看這位演員的影片，那是一位長輩講給我聽的。但我能想像得到，這是多麼複雜動人的表演！

一九五四年六月二日

談談電影的攝影

前幾天一位朋友生日，吃過飯後大家圍在一張大桌子邊翻閱畫集。我們隨便談着意大利中世紀的畫家們怎樣平衡他們的畫面、荷蘭派畫家的描繪如何細緻，後來看到法國印象派畫家莫內（Claude Monet）的一幅名畫《草上的早晨》，我在寫這篇東西時，不禁又想起了那天的情景來。

因為，蘇聯著名的導演尤特凱維奇（Sergei Iosifovich Yutkevich）曾受這幅畫的影響而拍攝了《礦工》（*The Miners*, 1937）這部影片中的一個重要的場面。那是工人的結婚場面，他在佈景中的新房內無論如何拍不出所需要的輕快調子來，後來他想到了莫內那幅畫，於是決定把這場面移到新房前面的花園裏：樹葉的影子和太陽光在人們臉上浮動，在白色的襯衫上浮動，造成了非常喜悅的氣氛。他一直主張，電影工作者要對圖畫發生興趣，不一定自己會畫畫，但要了解。蘇聯的電影大學導演系在招生時，要考圖畫，但章程中特別註明，考試的分數不根據繪畫的技術來決定，而是看應試者把一個概念用畫面來表示的能力如何。

以前我在一篇「影談」裏談到《紅菱艷》（*The Red Shoes*, 1948）的攝影師怎樣花了極多的時間去研究芭蕾舞，有一位讀者寫信給我說，「那有甚麼必要呢？導演要演員怎樣跳，攝影師把鏡頭拍下來就是了。舞蹈對不對或好不好攝影師根本管不着。」攝影師所以研究舞蹈，我以為主要是在了解隨伴着這種舞蹈的氣氛，他要用光線、構圖等手段表現出來。

前幾天我和一位朋友去看了法國片《慾鎖情枷》（*The Lovers of Verona*, 1949），覺得這部影片的攝影實在十分精彩。男女主角的初會、他們的拍拖鏡頭、威尼斯城的水色，情調表現得絕美。每部影片都有不同的風格和感情，攝影必須與之配合，使得觀眾不知不覺的感染到這種感情。像《慾鎖情枷》的攝影，演員們沒有說一句話，觀眾就接觸到了那種旖旎纏綿的氣息了。

有一部美國片裏有這樣一個場面：兩個警察拖了一個可憐的少女到法官面前去受審。攝影的構圖使得兩個警察分列在畫面的兩旁，就像兩個粗大的柱子那樣把畫面充塞起來，中間留下一條狹長的縫，在這條縫裏，我們看到了那少女瘦弱可憐的身體。單是這一個畫面就顯示了法官會有甚麼判決，顯示了這少女不幸的命運。

幾乎每個人都有過被拍照的經驗，拍出來的照片有的漂亮有的難看，這原因雖然很多，但決定性的原因是角度問題。電影的攝影要素之一是角度，同樣一件東西可以拍得使人感到可愛，也可使人感到可怕，那就是看攝影師選擇甚麼角度而定。

在看電影的時候，我們有時覺得看來很舒服，有時卻說不出的不順眼，如果不是故事不好或演員討厭，那恐怕是攝影的光線、構圖、角度、所表現的氣氛情調等等使你不喜歡了。

一九五四年八月二十一日

談舊片的重映

英國近代一位著名的文學批評家曾說：對莎士比亞的《哈姆雷特》（*Hamlet*），他在十幾歲時早就能從頭至尾的背誦，但從二十歲起，一直到他頭髮白了，每隔幾年就要重讀一次，而每次重讀的時候，總能獲得許多新鮮的東西，有許多從前不曾有過的奇妙感受。

我想這幾句話決不是誇張，我們自己或許也有過這種經驗。我們從小就讀《水滸傳》與《紅樓夢》，長大之後，有許多人也是每隔幾年就重讀一次，年紀愈大，重讀時了解得也愈多。而這種「發掘」，似乎永遠是無窮無盡的。

最近國泰戲院舉行「一九四九—一九五五獲獎優秀影片展覽月」，把十多部好片讓我們再重溫一遍。從前錯過了機會而沒看到的人，固然可以乘機補一補；而以前已經看過了的人，也不妨再去看看。古語說，「溫故而知新」，我想對於這次展出的大部份影片，也都是適合的。當然，這些影片絕對不能與《哈姆雷特》或《紅樓夢》相提並論，我舉了上面這兩個例子也決不是類比的意思。這些影片雖然比較是好的，但一來其中質素相互間頗有距離，我想許多人都會承認，《梁祝》（一九五四）是比那些香港的獲獎片好得多；二來，這些影片的內容究竟也沒有豐富到可以百看不厭的地步。

但我自己卻確是有了「溫故而知新」的經驗，那是在去重看《我這一輩子》（一九五〇）的時候。

這部影片我以前曾看過兩次，每一個場面都是記得清清楚楚的，例如「五十塊！這麼貴！貴甚麼？」這些對話，還常和朋友們鬧着玩的學說，但這次再看，竟又發現了許多從前沒有領略到的妙趣。電影並沒有改變，認識之所以不同，那是由於自己的思想情感與知識，與從前的自己是有點不同了。

比如說：電影中有一個鏡頭是革命者申遠被槍斃而跌倒，緊跟着一個鏡頭是持槍的海福英勇地站起來向前衝鋒。簡單的看，這是按着時間發生的次序，在敍述一個故事中所發生的事件，在交代情節，然而在兩個鏡頭「撞擊」而產生出來的蒙太奇之中，卻含着深刻的意義：「一個人倒下去，千萬人英勇地站了起來。」

又如石揮在警局中受刑，他被倒轉了灌涼水。鏡頭採取了從他眼中看出來的角度，警局牆上蔣介石的肖像，以及「禮義廉恥」四個大字，都倒了轉來。這是合於生活中真實的，然而同時也極有意義，這不是生硬的象徵，而是藝術形象與思想內容巧妙的結合。

這些我從前沒有好好地體會到，而現在是想到了。我想，別的觀眾一定也會在舊片之中，找到對於他是嶄新的東西。

一九五七年七月五日

漫談《凱撒大帝》（上）

大前天晚上，與四五位朋友在一起聊天，談到了電影《凱撒大帝》（*Julius Caesar*, 1953）。第二天下午，被兩個朋友拉到「夏蕙」去喝咖啡，又討論這部影片。前後兩次一共談了四個多鐘頭，因為他們知道我看過一些研究莎士比亞著作的書，所以不斷向我提出問題。當然，這些問題有的我答不出，或者即使答出了也答得不好，但想到讀者中恐怕對這部影片感到興趣的人很多，所以把我這兩次聊天的要點記在這裏。莎士比亞的作品博大精深，很不容易了解，我大膽的隨便亂說，一定有不對的地方，很希望讀者們寫信來指教。

故事的來源

這部影片是根據莎士比亞的劇本《朱理士．凱撒》（*Julius Caesar*）拍攝的。原劇有中文譯本，商務印書館出版的世界文學名著叢書中譯名叫做《凱撒大將》，世界書局出版的朱生豪譯本叫做《凱撒遇弒記》。我以為譯做《凱撒大將》比較妥當，因為凱撒並沒有做皇帝，說他「遇弒」，不很貼切。稱他為「大帝」，則有點像春秋筆法中的誅心之論，根據動機來判斷一個人，也不符歷史事實。

莎氏原劇的材料取自羅馬歷史家普羅塔克（Plutarch）的《名人傳》（*Parallel Lives*）中凱撒、勃羅特斯（Poliorcetes，即德米特里一世〔Demetrius I〕）、安東尼（Mark Antony）三人的傳記（這部《名人傳》香港一般西書店中都有出售，「現代叢書」本售價十七元五角，讀者們如有興趣，可以去買一本來看看），相當嚴格的遵守歷史事實。

故事說，羅馬大將凱撒得勝歸來，羅馬人熱烈的歡迎他。羅馬貴族開修斯（Theseus）等人怕他要做皇帝，說動了勃羅特斯，大家在議院中把凱撒刺死。勃羅特斯為人正直，羅馬人相信了他的話，認為凱撒有野心，應該被殺。但凱撒的好友安東尼發表了一篇煽動性的演說，把羅馬人鼓動起來反對勃羅特斯。勃羅特斯等逃出羅馬，在戰爭中，勃羅特斯和開修斯的聯軍被安東尼和奧克大維（Octavius）打敗，兩人先後自殺。

語言的精煉

有許多學校拿這劇本來做課本。因為這劇本文體優美簡潔，在莎氏三十七個戲劇中是比較容易讀的。這個戲是莎氏創作第二個時期末期的作品，這時他的寫作技術已達到了最高峰。本劇在內容深刻這方面說，遠不及他後來的《哈姆雷特》（*Hamlet*）、《奧塞洛》（*Othello*）、《馬克白斯》（*Macbeth*）、《李爾王》（*King Lear*）四大悲劇，不過談到人物的刻劃、戲劇的結構、語言的精煉，後來的劇本並不見得比它更高明。尤其是對白，本劇寫得精彩絕倫。這和題材與人物有關，因為劇中人都是羅馬的大政客、大雄辯家，說起話來自然不同凡響。這個劇本中邏輯多於詩意、理智多於感情、演說家多於普通的人，是一個極為男性的戲。事實上，劇中女性佔了很不重要的地位。

莎士比亞為了盡量表現劇中人的雄辯，一般對白多寫得簡潔而有力，許許多多句子都是全部用單音節的字。但因為用字用句過份精確了，感情的成份就相對的減少。這個戲中沒有《奧塞洛》中那種火一般的痛苦，沒有《哈姆雷特》中如咬囓着自己的心那樣的煩惱。

人物分析

然而即使是一個比較理智的戲，莎士比亞的天才還是把它寫得使我們十分感動。他文采斐然的筆觸碰到那一個人物，那個人物就活了，即使只有幾句對話的一個僕人、一個使者，莎士比亞都使他栩栩如生。

我第一次看這影片時，和我同去的一位小妹妹不斷問我，「這個是好人呢還是壞人？」這一點實在很不容易答覆。因為對這戲中的人物不能用簡單的標準去判斷，我們可以說，勃羅特斯是理想主義者、開修斯是個人主義者、安東尼是機會主義者。我這樣用現代的名詞去描寫這三個人，其實並不十分貼切，不過是便於解釋。

勃羅特斯是正人君子，是羅馬人中最高貴的人物。他決不做壞事。他所以刺殺凱撒，因為他知道凱撒的野心要危害到羅馬。他自己是正人君子，因而相信所有的人也都是正人君子。他是冷靜的哲學家，所有認識他的人都尊敬他、信任他。然而他並不是一個實際的人，他不懂得安東尼的危險，這是悲劇的因素。

開修斯的性格極為矛盾。他比勃羅特斯更熱情；然而也更多的想到自己；他眼光敏銳，然而很不明智；他利用勃羅特斯，然而服從他的領導。凱撒很了解他，說他人太瘦、讀書太多、思索太多、不喜歡音樂戲劇、看到別人比他偉大就心中不舒服。但在與勃羅特斯爭吵時，我們感到了這個人的可愛處。他性格中弱點很多，但那是可以諒解的弱點。

安東尼則喜歡尋歡作樂，是體育家，是風流人物。他感情衝動，愛好冒險。和中國的人物比較，有點像曹操，可說是善於利用時機的「亂世奸雄」。但因為他沒有曹操那一份冷靜與堅決，終於失敗在奧克大維手中（這一點在莎士比亞另一個大悲劇《安東尼和克麗奧派特拉》〔*Antony and Cleopatra*〕中有動人的描寫）。在本劇中，莎士比亞安排他的出場極有戲劇性。凱撒被刺後，安東尼去見那批勝利者。直到那時為止，安東尼只說了三十七個字，然而在別人口中，已有七處地方提到他，每一次提到都很重要。這是在觀眾心中先安排了強有力的伏筆，他一出場，人們自然極度的注意。

凱撒本人在劇中佔的地位不多，他在第三幕開始時就被刺死，然而這個歷史人物的影子始終籠罩着全劇。莎士比亞讓我們看到凱撒的高貴、偉大與傷心，也讓我們看到了他的虛榮、自負與愚蠢，甚至他一隻耳朵的聽覺不好也表現出來了。

羅馬這許多政客互相鬥爭後都失敗了。最後做皇帝的是奧克大維。他在劇中只出現了三次，說了大約三十句話（電影中只出現兩次，話更少）。但這三十句話已注定了他的成功，其中表示了這青年人的冷靜、實際、自制與堅決。這些品質是凱撒、勃羅特斯、開修斯、安東尼等人所不能齊備的。

一九五四年一月十二日

漫談《凱撒大帝》（中）

和我談天的幾位朋友們中有一個說，「我知道這個戲好，可是好在甚麼地方呢？一時卻說不出來，你倒『牙擦牙擦』着。」歐美有過很多學者分析和解釋這位大戲劇家的作品，他們從許多不同的觀點進行研究。有的研究他的文字，有的研究他的社會背景，有的研究版本和考據等等。和我談話的這幾位朋友都是電影戲劇界的人，再者我們也沒有資格作專門性的研討，所以我們的談話主要是討論戲劇的本身。

對於這個名劇的好處，我們東拉西扯的談得很多，這裏我只能舉幾個例子出來簡單的說說。

群眾場面

電影開始是羅馬市民在熱烈的迎接凱撒歸來，兩個護民官罵他們忘恩負義，要他們回家，市民聽了他們的話。這一場和以後的情節似乎沒有甚麼聯繫，那兩個護民官後來也沒有再出現，好像把這一場刪去也沒有關係。其實這短短一場對整個戲是很重要的。它介紹了整個大環境，羅馬市民沒有明確的政治認識，極容易衝動。在這種情況之下，勃羅特斯的事業是沒有希望的，羅馬的共和政體是終結了，沒有挽回的餘地。這個戲首先就把構成這悲劇的社會背景提了出來。由於這場戲做伏筆，後來安東尼的演說與市民的受煽動，就顯得十分自然。

有些批評家說莎士比亞輕視群眾的智慧，在這個戲中把群眾寫成一批毫無頭腦的暴民。我以為這種批評是皮相之見。羅馬那時是奴隸社會，佔人口大多數的奴隸在政治上並沒有發言權。這個戲中鬥爭的雙方都是統治階級中的人物，被鼓動的群眾也是當時社會中的統治者。再者，與其說莎士比亞輕視群眾，不如說他對人類的弱點存着一種悲天憫人的情懷。

舞台技巧

莎士比亞的用辭遣句十分精簡，觀眾可以意會的地方絕對不再浪費筆墨。例如開修斯等人到勃羅特斯家裏去勸他反對凱撒，觀眾們知道開修斯會說甚麼話，所以在戲中，開修斯把勃羅特斯拉在一旁，就省卻了一大篇對話。這只是一個簡單的舞台技巧，然而在三百五十多年後的今天，許許多多戲劇與電影的劇作者仍舊不懂得這一點，以致我們常常看到很多沉悶的、不必要的舞台劇和電影場面，觀眾早就知道了的話，還要讓劇中人翻來覆去的囉嗦。

鮑細霞

狄波娜·嘉（Deborah Kerr）在影片中飾勃羅特斯的妻子鮑細霞（Portia）。這個人戲很少，然而我們在她身上看到了一個莊嚴勇敢的羅馬女人。她或許不大聰明、她的美貌也有點衰退了，但我們深深為她的溫柔和信心所感動。她有自信，然而即使是自信，也是溫柔的。她說由於有一個著名的丈夫和著名的父親而驕傲。電影中刪去了原著相當動人的一場，那是勃羅特斯出發到議院去行刺凱撒了，他雖然沒有把這件事告訴妻子，不過鮑細霞已猜了出來。她叫童僕琉息斯到議院去，琉息斯問她去做甚麼，她又說不上來。她感嘆女人的心的軟弱。她最後說，「勃羅特斯啊，願上天保佑你的事業成功。」這句話中蘊藏着很多的內心矛盾和衝擊。狄波娜・嘉沒有機會表演這場戲，不免有點可惜。

高潮和轉折點

戲的高潮是凱撒的被刺。在他被刺之前，有幾個小曲折，增加了緊張，使觀眾更加提心吊膽。凱撒的妻子勸他不要上議院，他答應不去了；預言者又提出了警告；學者阿替密多勒斯（Archimedes）明白指出了危險；樸必力斯「祝你們今日大事成功」的話等等，都在增加高潮的力量。凱撒被刺之後，來了安東尼的僕人，這是全劇的轉折點（摩爾頓、麥克柯倫、格蘭維倍克等學者都認為這個僕人的出現戲劇性極強）。這件事說明安東尼已掌握住了勃羅特斯的弱點，勃羅特斯是正直的人，必定會以正直的態度對待政敵。

高潮一到達之後，立刻是反高潮。勃羅特斯成功後立刻失敗。莎士比亞許多悲劇都採取這種急轉直下的結構，使觀眾的情緒發生急劇的改變。

著名的演說

勃羅特斯和安東尼那兩篇演說，許多人都背得出，這或許是歷史上與文學上最出名的演說。勃羅特斯的演說是散文，有人認為不如安東尼的詩歌體演說有力，其實像：「你們寧願讓凱撒活在世上，大家作為奴隸而死呢，還是讓凱撒死去，大家作自由人而生？」「我用眼淚報答他的友誼，用喜悅慶祝他的幸運，用尊敬崇揚他的勇敢，用死亡懲戒他的野心。」這些話豈不是精彩絕倫？安東尼的話所以更有力量，主要因為勃羅特斯是用理智來說服群眾，安東尼卻用情感來煽動群眾。對於認識不清、頭腦並不冷靜的群眾，煽動自然是一種比說理更有力的武器。

安東尼這篇演說，是在極端不利的環境中發表的，聽眾對他懷有敵意，他卻要鼓動聽眾來反對他們所最尊敬的人。我們來看他用的是甚麼方法？

他這篇演說分成五段。第一段：先安撫群眾，讚美勃羅特斯，使聽眾對他其勢洶洶的態度緩和下來；然後用許多事實證明凱撒並沒有野心；於是他藉口哀傷過度，停頓片刻，讓聽眾有時間來思索一下。有人認為他的話有相當道理了，於是第二段：他激起聽眾的好奇心，說凱撒有一張遺囑，但內容不便宣佈。第三段：他描寫凱撒被刺時的悲傷，凱撒看到他最愛的勃羅特斯給了他一刀，這忘恩負義的一擊使他的心碎了。這一段使聽眾流下淚來，也激起了怒火。第四段他自己謙遜，捧聽眾的場，以滿足他們的自尊心，最後把聽眾引到高呼暴動的路上。第五段他再用物質的引誘來加強聽眾暴動的決心。

這篇演說組織之完美，實在使人嘆服。對於政敵，他自始至終是讚美，然而這種諷刺性的讚美比痛斥更有力量。在另一方面，安東尼的雄辯有真實的情感做基礎，他是深愛凱撒，是為凱撒的被刺而哀傷。他演說的所以動人，因為他說的正是他心中的話。

這篇演說是莎士比亞寫的，我們能不敬佩他的天才嗎？

一九五四年一月十三日

漫談《凱撒大帝》（下）

精彩的爭吵

勃羅特斯與開修斯在軍營中爭吵這一場是文學史上著名的傑作，一般認為是全劇最精彩的部份。單就文學價值言，遠在勃羅特斯和安東尼那兩篇著名的演說之上。約翰遜（Samuel Johnson）認為本劇與莎士比亞的其他若干戲劇相比，顯得冷漠而不動人，可能是因為他過份忠實於羅馬歷史，以致阻礙了他的天才，但「勃羅特斯與開修斯的爭吵與和好，是眾所一致讚美的」。大詩人柯爾立治（Samuel Taylor Coleridge）說，「在莎士比亞所有的著作中，沒有哪一場比勃羅特斯與開修斯那一場，更能令我相信他的天才是超人的。」這一場戲好在甚麼地方呢？主要是它動人的詩意、深刻的情感、對人性的刻劃。

莎士比亞許多悲劇在高潮之後常有一個急劇的轉變，然後是一個哀感的富於詩意的場面，和以前的興奮激烈完全不同。在《哈姆雷特》，是奧菲麗亞的唱歌和自殺；在《奧塞洛》，是黛絲德夢娜傷感的唱《楊柳之歌》（這兩場戲影迷讀者們在電影中都看到過）。在本劇那就是這兩人的爭吵了。他們在共同進行一件大事業，勃羅特斯由於自己極端的正直，責備開修斯接受賄賂。開修斯傷了心，袒開胸膛叫勃羅特斯刺死他。後來兩人和好了，互相埋怨自己脾氣不好，這裏籠罩着一種自憐自傷的心情。拿了酒來，要談正事了，開修斯說到自己的煩惱，勃羅特斯直捷地說：「沒有人比我更能忍受悲哀：鮑細霞已經死了。」他妻子的死訊到這時才說出來，真是驚人之筆，於是開修斯僥幸自己剛才居然沒有被他殺死。這個死訊的透露把爭吵這一場的情緒再加強了一層，把勃羅特斯的英雄氣概提到前所未有的高度。

戲的結束

戲劇的結束是勃羅特斯與開修斯戰敗而自殺。安東尼稱讚勃羅特斯是最高貴的羅馬人，奧克大維則宣佈：「凡是跟從過勃羅特斯的人，我都可以接待他們。」他說「我」而不說「我們」，這一字之差，成為他與安東尼之間鬥爭的伏線，也預示了安東尼的失敗和他終於成為羅馬皇帝。

原劇中戰鬥的經過並不如電影中那樣簡單。雙方領袖要見面而對罵一場，打仗時開修斯被安東尼打敗，勃羅特斯卻打贏了奧克大維。這些場面的省略對整個戲並沒有多大影響。我覺得，這部影片是盡了很大的努力要忠實於原作。它作了許多刪節，那是不可避免的，因為舞台劇演出的時間普遍總比電影長。不過影片所刪節的，主要是不妨礙人物個性和劇情發展的場景和對話。例如在原劇中，安東尼演說完畢之後，聽眾憤怒異常，要去燒勃羅特斯等人的房子。他們在路上遇到一個詩人，一問之下，他名字叫做辛那，其實他和刺殺凱撒的辛那（Cinna）毫無關係，群眾不問情由就將他撕得稀爛。這短短的一場，莎士比亞是用來描寫衝動的群眾心理，電影把它刪去了。因為在電影中，已可以用火燒房屋、群眾憤怒紛亂等舞台劇無法表現的大場面表現出來，不必借助於這場戲了。

忠實於原著，是這部影片很大的好處。導演的鏡頭運用樸實而有戲劇性，很發揮了舞台劇的優點。

對電影的批評

讀者們如果注意，可以看得出電影中許多花巧，在本片中都故意避免使用。例如，兩個人說話，一般電影中常常有下列情形：畫面中看到甲的表情，聽到的卻是乙的聲音。本片中很少有這種所謂「反應鏡頭」。因為莎士比亞的詩有很美很戲劇性的節奏，用許多鏡頭割裂開來會使它受到損害。

演說那一場拍得也不錯。在古羅馬，演說是一種很受人歡迎的藝術，就像現在有影迷、戲迷、球迷一樣，那時候有一種人是「演說迷」。他們不大去注意演說的內容，卻如痴如狂的欣賞和崇拜精彩的演說。假使群眾的反應更狂亂些，鏡頭角度變化再多些（這一場拍得花巧些我以為是可以的），那麼效果一定會更好。聲音錄得極好，群眾的喧嘩和演說家的話混在一起，然而成千人的聲音並沒有把演說家一個人的聲音淹沒。

為甚麼沒有鬍子？

服裝和佈景都有一種單純而宏大的美，很有古羅馬的氣魄。有一位朋友忽然想到一個問題：刺殺凱撒的人都是元老，為甚麼元老卻沒有鬍子？這個問題我當時回答不出。提出這問題的人的姊姊說他亂扯，專門在這種地方動腦筋。回家之後我翻了許多書，終於把答案查了出來。原來這是古羅馬人的一種虛榮，與香港小姐們瞞年紀屬於同一心理。書上說，古羅馬的青年有許多愛留鬍子，年紀大起來時，鬍子漸漸變白。他們先把少數幾根白鬍子拔去，後來拔不勝拔，就索性剃去，所以元老反而沒有鬍子。古羅馬人把頭髮披在前額，據說是為了掩飾逐漸禿去的前額。聽說這種髮式現在的羅馬又在流行了，說不定不久會成為香港男人的時裝呢！

尊・吉爾格德

一位對戲劇很內行的朋友說，「這部影片中不應該用尊・吉爾格德（John Gielgud）。」我懂了他的意思，也很同意。因為一有尊・吉爾格德，其他演員都顯得黯然失色了。其他演員並不是不好，只因為尊・吉爾格德太好。我是心中先存着一種對尊・吉爾格德尊崇的心情走進戲院的，他在銀幕上一出現，幾句詩一唸，本來很有才能的占士・美臣（James Mason）完全被比下去了。尊・吉爾格德讀《哈姆雷特》、《羅密歐與朱麗葉》（*Romeo and Juliet*）、《奧塞洛》、《莎氏十四行詩》（*Sonnet*）等的唱片我聽得很熟，一聽到他那種充滿着情緒的聲音心就會跳得快起來。在一本戲劇雜誌上看到一則消息，說他最近在倫敦朗誦詩歌，不加化妝、沒有佈景，成千聽眾都為他的聲音着了迷。上海電影界的一位朋友寫信給我說，黃宗英的朗誦詩歌在上海近來紅得不得了，工廠、機關、學校有晚會，都要設法請她去朗誦幾首詩。真的，一位演員的聲音一好，感動人的力量就大了很多很多。

尊・吉爾格德的祖母是凱德・戴萊（Kate Terry），她飾演的朱麗葉是英國戲劇史中的一個大成就。他的祖姨是著名女演員愛倫・戴萊（Ellen Terry，中國讀者知道她的人很多，因為她是蕭伯納〔George Bernard Shaw〕的情人，他們的通信集最近有新印本出版）。愛倫・戴萊的兒子就是大導演哥頓・克萊（Edward Gordon Craig），他曾應斯坦尼斯拉夫斯基（Konstantin Sergeyevich Stanislavski）之聘，替莫斯科藝術劇院導演《哈姆雷特》。尊・吉爾格德承繼了這優良的戲劇傳統，再加上他的天才和努力（他今年五十三歲了，好像還沒有結婚），成為英國的大演員。就像羅蘭士．奧理花（Laurence Olivier）一樣，他因演劇藝術上的成就而被封為爵士。一般認為，今日英美舞台上，只有奧理花才可以和他匹敵。如果奧理花來演影片中的勃羅特斯，大概觀眾們就不會有開修斯反而是主角的感覺了。

一個小故事

全世界戲劇界尊為表現藝術上最大大師的斯坦尼斯拉夫斯基，曾說到莫斯科藝術劇院演出《朱理士．凱撒》這戲的一個小故事。他自己飾勃羅特斯，有一次，一位飾演向他呈遞請願書的臨時演員請假，丹欽柯（Vladimir Nemirovich-Danchenko）叫一個在市政機關中做書記的人代替。他以一個書記走向上司的步伐走上舞台，向斯氏現代化的一鞠躬，說：斯坦尼斯拉夫斯基先生，丹欽柯先生命令我把這個交給你！然後他呈上羅馬式的書板。斯氏說，他培養起來的情緒全部消失了，創造角色的種種努力，都變成了另一種努力，那就是忍住不要笑出來。

這小故事說明，只要全劇有一個演員不好，不論他是如何的不重要，都足以造成損害。也就是說，對於一個戲劇，每個演員都是重要的。我曾好幾次誠懇的對人解釋，戲的多少與演員表演的成功沒有多大關係。《凱撒大帝》又是一個例子，尊．吉爾格德排名是第三，他所演的角色也非主角，但由於他的藝術修養，缺少光采與深度的占士．美臣、口齒不清的馬龍．白蘭杜（Marlon Brando）就顯得遠不及他了。

一九五四年一月十四日

單純美麗的愛情

——談《南海天堂》

《苦海孤雛》（*Oliver Twist*, 1948）和《南海天堂》（*The Blue Lagoon*, 1949）都是幾年前在香港映過的舊片子，邵治明兄和我都曾看過，我們商量着每人重看一部再來談談。他自己不游泳，對海水的興趣沒有我好，所以《南海天堂》分配給了我。（當然，這並不證明他所以去看曾給林琴南先生譯作《賊史》的《苦海孤雛》，是對小偷特別有興趣。）

本片的導演佛蘭克．倫德（Frank Launder）是編劇家出身，現在做起製片家來，開了一家倫德影片公司。在他所導演的影片中，我最喜歡本片。正如他自己所說，那是「一個單純、情感豐富、美麗的愛情故事，那些深於世故、看穿一切的人是可以接受的」。我決不深於世故，但也很感興趣。

兩個小孩子，男孩麥高十歲，女孩愛美蓮九歲，因所乘的船失火而流落在一個荒島上。帶他們出來的船員老翟在醉中跌死了，這兩個孩子在荒島上住了十年，結成夫婦，生了一個孩子。他們決定離開這荒島，使孩子受教育，於是造了一隻帆船，漂流數日，終於在危難中得到了救援。

一個國家的文學藝術一定受到社會環境的影響。英國是一個航海的國家，所以它描寫海洋和航行的文學作品也特別發達。《魯賓遜漂流記》（*Robinson Crusoe*）曾迷住了全世界的大人和小孩子。大概因為好奇心重，我對這種古裏古怪的小說從小就很有興趣，現在印象特別深刻的還有《瑞士家庭魯濱遜》（*The Swiss Family Robinson*）、《十五小豪傑》（*Two Years' Vacation*）等等。《南海天堂》是英國愛德華時代轟動一時的小說，作者是史丹．克普爾（Henry De Vere Stacpoole）。大概當時第一次世界大戰剛過，一般人對戰亂頻仍的世界感到煩惱失望，這部小說中描寫一個世外桃源，恰恰迎合了大家想逃避現實的心情。比較起來，這個故事確比其他那些荒島冒險小說要動人，因為那是和一個漂亮的姑娘在一個荒島上，沒有旁人來打擾你。

我曾和朋友們談論，假使要你在荒島上過十年，只准帶一本書，那你帶甚麼書？可以讓你選一個人同去，你希望是誰？有一架留聲機而只準帶一張唱片，你帶哪一張？我們的談論結果當然要嚴守秘密，不過大家覺得，即使是和最親愛的人在一起，在荒島上居住究竟沒有多大意義，單獨兩個人，再有多大的快樂也不會真正的幸福。

珍．茜蒙絲（Jean Simmons）演那個少女，可愛得很。影片的剪接和攝影也都不壞。故事中有兩個外來的壞人，一個強迫麥高採珠，一個想劫走愛美蓮，這兩個人最後都死於非命。從這個短短的插曲中，倒可以看出最原始的剝削勞動力的情形來。在奴隸社會、封建社會，和資本主義社會中，只是剝削的方式更加精巧和複雜罷了，本質上並沒有多大區別。

新聞片中有一個木偶巴格尼尼，用提琴演奏《吉卜賽之歌》（*Gypsy Songs*）。我真希望高禹兄能看到。假使這木偶能演奏他最近寫的提琴曲《蘭花花主調變奏曲》，不知他有甚麼感想。

一九五四年四月二日

已看了三遍的電影

——談《大歌舞會》

到今天為止，《大歌舞會》（*The Grand Concert*, 1951）我已看了三遍，而且還準備去看三遍。因為它內容太豐富了，我本來預備寫幾篇比較長的文字介紹的，但這一兩天見到朋友們，已有人在問了，「怎麼還不見到你關於《大歌舞會》的『影談』？」他們知道我喜歡芭蕾舞和音樂，所以要我比較詳細的介紹一下。這些文章早已在寫了，但一時寫不完。這幾天正是復活節假期，如果有人在假期中沒有看這部影片，那就太可惜了，所以在這裏先簡單談談。

我第一次看這部影片是在國泰戲院看的試片。我住在九龍，又常常喜歡讀書到深夜，不大習慣在早晨起來，但為了看這部想望已久的電影，終於很早就起了身。在渡輪上遇到費明儀，她說她也等這部影片等得很焦急了。在渡輪裏我們訂了一個協定，看完後她給我解釋影片裏的歌，而我給她解釋芭蕾舞。這個協定她是比較吃虧的，因為片中歌比舞多得多。

由於我比較喜歡看舞蹈，同時影片裏的芭蕾舞跳得實在太精彩，所以舞蹈看不夠癮的感覺尤其強烈。其實，像這種芭蕾舞，就是連續看七八小時還是會嫌少。教我們跳芭蕾舞的英國女教師叫我們每一天去看一遍這部影片，說那樣才會懂得最高級的舞蹈藝術中甚麼是最優秀的東西，她自己是已經看了許多遍了。

曾聽人說，「這部影片大概好總是好的，可惜我在這方面懂得太少，恐怕不會了解。」說這句話的人是沒有看過這電影的，假使他看過了之後，我想他不會再說自己不會欣賞了。真正的藝術是任何人都會喜歡的，一個從來沒有看過芭蕾舞、從來沒有聽過內容艱深的西洋音樂的人，如果看了《大歌舞會》而不喜歡其中烏蘭諾娃（Galina Ulanova）的《羅密歐與朱麗葉》（*Romeo and Juliet*, 1955），而不喜歡歌劇《伊果爾王子》（*Prince Igor*）中的《波羅維茨舞曲》（*Polovtsian Dances*），我可以跟任何人打賭：假使有這種情形，我可以被罰一個月不准看電影。為甚麼我能這樣肯定呢？這是我有過經驗的。

有一次，我請一位女朋友跳芭蕾舞給一些朋友們看，他們之中有許多人以前從來沒有見過，可是全都非常喜歡，而烏蘭諾娃的舞蹈比我這位女朋友不知道要好多少倍，人們看了豈有不喜歡的。烏蘭諾娃舞蹈中一個最主要的特點是她現實主義的表現方法，這是她超過歷史上最偉大的女芭蕾舞蹈家如巴甫洛娃（Anna Pavlova）、卡薩維娜（Tamara Platonovna Karsavina）等人的地方。簡單的說，是她能生活在她所演的角色之中，例如她跳朱麗葉，就把她的思想、情緒、個性等等都在舞姿中表現出來。芭蕾舞中的許多特殊技術如甚麼 Arabesque[1]、Tour en l'air[2] 等等一般人是不懂的，然而人人懂得烏蘭諾娃的朱麗葉是在深深愛戀，是非常非常不願意和她的愛人分離。

[1] 單腳站立的芭蕾舞姿勢。——編者按
[2] 空中旋轉。——編者按

我另一個經驗是關於音樂的。朋友們到我家裏來玩，常聽聽唱片。在我這些唱片中，被喜歡得最多的是李玉茹的京劇《紅娘》、新鳳霞的評劇《劉巧兒》、以及兩支歌曲：《白毛女》中的《紮紅頭繩》與《蘭花花》，在西洋音樂中，是貝多芬的提琴協奏曲和波羅金（Alexander Borodin）的《波羅維茨舞曲》。當那一位朋友嘆氣說「可惜我不懂西洋音樂，否則聽聽這些唱片一定很有興趣」時，我有一個屢試不爽的辦法，馬上放《波羅維茨舞曲》給他聽。這位自稱不懂西洋音樂的朋友一定會十分欣賞，他會想，「啊，其實我是懂的！」這種甘美的旋律人人會懂。這《波羅維茨舞曲》，你在《大歌舞會》中會聽到的。

一九五四年四月十九日

公主與新聞記者

——談《金枝玉葉》

「我信任人與人之間的關係。」這是《金枝玉葉》（*Roman Holiday*, 1953）中的公主在回答新聞記者們的詢問時的答覆。這是一句很好的話，我很喜歡，正如我喜歡這部影片那樣。

這幾天朋友們談得最多的電影是《大歌舞會》（*The Grand Concert*, 1951）和這部影片，在一起玩時，常常模仿本片裏那些有趣的動作，例如在跳舞時拿出梳子來給舞伴梳理頭髮、游泳時把人推下浮台又丟一個橡皮圈給他、假裝鬼鬼祟祟地偷拍別人的照相、閉起眼睛背濟慈（John Keats）的詩句等等。這些小動作所以使人印象很深，我想是由於編導者在設計時作了很貼切的選擇，使這些小動作適合於人物個性和劇情發展。這種處理的方式以前最出名的是德國導演劉別謙（Ernst Lubitsch），以至有「劉別謙筆觸」（Lubitsch Touch）之稱。本片的導演威廉．惠勒（William Wyler）在這方面也下了很多工夫，常常在幾個小鏡頭中很突出的介紹了人物和事件。例如睡着了的公主把頭靠在那個美國新聞記者肩上時，他警覺地把錢換放一個口袋；攝影記者看到公主用吉他打密探的精彩鏡頭時，要她再來一次以便攝影；賣花的人拿一束花給公主，她總以為是獻花，與他握握手卻沒想到要付錢。

本片得了三個金像獎：最佳女主角、最佳故事與最佳黑白片服裝設計。好幾位對服裝有興趣的人看了並不佩服片中的服裝，而且有一大段戲的服裝似乎並不「連戲」，公主出走後沒換過衣服，但她的上裝有時是長袖，有時是短袖（小姐們堅持說，那短袖決不是把長袖捲起來的樣子）。故事也並不十分新奇，那是《灰姑娘》（*Cinderella*）故事的顛倒，富貴的孩子羨慕普通孩子自由的生活，是許多藝術作品中使用過的題材。至於那位女主角柯德莉・夏萍（Audrey Hepburn），我以為確是可愛。據說好萊塢許許多多人都對她傾倒不置，其中包括鍾・歌羅福（Joan Crawford）、瑪蓮・德麗治（Marlene Dietrich）、堪富利・保格（Humphrey Bogart）等等。她並不算特別美，可是清秀絕俗。三年前，我在書店裏一本攝影年鑑上看到她一幅照相，那時根本不知道她是誰，但為了這張照相，終於第二天去把那本攝影年鑑買了來。前年十月二十一日，我在日記裏曾這樣寫：「今晚去樂聲看《血滴姊妹花》（*The Secret People*, 1952），為了要看演妹妹諾拉的奧德萊・夏萍和導演迪金生（Thorold Dickinson）的蒙太奇剪接……夏萍除了跳兩場芭蕾舞外沒有表演機會，真可惜，這樣的人一定會演戲。」在本片裏，她表演的機會可就多了。好萊塢許多人說她是一個謎，不知道為甚麼這樣喜歡她。據我猜想，這主要是文化修養、生活經驗和性格上的魅力綜合的結果。她是學芭蕾舞出身的，對音樂文學都懂得很多，在二次大戰中吃過不少苦頭（據說她所以這樣瘦是那時餓瘦了的），同時認為「做一個女演員比做公主好得多。」

影片的結尾使全片輕快的主調帶上了導演惠勒（《魂歸離恨天》〔*Wuthering Heights*, 1939〕、《千金小姐》〔*The Heiress*, 1949〕、《黃金時代》〔*The Best Year of Our Lives*, 1946〕、《忠勇之家》〔*Mrs. Miniver*, 1942〕、《嘉麗妹妹》〔*Carrie*, 1952〕等片的導演）的憂鬱。公主問那個記者：「你為甚麼待我這樣好，整天陪我做我最喜歡的事？」電影的故事相當荒誕，然而其中表現的天真、仁慈、溫暖和同情，卻是我們所喜愛的。

一九五四年四月十二日

《沙漠苦戰記》的特寫鏡頭

《沙漠苦戰記》（*The Thirteen*, 1937）是十八年前的出品，它已成為電影藝術史上的經典作品。它某些沙漠特寫鏡頭的運用，被公認為電影藝術中的範例。最近我看到一本匈牙利著名電影理論家貝拉·巴拉茲（Béla Balázs，他是我這項工作的開山祖師，即全世界第一個在報紙上定期寫影評專欄的人，那是三十多年前的事了）寫的書：《電影理論：一種新藝術的性質與成長》（*Theory of Film: Character and Growth of a New Art*）。其中也提到了《沙漠苦戰記》，他說這部影片教導我們應該如何使用特寫鏡頭。

導演羅姆

這部影片的導演是羅姆（Mikhail Romm），電影劇本是羅姆和著名劇作家普魯特（Iosif Prut）合作編寫的。讀者中大概有很多人知道羅姆的名字，因為《列寧在十月》（*Lenin in October*, 1937）、《列寧在一九一八》（*Lenin in 1918*, 1939）這兩部著名的影片就是他導演的。羅姆以前在美術學校裏學雕塑，離開學校後在報館裏工作，後來寫電影劇本。他導演第一個電影《羊脂球》（*Boule de Suif*, 1934）時年紀還很輕（三十一歲），那是根據莫泊桑（Guy de Maupassant）的短篇小說改編的（龍馬公司的《花姑娘》〔一九五一〕也就是根據於那篇小說），那時有聲影片早已發展得很不錯，但羅姆故意拍成無聲片，其中許多藝術性的創造，今日仍為電影史的作家們津津樂道。例如，與妓女同車的幾個修道女勸妓女順從德國軍官，她們嘴部那種殘酷而迅速的表情，比任何語言都更生動有力。許多批評家說，假使讓那些修道女們說出聲音來，最多不過表示她們的偽善和卑鄙而已，不可能像影片中那樣傳達異常強烈的感情出來。

羅姆其他出名的影片還有《列寧傳》（*Vladimir Ilyrich Lenin*, 1949）、《秘密使節》（*Secret Mission*, 1950）、《夢幻》（*Dream*, 1941）、《潛艇第二一七號》（*Girl No. 217*, 1945，得國際影展獎）、《俄羅斯問題》（*The Russian Question*, 1947）等。

《沙漠苦戰記》的故事

本片是獻給蘇聯紅軍二十週年紀念的，故事發生在當時的前十年。在中亞細亞廣闊的沙漠上，行進着十名復員的紅軍戰士，和他們同行的有邊防軍中隊指揮官夫婦和一位老地質學家，水喝乾了，情況非常緊急。他們遇到了大風沙，又發現了一口井，在井中找到了兩挺機關槍。他們知道這是股匪的喝水處，雖然他們軍役都已服滿，但由於對人民的熱愛，設法把兩百名股匪牽制到井邊來，並派了一個戰士去報信，召集大部隊來剿匪。

在激烈的戰鬥中，指揮官夫婦、地質學家，與八名紅軍都死了，但最後一人還是堅持着，大部隊終於趕到而消滅了土匪。劇情自始至終非常緊張。好萊塢曾抄襲這故事而拍了一部《孤城虎將》（*Sahara*, 1943），是堪富利．保格（Humphrey Bogart）主演的，因為故事基礎好，所以那部影片也還不錯。

沙漠裏的足跡

本片在藝術上使人印象最深的，是導演對於那個被派去求救的兵士的處理。他的道路很長，騎馬要走五小時，而另外十二人的命運卻完全寄託在他身上。但導演怎樣處理這個關鍵人物呢？叫他騎了馬在單調的沙漠上不斷奔跑麼？觀眾在他自己厭倦之前早就會厭倦了。所以羅姆根本不讓我們看到這個兵士，而只顯示他在沙漠上留下的足跡，這比任何奔馳、甚至比兵士臉部的表情所表現的意義都更為豐富。因為這足跡表示了最可怕的東西——道路的冗長。我們看到，在一大片無邊無際的沙漠上，一條孤零零的足跡消失在遠處的地平線中。這樣一個全景所表示的東西，如果用騎馬奔跑的鏡頭來表示，不知要化多少膠片和時間才說得清楚。

一連串的特寫

以後是這條足跡的一連串特寫，其中展開了驚心動魄的戲劇場面，雖然，這場面中一個人也沒有。足跡的形狀在改變了，足步參差不齊，彎來歪去，觀眾猜想那匹馬一定已疲累不堪。因為我們看不見人與馬，我們的想像力更加活躍起來。於是，在遠處天邊，我們看到有一樣甚麼東西躺着，我們起初不知道這是人還是馬。這時的延宕是十分緊張的。但我們馬上看到了沙漠上人的足跡。我們沒有看到死馬的特寫，這個處理高明之極。因為觀眾的內心這時很害怕，寧願猜想而不敢去看躺在那裏的到底是甚麼東西。每一個鏡頭都是代表觀眾的眼睛所要看到的事物，這時一方面不讓觀眾去看他所擔心的東西，另一方面把他的想像力更提高一步的激發起來。

後來，我們只看到人的足跡，在沙中深沒及膝。他的足跡彎彎曲曲了，可以想到他在搖搖晃晃的蹣跚而行——足跡一直延伸到遠處天邊，目標還是遠得很。

然後我們看到他的佩刀丟在地上了，又看到了他的步槍，一個特寫表示了他這寶貴的武器。如果還有一點點力氣，那是沒有一個人肯拋棄的。各種特寫鏡頭敍述這個人怎樣逐步拋棄他的裝備，敍述他的努力、他的苦難、他不折不撓的意志、敍述他掙扎着堅持向前。我們一次也沒有看到他，但我們腦中的想像所描繪的圖畫更為可怕。如果導演把兵士的形象表現給我們看，他只好單調地重複，那個兵士的臉除了表示精疲力盡之外，不可能像這一條足跡那樣敍述這個使人氣也喘不過來的故事。直到道路的盡頭，我們才看到這個人掙扎的最高潮，他在爬，他昏迷了過去。他想喝水，沙子滾滾的從坡上流下來，真像一條小溪。導演不使我們看到這個人的臉，但在我們心上，這個人的臉部表情我們都看到了。

羅姆最近的創造

這位天才導演對電影藝術的鑽研是永不停止的。在他一篇〈演員．背景．攝影〉的近作中，他提出了一個很新的蒙太奇方法，用這方法解決了一個電影藝術中非常困難的問題，即有長篇大論對話場面的處理。他這辦法簡單說是由演員改變方位、藉人物大小的變化而交互出現近景、中景及全景，使場面的調度深刻動人。我們希望將來能看到他的新作，看到他這理論的具體實踐。

一九五四年五月二十四日

如詩的筆觸　最大的慘劇

——談《原子彈下之廣島》

很久以前，就在書刊上看到讚揚《原子彈下之廣島》（*Children of Hiroshima*, 1952）這部影片的文字。我相信，有這麼許多人稱道的影片決不會是不好的，今天親眼看到了，真的，那是一部很深刻的戲。編導者用如詩那樣的筆觸，描寫了這件「自有地球以來最大的慘劇」。

原子彈轟炸廣島的殘酷，是大家都知道的。這件巨大的災禍當然不可能在銀幕上重現一遍，但編導者選擇了一些事件，使觀眾從這些事件中想像到這些悲劇的含義。

我們看到，一個老人被原子輻射線損壞了眼睛，他兒子媳婦都炸死了，留下的一個小孩子進了孤兒院，他只好靠求乞過活。

我們看到，年青的姑娘被炸壞了腿，壯年人因原子病發作而突然死去，無數孩子成為孤兒，妻子們受了輻射影響不能再有自己的孩子……這許多悲慘的現象通過一個小學教師的眼中反映出來，零零碎碎的事件中交織着深厚的感情、崇高的人性。這些人都是好人，但他們受着多麼深的苦難啊！

影片中平太那個插曲真像是一首詩，一首很美然而也很悲痛的詩。小學教師孝子去找她從前的學生平太，十二歲的平太覺得他的老師比從前高多了。這天是平太的姊姊出閣的佳期。她被原子彈炸成了殘廢，然而她未婚夫並不因此而毀約。這場戲中非常生動的表示了日本這民族過去和現在不幸的命運。在我看電影的經驗中，這大概是最沉默最平淡的「出嫁」——跛腳的姑娘悽然辭別了哥哥弟弟，向哥哥道謝多年來的照顧，向弟弟叮嚀好好保重，拿了一個小包裹，坐公共汽車到丈夫家裏去。這個哀傷的婚禮真是對原子彈絕大的控訴。

孝子從前的學生中，幸而沒炸死的只有三人，除平太外還有敏子和三平。她見到敏子時，敏子因原子軸射病發作而快死了，她給敏子唱了一個歌，歌聲帶我們到從前快樂的時光，敏子坐在老師身上一起打鞦韆。孝子去尋訪三平的戲很短，然而其中顯示了很多日本的社會情形：三平成為擦鞋童，他媽媽在做石工，他爸爸剛剛逝世。

老嚴與他孫子太郎的故事處理得不夠緊湊，剪得短些當更好，但其中有一場戲任何看過的人我相信都會感動。那是老嚴買了一雙新鞋給孫子，又讓他飽餐一頓，然後和他分離。

原子彈快投下來時，時鐘的分針突然似乎停住了，使緊張的氣氛大為增加。在悲慘的合唱聲中，許多恐怖的畫面展現了這人間地獄剎那間的情形。在原子彈投下之前，電影中介紹了一連串可愛的孩子們嬉戲的鏡頭，使人們更加強烈的憎恨原子彈這種大規模殺傷的武器。

影片咒詛戰爭、咒詛原子彈，表示了普通人民對和平幸福生活的嚮往。這許許多多悲慘的景象使我心裏很難受，但也更強烈的想，戰爭不能再發生，原子彈必須禁止使用。我想，你大概也會這樣想的吧。

一九五四年六月二十六日

藝術家的風格

——談《鄉村醫生》

每一個藝術家都有自己獨特的風格，這是每個人性格的表現，與他的教養、癖好、家庭、社會生活等等有密切的關係。越是一件好的藝術作品，作者風格的特點越是明顯。一個有文學知識的人，一定能分辨杜甫與李白的詩、蘇東坡與秦少游的詞之間的差別。《紅樓夢》中有一段小插曲很有趣的說明了這一點：林黛玉作了一首《桃花行》，寶琴騙寶玉說是她作的，但寶玉一看就知道是黛玉的手筆。這自然是風格使然了。

歐洲的文學批評家們對風格問題曾花過很大的力量去研究。有些人很笨，用科學方法來調查統計，有一個人統計英國十九世紀大詩人丁尼孫（Alfred Tennyson）與史溫朋（Algernon Charles Swinburne）的詩集，看他們詩集中 Red（紅）這個字一共使用了幾次。還有人用音樂的方法，分析這些大詩人詩句的音樂構成，用樂譜來譜寫，想尋出他們風格的規律來。這些從形式上着手的企圖當然完全失敗了，因為風格並不是由形式決定的。決定風格的是作品的內容與作者的個性。

傑出的文學批評家小泉八雲曾說過一句精闢的話，他說根本無所謂 Style（文體）的問題，有的只有 Character（性格）的問題。意思就是內容決定形式。被公認為最偉大的文學批評家法國人聖白甫（Charles-Augustin Sainte-Beuve），就是詳細研究了作家的社會環境、思想根源、所受到的各種影響，然後再下判斷的。小泉八雲說讀聖白甫的批評文章是在受教育，因為你在他每篇評論中不但可看到他的意見，還可學到許多你以前不知道的東西，尤其重要的是，他文筆輕鬆，娓娓談來，引人入勝，那是一種高尚而優美的風格。

如果藝術品受到許多規律的束縛，那麼風格固然不會有，事實上也不成其為藝術品。從前寫八股文必須遵守起、轉、承、合各二股的規定；十八世紀英國文學的思想與格式必須依照拉丁希臘的典範。這產生不出真正的文學，是勢所必然的。愛倫堡（Ilya Ehrenburg）在我國時曾談到新聞記者用詞用語的公式化，的確，這種公式化妨礙了文字的活潑生動。我們看美國電影，常常有千篇一律的感覺，那就是編劇、導演、演員三方面的創作都公式化了的緣故，這裏面沒有個性，沒有風格。

《鄉村醫生》（*The Country Doctor*, 1952）的編劇是M．斯米爾諾娃（Mariya Smirnova），導演是格拉西莫夫（Sergey Gerasimov），兩個人都是傑出的藝術家，兩個人都有新穎獨特的個性。有趣的是，他們的個性和藝術風格有很大的不同。斯米爾諾娃比較抒情，重視劇中人的精神生活，她的處理中詩意十分豐富，浪漫的色彩相當濃厚。格拉西莫夫的現實主義卻是十分嚴格的，他喜歡強調細節，有時甚至是故意的冷淡。在這部影片裏，我們可以看到這兩位藝術家的作風怎樣互相調和與補足，產生了很優美的效果。過幾天我當再比較詳細的談談。

一九五四年七月十八日

打油體的《馴悍記》

——談《刁蠻公主》

在我所看過的立體電影中，以這部《刁蠻公主》（*Kiss Me Kate*, 1953）比較最使我滿意。雖然我現在仍舊不喜歡立體電影這種形式，但影片本身還相當有趣，舞蹈也不壞，在美國的歌舞片中還算是品質比較高的。

影片是根據美國一個歌舞劇改編的，歌劇的作者是柯爾・波特（Cole Porter）。這歌劇是莎士比亞的喜劇《馴悍記》（*Taming of the Shrew*）的一種打油式的改編，它把原作現代化而油腔滑調化了。不過莎士比亞的原作本來十分滑稽，現在美國打油式的改編大體上也還忠實於原作，如果以一種比較寬容的角度去看，可以說並不太討厭。

在莎士比亞的原作中，《馴悍記》是戲中戲，那是一個貴族為了捉弄一個喝醉了的窮人而演出給他看的。影片中也是戲中戲，把一對男女演員的私生活和舞台上的演出結合起來，一對離了婚的夫妻的爭吵在台上和台下交織成一片。

飾男演員的是侯活・基路（Howard Keel），飾女演員的是嘉芙蓮・姬麗遜（Kathryn Grayson）。他們離了婚，可是仍舊同台演出，有時藕斷絲連而舊情復燃，有時太太脾氣發作而大打出手。在《馴悍記》裏，潑辣的太太要打丈夫，而兇狠的丈夫也要虐待太太，兩個演員假戲真做，情景十分逼真，結果就和莎士比亞的喜劇那樣，兩人言歸於好。

大概電影保持了原來歌劇中許多有趣的場面，所以整部影片顯得很有生氣。嘉芙蓮．姬麗遜和她的未婚夫通電話，前任丈夫在旁邊吃醋，她未婚夫是德克薩斯州的牧場大王，前任丈夫在她情話綿綿時突然在電話旁大叫一句：「牛肉甚麼價錢？」對方馬上很快的反應：「一元三角一磅！」還有兩個滑稽匪徒（基南．榮〔Keenan Wynn〕和占士．威摩〔James Whitmore〕）的要賬和聽到他們頭子被殺的情形，也很令人發笑。這兩個傢伙的對話中隨口引用莎士比亞的名言，有時則滑稽地竄改，例如哈姆雷特本來有一段著名的獨白，說「活着呢還是不活，這是當前的問題」，那匪徒卻說，「逃走呢還是不逃，這是當前的問題」，他們還唱了一首歌，說讀熟莎士比亞，可以贏得美人的芳心。

舞蹈中我最喜歡飾比爾的湯米．拉爾（Tommy Rall），他的 double turn grand jeté[3] 跳得相當不錯，當時我想，這個人的芭蕾舞根底倒真有幾下子，後來到《舞蹈時代》那本雜誌上一查，原來他是被真．基利（Gene Kelly）發現而在《邀舞》（*Invitation to the Dance*, 1956）一片中開始演出的。相較之下，顏．美麗（Ann Miller）就遠不及他了。

舞台裝置是用了一點工夫的，很有意大利當代大畫家基里各（Giorgio de Chirico）繪畫中的情調，有點超現實主義的色彩，雖然我不喜歡，但它本身是統一的。

歌唱並不精彩，侯活．基路唱的一支重要的歌《我以前過的生活到哪裏去了？》（*Where is the Life*

that Late I Led?）被片上的字幕譯成「我以前的生氣到哪裏去了？」有點不知所云。演員也演得一點不好，從頭至尾談不上有甚麼情感。本片如果還值得一看，那主要是因為莎士比亞的緣故。

一九五四年七月二十五日

[3] 芭蕾舞中的大越步。——編者按

《刁蠻公主》與《馴悍記》（上）

「我知道莎士比亞是一位偉大的天才，但他為甚麼要寫這種虐待太太的戲劇呢？他為甚麼這樣看輕女人，說女人必須做丈夫的奴隸？請你詳細的解釋一下，而且越快越好，因為我和我的同學們看了《刁蠻公主》（*Kiss Me Kate*, 1953）後，都覺得莎士比亞看不起女人，對他大大的不高興了。」

這是一位女學生讀者寫給我的信。既然對於小姐們，這個問題是這樣嚴重，我就試着來解釋一下，雖然，我的解釋也未必會讓她們滿意的。

莎士比亞的原作叫做 *Taming of the Shrew*，是「馴服一個潑婦」的意思，朱生豪把它譯作《馴悍記》。故事的梗概是這樣的：

補鍋匠史賴在酒店裏喝醉了，一位貴族和他開玩笑，把他帶回邸宅裏。史賴醒過來後大家把他當大老爺看待，說他神智昏迷了十五年，現在總算清醒過來了。史賴弄得莫名其妙，大家卻拚命奉承他，一個小廝化妝成女人，自稱是他的太太。後來叫了一班人來演戲，娛樂這位大老爺。

馴服潑婦就是這場戲中戲：意大利帕度亞地方有一個有錢人，有兩個女兒，凱撒琳和琵茵珈。凱撒琳窮兇極惡，人人都怕，琵茵珈卻溫柔文雅，求婚的人很多，但她們的爸爸在把大女兒脫手之前決不肯把小女兒出嫁。後來彼得羅奇歐來了，向這位出名的潑辣女人求婚，也不等對方答應，就自說自話的和她結婚了。跟着來的是一連串的折磨，不給太太吃飯、不給她睡覺、不讓她穿新衣戴新帽，可是這一切折磨卻都藉口說是為了體貼她愛惜她。在這樣辣手的丈夫面前，凱撒琳終於服服貼貼的無條件投降了。後來彼得羅奇歐和他的連襟羅生奇歐及另一位朋友比賽，看誰的太太最聽話，結果得勝的是彼得羅奇歐。

這戲中戲有一段小插曲，就是羅生奇歐向琵茵珈的求婚，他化妝做琵茵珈的教師，而要他僕人假冒自己在琵茵珈的爸爸面前耍花槍，結果是求婚成功。

在表面上看來，這完全是一個鬧劇，但深一層的分析，我們看到這決不是僅僅胡鬧一場而已。故事並不是莎士比亞獨創的，他取材於意大利詩人亞里奧斯托（Ludovico Aroisto）的一個戲劇（這位亞里奧斯托我前幾天曾談起過，他是《傾國傾城慾海花》〔*Lucrèce Borgia*, 1953〕中瑪丁．嘉露〔Martine Carol〕所飾的那個羅克麗絲波齊亞朝廷中的人物）。又如把窮人當作大老爺來尋開心，在別人餓得不得了的時候故意拿美食佳餚來引誘他而不給他吃等等，在阿拉伯的《天方夜譚》（*Arabian Nights*）中也有類似的故事。莎士比亞雖然沒有看到過《天方夜譚》，但這種民間傳說之在英國流行也是很可能的。莎士比亞劇作的故事情節全部取材於別人，但這絲毫沒有妨礙他的偉大。他的偉大是在於作品內容的深刻和人性刻劃的生動。《馴悍記》也是這樣，最重要的不是它的故事，而是它所包含的意義和戲劇中的人物。

一九五四年七月二十八日

《刁蠻公主》與《馴悍記》（下）

莎士比亞的作品一般分為三個時期，《馴悍記》是他最早期的作品之一，其中充溢着嬉戲歡樂的情調、明朗的色彩、精神勃勃的人物。那時候離開他那幾個巨大的悲劇的創作時間還很遠，他的才能還沒有發展到巔峰狀態，可是在《馴悍記》中已充份顯示了他天才的痕跡。在更早一些的《錯誤的喜劇》（*The Comedy of Errors*）中，主要之點還在情節的錯綜複雜，而《馴悍記》的人物卻活生生地突出來了。甚至那個毫不重要的補鍋匠史賴，也有他獨特而完整的性格。

有許多文學家讚揚這個戲的結構。約翰遜（Samuel Johnson）說，「這個劇本的兩個故事結合得這樣好，幾乎是合而為一了。由於有雙重的情節，看起來特別有興趣，但注意力也不會因不相關連的事件而分散。」赫茲列特（William Hazlitt）說，「《馴悍記》幾乎是莎士比亞喜劇中唯一有一個正常結構的戲。」

它的影響與意義

這個戲對後世戲劇的影響很大，像德國著名劇作家赫普曼（Gerhart Johann Robert Hauptmann）的《舒魯克和耶烏》（*Schluck und Jau*）就受到這戲很多的啟發。舒魯克和耶烏是兩個農民，一個貴族和他們開玩笑，使他們自以為是王子，後來玩笑開過，耶烏難以相信自己又是農民了。那時他說的一段話很有趣，也有意義，他說，「他只有一個肚皮，我也有一個肚皮，他有兩隻眼睛，我也有，難道他有六隻眼睛麼？王子和農民又有甚麼分別？」

現在要談到《馴悍記》的意義了。莎士比亞寫這個戲的用意是甚麼？關於這個戲的主題，不知道有多少文學批評家談論過，許多人提出了許多不同的意見。例如英國一位資產階級學者杜基埃（George Ian Duthie）提出了「秩序與無秩序說」，認為莎士比亞主張維持現存秩序，戲中的悍婦凱撒琳代表現秩序的破壞者，而更強的彼得羅奇歐則代表秩序的維護者。他說，丈夫與妻子之間的關係，在那時就是君主與臣民之間關係的象徵，最後妻子對丈夫投降，就是正常的統治關係得到了鞏固。我以為這種解釋是把莎士比亞的思想庸俗化了，如果他的傑作只有這樣膚淺的含義，那麼這位偉大的詩人也決不能成為偉大。

蘇聯的三種解釋

蘇聯著名研究莎士比亞的學者莫洛佐夫（Mikhail Mikhailovich Morozov）曾說，「莎士比亞的創作所環繞的中心是人類。在莎士比亞的劇本中，最值得我們研究的就是人類性格的多面性。我們在某個人物中發現的特徵愈多，我們也就愈接近真理。看起來似乎相互抵觸的各種不同的解釋，事實上是完全可以容許的……例如，哈姆雷特的性格，就在許多不同的解釋中都有正確的表現。」關於《馴悍記》，蘇聯三次的主要演出中就有三種不同的解釋。紅軍中央劇院的演出人保保夫（Aleksey Dmitriyevich Popov）認為，本劇是描寫兩個超出在他們所生活的鄙陋而胸襟狹窄的世界之上的人物。凱撒琳的潑悍其實是她意志堅強的反抗，彼得羅奇歐了解她遠比一般裝腔作勢的女人（如她的妹妹琵茵珈）高尚，所以愛上了她，在「以毒攻毒」的行動中，兩人互相了解了。在高爾基城的一次演出中，演出人考拉貝爾尼克認為本劇的要旨是外表與本質之間的對比，凱撒琳外表潑辣，其實心地善良，彼得羅奇歐外表粗鄙，其實品格高尚，以此類推。在羅斯托夫的演出中，演出人柴伐斯基把本劇解釋為一切人都在裝假，當凱撒琳和彼得羅奇歐彼此相愛而不再裝假時，他們在周圍虛偽的世界中成為兩個真正的人。

這三種解釋雖然各有不同，但有一點是共通的，那就是認為男女主角是高出當時令人窒息的中世紀黑暗社會之上的人。莎士比亞生活在一個經濟和社會變動得非常厲害的時代，封建社會的基礎開始受到新的資本主義關係的破壞，大批農民失卻土地而成為流氓乞丐，那是一個殘酷的時代。莎士比亞在本劇中開玩笑的方式嘲笑了當時世界的愚蠢和虛偽，描寫了一對性格奇特、玩世不恭的高尚人物。當時他對社會的罪惡觀察得還不深，所以本劇不像後來的《李爾王》（*King Lear*）那樣憤世嫉俗，只是對舊社會加以嘲弄。

人的意志

莎士比亞的時代正是「文藝復興」時期，這時候科學開始興起，中世紀的神學開始崩潰了，這時候的人們不再迷信宗教，要求人的解放，相信人的意志比上帝的意志更重要，哈姆雷特就稱人是「宇宙的精華、萬物的主宰」（一幕二場）。《馴悍記》的主旨之一也是強調人的意志的重要。赫茲列特也曾說，「本劇很可愛的顯示，自我意志怎樣只有對更強的意志才表示順服。」彼得羅奇歐的話中充份表示了這種意志堅強的氣概：「你們以為一點點的吵鬧就可以使我掩耳退卻麼？難道我不曾聽見過獅子的怒吼？」他說他聽見過海上的狂風怒濤、戰場上炮轟、天空的霹靂、萬馬的嘶奔、金鼓的雷鳴，對女人的口舌毫不在乎。

從太太的發脾氣聯想到獅子的怒吼，這和我國說河東獅子吼倒是一樣的。在我國文學中，描寫妻子之潑悍的，古往今來我以為無過於蒲松齡了。《聊齋誌異》中《馬介甫》那篇裏的潑婦，不但欺侮丈夫，連翁姑、小叔、丈夫的朋友都一起虐待，威風比凱撒琳大得多。蒲松齡的長篇小說《醒世姻緣》更以數十萬字的篇幅來描寫潑婦虐待丈夫的各種各樣方式，他的彈詞也有以潑婦為題材的。有人說，蒲松齡用各種文學體裁來表現這主題，而且寫得如此令人驚心動魄，一定是有感而發，說不定是夫子自道了。

是莎士比亞發牢騷麼？

我連帶想起，莎士比亞寫《馴悍記》，是不是也可能因為對他太太不滿而在作品中發一下牢騷呢？關於莎士比亞的婚姻生活，所知很少，一般只知道他太太名叫安妮·夏達威（Anne Hathaway），比他大八歲，他們結婚時莎士比亞十八歲，太太二十六歲。他們結婚結得很匆忙，可能那時他太太已經懷了孕。結婚不久生了一個孩子，後來又生了一對孿生子，莎士比亞二十一歲時即到倫敦。太太似乎始終沒有和他在倫敦共同生活。從這點僅有的資料看來，莎士比亞的家庭生活可能是不十分美滿的。他另一部喜劇《第十二夜》（*Twelfth Night*），二幕四場中有一段話，是公爵勸他的朋友與一個年紀輕些的姑娘結婚，他說我們男子雖然自稱自讚，事實上愛情容易消逝，如和一個比自己年輕的女人結婚，就不會產生這種悲劇。小泉八雲在東京大學的演講錄中，認為莎士比亞的私生活極好，他和別人一起玩樂，可是很有節制。假使作一個大膽的推想，說莎士比亞家庭生活的不幸福在文學生活上得到了補償，我想也不是沒有理由的。

好萊塢以前曾根據《馴悍記》拍過一部電影（一九二九），是菲賓氏（Douglas Fairbanks）和瑪麗・畢福（Mary Pickford）夫婦主演的，據說成績很不錯。這部《刁蠻公主》只採用了原作的一些情節，沒有深入的表現莎士比亞的含義，就戲劇的藝術性而言，是一種比較膚淺而庸俗的解釋。

一九五四年七月二十九日

漫談《王子復仇記》

好幾天前就收到一位讀者的來信，要我詳細談談《王子復仇記》（*Hamlet*, 1948）。他說，「我以前曾看過一遍，這次重映準備再去看一遍。希望你像談《凱撒大帝》（*Julius Caesar*, 1953）那樣，深入淺出的解釋一下。」但這部舊片重映，映期不多，我不能花太多的篇幅來詳談。而更重要的是，我所知有限，實在沒有資格來解釋莎翁這部偉大的作品。俄國的大思想家赫爾岑（Alexander Ivanovich Herzen）說，「要了解歌德和莎士比亞，你必須把你所有的才能都發揮出來，你必須熟悉生活，有過慘痛的經歷，並且體會過浮士德、哈姆雷特、奧塞洛的痛苦。」了解都不能，哪裏談得上解釋？就像和一位朋友聊天那樣，我在這裏把我所想到的隨便說一些吧。

登峰造極之作

一般認為，《哈姆雷特》（即電影《王子復仇記》所根據的原作）是莎士比亞最傑出的作品，在自古以來的全世界文學著作中，它與歌德的《浮士德》（*Faust*）並佔登峰造極的最榮譽地位。正因為它博大精深，所以也極難了解。小泉八雲敍述他閱讀這部戲劇的經驗說，他從小就能整段整段的背誦《哈姆雷特》，但數十年後每讀一次總發現新的意義。他叫學生每隔十年讀一次莎士比亞，因為一個人人生經驗愈豐富，就愈能懂得莎士比亞的偉大。

《哈姆雷特》中的許多句子，有許多早已成為我們的口頭語，例如「弱者，你的名字是女人！」那就是哈姆雷特責備他母親改嫁的名句（準確的譯法應該是「水性楊花啊，你的名字是女人！」但在我國不知怎樣一向沿襲誤譯為「弱者」）；又如《紅粉忠魂未了情》（一九五三）的原名 *From Here to Eternity*（從此處到永恆），是《哈姆雷特》中的句子；像「活着呢還是不活，這是問題」的獨白，許多學生都是會背誦的。然而關於這部作品的真正含義，幾百年來許許多多人寫文章討論闡述，卻是見仁見智，各有不同。俄國的大批評家伯林斯基（Vissarion Grigoryevich Belinsky）說：「如果你想說明莎士比亞每一個劇本中的優點，你就非得寫一大本書不可，並且即使寫成了，還是不能表達你想表達的百分之一，還是不能表達劇本的內容的百萬分之一。」

戲劇中的衝突

近一兩年來，蘇聯電影戲劇界關於戲劇中的所謂「無衝突論」曾有十分熱鬧的論爭，因為對這問題發生了興趣，我曾根據英國布萊特雷教授（Andrew Cecil Bradley）的分析，把「哈姆雷特」中的大小衝突，一條條的列舉出來。這部戲（影片與戲劇原作的結構是一樣的）開始是出現了鬼魂叫哈姆雷特復仇，觀眾的注意力一下子就被提起了，大家注意到這個基本衝突：王子的復仇是否能夠成功？

假使我們把趨向於復仇成功的事件稱為A，趨向於失敗的事件稱為B，那麼我們看到這戲中A與B在不斷的反覆衝突：哈姆雷特假裝因戀愛奧菲麗亞而發瘋，波羅尼斯馬上就相信了，這是A。下一場是國王對哈姆雷特的精神失常極為懷疑，不相信波羅尼斯的解釋，那是B。王子勝過了派來偵查他秘密的兩個人，計劃演戲（A）；他想到了自殺而作的獨白，他對奧菲麗亞說的話被人聽見了，國王決定送他到英國去（B）；演戲大成功，拆穿了國王的秘密（A）；王子在國王祈禱時沒有殺死他，後來誤殺波羅尼斯，使國王有充份藉口來放逐他（B）……一直到戲完為止，這樣互相激盪的事件緊緊的抓住了觀眾的心。成功，失敗，成功，失敗，……這兩種因素激烈地衝突，直到悲劇的頂點。

哈姆雷特的性格

有人問：哈姆雷特為甚麼不爽爽快快的殺死國王替他父親復仇？那麼他自己就可做丹麥國王而與奧菲麗亞結婚了。這部戲裏死了八個人，似乎是毫無必要的。這原因，完全在於哈姆雷特的性格。對這部作品後世所以有這許多不同的意見，基本上也是因為對哈姆雷特性格的理解不同所致。

有些人的說法十分荒唐：一位學者說，哈姆雷特是個扮成王子的女子，「她」愛着霍拉旭，所以對奧菲麗亞這樣兇；又有一派的人說，哈姆雷特覬覦王位，那個鬼魂是他叫人假扮的。這些荒唐的說法不談，比較正式的意見有下列幾種：（一）外界的困難使哈姆雷特無法達到目的，以致發瘋；（二）他的主要困難產生於他的內心，他的良心與道德觀使他失敗；（三）他志大才疏，用歌德的比擬來說，好像一棵橡樹在一隻寶貴的瓶裏生長，終於把瓶脹裂；（四）他想得太多、行動太少，毛病在於優柔寡斷。舒萊格爾（August Wilhelm von Schlegal）和柯爾立治（Samuel Taylor Coleridge）都是這種說法的主張者，屠格涅夫（Ivan Turgenev）和伯林斯基也大致同意這種說法；（五）由於他性格中憂鬱的特性。那是布萊特雷教授的主張。

悲天憫人的先進人物

就我個人而言，我比較同意英國戲劇家哈萊・葛蘭維伯克、蘇聯學者莫洛佐夫（Mikhail Mikhailovich Morozov）等人的解釋。他們認為，莎士比亞的時代中充滿了苦難和不合理，莎氏筆下的哈姆雷特是一個熱情的人道主義者，他眼見周圍的虛偽和卑劣，幻想着公正的社會關係，同時又深深為自己無力實現這幻想而苦惱，而焦慮不安，而厭恨自己。他熱愛人，稱人是「宇宙的精華，萬物的主宰」。可是在那個黑暗的社會中，人是那麼不幸，於是悲天憫人的哈姆雷特體會到了最深刻的痛苦，就如劇中所說，他是「那廣大世界中先知的靈魂，夢想着將來的事物」。

在英國戲劇界，羅蘭士・奧理花（Laurence Olivier）與尊・吉爾格德（John Gielgud，在《凱撒大帝》〔*Julius Caesar*, 1953〕中飾凱修斯）是演哈姆雷特的雙璧。在香港可以買到尊・吉爾格德全套《哈姆雷特》的唱片，讀者們如有興趣，可去買來與影片中羅蘭士・奧理花唸詞的風格比較一下。在我自己，我比較喜歡尊・吉爾格德，我覺得他的話中感情更為豐富深刻，吐露了一個更廣大的靈魂的痛苦。

一九五四年九月十日

悲天憫人的先進者

——再談《王子復仇記》

十天前，一位讀者寫信給我說，「你在〈漫談《王子復仇記》〉那篇「影談」中說，哈姆雷特是一個悲天憫人的先進人物，我在看了電影之後，對你這幾句話仍舊不大了解，希望你能在報上答覆我。」乘着這部影片重映的機會，我把我的意見試着再說得詳細些清楚些。

我們都同意，每部文學作品總多多少少反映着當時的時代背景與作者個人的思想。莎士比亞對當時英國社會的不滿與憤慨，深刻地反映在《哈姆雷特》這部偉大的戲劇裏。戲裏的丹麥處在黑暗的中世紀之中，統治着社會的人們是殘酷而愚蠢的，哈姆雷特的認識卻遠遠超在他們之上，所以戲中說他是「那廣大世界中先知的靈魂，夢想着將來的事物」。

中世紀思想與哈姆雷特先進的人文主義思想之間的不同，簡單來說有這些：

當時的統治者重視「神」，而哈姆雷特重視「人」。他稱人是「宇宙的精華，萬物的主宰」。他這樣讚美人：「一個人真是一種傑作！理性多麼高貴！才能多麼無限！形體與行動是多麼表情豐富而可愛！動作多麼像一個天使！了解力多麼像一個神道！」所以，他對他四周的人都充滿了熱愛。他談到他父親時的崇敬真教人感動。他對朋友霍拉旭、對愛人奧菲麗亞，全都是這樣深切的愛着。

由於對美好與善良的強烈的愛，也產生了對醜惡與奸邪的強烈的恨。他痛恨國王的酗酒，厭惡他母親的不貞，對她的淺薄感到極大的驚怒，他輕視一切虛妄的東西、一切徒有外表的東西。

哈姆雷特具有相當強烈的民主思想。在談到地位、階級，或財富的時候，他總是表示不耐煩。霍拉旭稱他父親是一個「好國王」，他的回答中卻強調了「人」，說：「他是一個人」。他是王子，但把霍拉旭當作朋友，不喜歡聽到是他「僕人」的話。當他的下屬說到他們對他的「職責」時，他答道，「那是你們對我的愛，就如我對你們的愛一樣。」他與卑微的演員們談話的時候，態度與對朝中大臣們談話一模一樣。他認為，國王與乞丐都是人，重要的分別是他們作為一個人的價值，而不在於階級地位。

他是一個學生，進了大學，與大學裏的一些自由思想者結成了朋友。他對於一切傳統的觀念都存着懷疑的態度，他對思想的力量十分重視，努力的探索着人生的意義，決不盲目接受所有當時的人都認為是理所當然的道理。

這種認識與見解當然是遠遠超出他所生存的時代之上的。他熱愛人類，他的洞察力使他清楚地看到當時社會中的不幸，可是他的能力卻又不能使他改進這種黑暗的狀態，於是這個胸襟廣博的人深深地痛苦了。我覺得，哈姆雷特的痛苦與我國大詩人屈原的痛苦，在某些地方是極為相似的。

一九五四年九月二十二日

巧妙的卑劣

——談《春宵苦短》

壞人有兩種，一種表面上溫文爾雅，和藹可親；另一種滿臉橫肉，殺氣騰騰。大家都知道，前一種人更壞得厲害，因為別人對他不加提防。壞電影也有兩種，像《水深火熱》（*Hell and High Water*, 1954）、《夜行人》（*Night People*, 1954）之類，誰都不會相信它的故事，所以也不大會有人去接受它所傳播的壞思想；另外一種可巧妙了，它的壞處很高明地隱藏在一個動人的形式下面，它叫人感動，叫人喜歡它的故事，在不知不覺中同意它的主題思想。《春宵苦短》（*So Little Time*, 1952）就是這樣一部影片。它講音樂、講鄉愁、講天真純潔的愛情，讚美一點兒人性，反對一點兒戰爭，導演甘頓．班聶（Compton Bennett，《七重心》〔*The Seventh Veil*, 1945〕、《所羅門王寶藏》〔*King Solomon's Mines*, 1951〕）把戲處理得很美，然而它的主題卻是最最醜惡的——歌頌納粹軍人，替法西斯的暴行辯護。

我越看到後來反感越強。這部影片真像一個漂亮的壞女人，這樣美，可這樣壞！

主角馬利奧．歌靈（Marius Goring，在《紅菱艷》〔*The Red Shoes*, 1948〕中飾作曲家）在本片中演一個德國納粹軍隊的上校。從他的話中推想，他出身於東普魯士「容克」（Junker）地主的軍人世家，因為他對他愛人說，他家裏在波羅的海沿岸，「那裏的海水比全世界任何地方更藍」，他家裏有一個堡壘，他小時候有保母照顧他。這一個階級的人，正是德國軍國主義的搖籃，是狂熱支持希特勒政權的。影片把這個人描寫為一個英雄。

他是比利時一個城市中的佔領軍司令，槍殺了許多愛國的比利時人。但是觀眾如果不對第二次世界大戰的性質有所認識，一定會同情這個殺人兇手。因為在影片裏，他顯得善良而有教養。德軍司令部駐在一個比利時人家裏，這家人家的父親是被這個上校下令槍殺的，可是女兒卻愛上了德國上校。

電影對於他們的愛情用充份同情的態度來描寫。上校四十五歲了，比利時少女妮高只有二十歲，但他們發展了真誠的愛情。上校是個優秀的鋼琴家，使那愛好音樂的少女鋼琴技術迅速進步。上校帶她去聽莫扎特的歌劇《費加羅的婚禮》（*Figaro*），叫軍醫來替她媽媽醫病，發還她的房產，送錢給她家裏，請她吃戰時所能得到的最好東西。最後少女為上校而死，上校為她殉情自殺。

破壞他們愛情的是誰呢？是比利時的地下工作者，他們脅迫妮高出賣上校，最後又打死了妮高。電影把納粹軍人描寫為仁俠高尚的人物，而比利時愛國青年則有的是妒忌而幼稚（如傑拉），有的是狠毒而卑鄙（如菲力普）。電影認為藝術和愛情是最重要的東西，當愛情和愛國思想衝突的時候，人們應該去愛殺父仇人，應當忠於國家的敵人。

據這部電影是根據法文小說《我不是一個女英雄》（*Je ne suis pas une héroïne*）拍攝的。那個少女當然不是一個女英雄，我覺得她這樣無知，固然有點可憐，但畢竟很可恥。這部影片的思想和《隆美爾傳》（*The Desert Fox*, 1951）完全一樣，只是更加巧妙，也更加可恥些。

一九五四年十月二十二日

偏狹自私的愛情

——談《金色夜叉》

最近一位朋友和我談到狄更斯（Charles Dickens）的《雙城記》（*A Tale of Two Cities*）的故事。小說裏的男主角卡當深深的愛着露西亞，可是露西亞嫁給了達奈。達奈後來被處死刑，卡當為了愛人的幸福，自己去代達奈受刑。狄更斯對法國大革命的觀點並不很對，然而他所描寫的這個偉大的戀愛故事，卻始終感動着全世界青年男女的心。就是這位朋友，在看了《金色夜叉》（*Golden Demon*, 1954）之後說，「那日本男人多野蠻！」這部日本影片裏所描寫的，是一種偏狹自私的感情，和《雙城記》中所寫的恰恰相反。那正是對於愛情的兩種不同的態度。

在東京帝國大學講學多年的小泉八雲曾講到兩個問題：「日本人在研究西洋文學時最感困難的是甚麼？」「最崇高的藝術是甚麼？」在看這部日本影片的時候，想到他的意見是很有趣味的。對於前一個問題，他認為最困難的是不能了解歐洲人對婦女的尊重，對於後一個問題，他認為最崇高的藝術是使人在接觸這藝術作品之後，道德提高了一步，品格高尚了一些。這部《金色夜叉》的藝術風格和思想感情都是日本式的，我並不是說它代表着日本人民大眾的思想情感，而是一種與日本武士道思想結合得很密切的思想情感：輕視婦女、男性的傲慢、對愛情的極端自私。它激動觀眾原始性的衝動而不是使觀眾更高尚一些。

一對青年戀人熱戀着，後來女人被父母逼迫而嫁給一個富家子弟，她愛人知道這消息後，在月下的海灘上發作了野獸的狂怒。他失去了戀人，男性的自尊受到了打擊，於是罵她、推她、踢她。他此後變成一個壞人，去做盤剝重利的高利貸者，對戀人的懺悔一直不肯寬恕。我很能了解他這種發狂般的激烈感情，但對他的行為一點也不能原諒。當時我想，如果真的不能控制自己，就跳到海裏去吧，為甚麼竟能踢你熱烈地愛着的人呢？

一般愛情中一定混雜着自私和妒忌的成份，只有高尚偉大的人，才能真正為愛人的幸福着想而不想到自己。我們或許做不到這樣好，但總要向着這方向努力。一件優秀的藝術作品應當鼓勵人們克制自己野蠻的卑劣的衝動。我看這部影片時心裏一直很難受，想到在日本那個島國中，有那樣多狂熱的激烈的性格，又有那麼多的不幸。

彩色是日本式的美，就像是一幅幅日本畫。濃艷，然而纖細。導演在場次的接續上常常用彩色明艷的物件的特寫來開始，一缸金魚，一隻彩紙摺的鳥，這很好看，但並不自然。有幾個片段很有詩意：男主角向他戀人讀情書，她害羞地把頭靠在桌上聽；投水時片外發聲的朗誦詩句；湖畔水汽的攝影……都很美。

這部影片達到了一定的藝術水準，對激烈的感情的刻劃也相當真實，只是這種感情的對不對，它並沒有表示意見。在我，我認為是不對的！

一九五四年十一月十一日

看《梁山伯與祝英台》

在我故鄉杭州一帶，有一種黑色的身上有花紋的大蝴蝶。這種蝴蝶飛翔的時候一定成雙成對，沒有一刻分離。在我們故鄉，就叫這種蝴蝶做「梁山伯」、「祝英台」。這種蝴蝶雌雄之間的感情真是好到不能再好的地步，小孩子如果捉住了一隻，另外一隻一定在他手邊繞來繞去，無論怎樣也趕它不走。大概在我六七歲的時候，家裏人看着這對在花間雙雙飛舞的美麗的蝴蝶，給我講了梁祝的故事。這是我第一次知道世間有哀傷和不幸。

世界各國都有許多關於愛情的美麗傳說，但我以為，沒有一個比梁祝的故事更動人。前天在國泰戲院看了影片的試映，我覺得，世界上有許多美麗的電影，但沒有一部比這部更讓我感動。

電影本身的美麗是一個原因，此外還有許多心理上的因素。作為一個中國人，對於這種親切的誠摯的中國故事，作為一個青年人，對於其中所描寫的真誠的熱烈的愛情，都不能不有深深的感受。我在看電影之前，已經知道這是部好電影，但決想不到有這樣好！

我以前曾好幾次看過越劇的《梁祝》，這次電影的改編我以為比那些舞台表演更精煉，也更美麗。許多粗俗的地方都刪去了，梁祝這兩個人的性格顯得更加可愛了。

在從前的社會裏，是有那麼多的不幸，那麼深的哀痛！一對青年男女互相深深愛着，外界醜惡的力量卻阻止他們的結合。但真誠的愛情自有巨大的力量，它能衝破一切障礙，在人們心底，這種愛情甚至能衝破生死的界限。這故事所以流傳得這樣廣，所以流傳得這樣長久，我想因為它表達了許許多多青年男女心中的願望和苦惱。作為一個男人，誰不愛那個勇敢、聰明、堅貞而又熱烈的祝英台？作為一個女人，誰不愛那個忠厚、誠實、愛情專一的梁山伯？

有人說，《梁祝》是中國的《羅密歐與朱麗葉》（*Romeo and Juliet*），我和好幾位朋友在看了這部影片後都說，《梁祝》比《羅密歐與朱麗葉》更好。我不是說《梁祝》的劇本比莎士比亞的詩篇更好，我是以為，梁山伯比羅密歐可愛，祝英台至少與朱麗葉不相上下，而就故事結構說，也是《梁祝》更為動人。單是這個比較或許就值得寫一篇很長的文章。

在看電影的時候，許多人都流了眼淚，包括我自己在內。在《十八相送》的時候，我已經感到心頭的酸楚了。歌劇的節奏本來比較緩慢，能這樣強烈地打動人心，實在是電影史上的一個大傑作。

看了這部電影，你怎能不想到生命是如此可愛？怎能不更加珍惜那許許多多你所愛的人們？如果我現在有甚麼遺憾，那就是許多人要在一星期後才能看到這部電影，我多希望他們馬上就能看到啊！

一九五四年十二月八日

談《梁祝》與《鑄情》

兩個多月前看了意大利片《鑄情》（*Romeo and Juliet*, 1954），雖然這部影片不能說不好，但比我所希望的卻差得多，這次看《梁祝》（一九五四），則出乎意料的好。外國人看了這部電影，都說是中國的《羅密歐與朱麗葉》，如果拿電影來相比較，那麼《鑄情》是遠遠不及《梁祝》的。至於談到故事，不能說誰好誰壞，兩個都是流傳很久的民間故事，歌頌了純潔的愛情的力量，反抗着封建的黑暗勢力。《鑄情》因為經過莎士比亞天才的筆觸，想像力更為豐富，文辭更為華贍，《梁祝》的民間氣息比較濃厚。作為現代的中國人，我是更加喜歡《梁祝》。

我以為《梁祝》所反抗的整個封建勢力，這比《鑄情》所反對的兩家世仇更為全面，更加廣泛。當然，兩家世仇是封建統治的一種形式，反對了一個也就是反對了另一個，但總不及《梁祝》那樣直接。《梁祝》的結局是化蝶，是反抗者在死亡中得到勝利，他們與封建勢力是鬥爭到底、至死不屈。《鑄情》的結局是蒙太古與凱布兩族族長的攜手，消滅了世仇。封建統治與反抗者至少在表面上是暫時得到了調和和妥協。

《鑄情》中的悲劇的基本原因當然是封建壓迫，但其中充滿了偶然因素，只要有一個偶然因素不發生（例如送信的神父不因疫病而被阻、羅密歐遲幾個鐘頭得到朱麗葉的死訊、朱麗葉早一點在羅密歐服毒之前醒來），那麼這個悲劇都可以阻止。但《梁祝》的悲劇卻與偶然因素無關，在祝公遠心目中，貧窮的梁山伯決不能做自己女婿。因為這是一個自始就注定了的悲劇，所以和所有反對封建的人的心靈就更為息息相通。

在上一篇「影談」中，我曾說梁山伯比羅密歐好。為甚麼呢？我覺得梁山伯穩重、誠實、愛情專一，是中國人理想的男人。羅密歐熱情、衝動、在愛情中似乎在發瘋，他先為羅撒琳發瘋，羅撒琳不理他，他又去為朱麗葉發瘋，這種人大概是熱情的意大利人的理想情人。在《梁祝》中，兩個人因為志同道合，同學三年，互相欽佩了解之後才相愛，羅密歐和朱麗葉卻是一見鍾情，四隻眼睛一相會兩個人都發了狂。我不是武斷這種愛情一定不好，但在中國人看來，梁祝的愛情無疑是要合理得多。

在莎士比亞筆下，朱麗葉的品格似乎比羅密歐要高一點，她從一個天真的小姑娘發展成為一個勇敢的女人。梁祝兩較，我覺得似乎也是祝英台的性格更為突出。當時沒有女人出門讀書，她竟敢女扮男裝出外求學；在愛情上，女人一向處於被動，但她勇敢地託師母做媒，勇敢地向愛人表達情愫。這種事情對於現代的女性或許都不是很容易的，在從前，那是更加難了。

《梁祝》中的《十八相送》與《鑄情》陽台上分別那一場的纏綿悱惻也各有千秋，不過中國人還是喜歡《梁祝》中那樣一切表現得含蓄些。

一九五四年十二月十五日

《梁祝》的《十八相送》

「三載同窗情如海，山伯難捨祝英台，相依相伴送下山，又向錢塘道上來。」這四句合唱引出了一個教人心中又感到喜悅又感到難受的情境：兩個感情非常深厚的人要分別了，以前曾有過長期甜蜜的共同生活，現在相聚在一起的時間只有目前這一點點，他們又到了從前第一次相遇的地方。那是春天，漫山遍野的青草，一路上桃花夾着楊柳，暖暖的風中全是花的氣息，即使是慢慢的走，也終於走到了錢塘江邊。「陽春二三月，草與水同色。」過了江就是浙東，送人送到江邊總不能再過去了。

複雜的心情

梁山伯只是惋惜和一位好朋友的分離。祝英台的感情卻複雜得多了。她已經請師母做過媒，要分別的不但是好朋友，而且是戀人。同時她心中又充滿着幸福的感覺，對愛情有着充份的信念。她希望自己的愛人也能體會到這種心情，所以一次又一次的向他暗示。梁山伯不懂，她心中並不着急，因為他回去遇到師母後反正是會知道的，但她心中仍舊存在着矛盾：希望愛人了解自己的心情，但又害羞，不好意思當面明說。最好是梁山伯自己知道了，用同樣溫柔甜蜜的感情來回答她，可是，他終於不知道。怎麼辦呢？

越劇的《十八相送》的重點在刻劃祝英台的心理。川劇《柳蔭記》的《山伯送行》處理方法稍有不同，事先沒有「託媒」一場，所以祝英台必須在分別之前讓梁山伯知道自己的心事，這樣，送行中的各種比喻有了更強的戲劇性，因為梁山伯如果不懂，那就會影響到兩人的終身幸福。我覺得這兩種方式各有所長，川劇的戲劇性比較強烈，觀眾看到梁山伯不懂時心中很着急。看這部影片時，我們並不着急，但更多的感受到祝英台那種一往情深、又喜又愛的心情。

三個段落

影片這段《十八相送》分成好幾個段落，情感一步一步的向前發展。祝英台首先用樵夫的比喻提到一般性的夫妻關係，再用牡丹的比喻暗示梁和自己的關係，梁不懂，必須說得更直接一點：「英台若是紅妝女，梁兄願不願配鴛鴦？」這次明顯的提出了問題，但梁用「可惜你，英台不是女紅妝」一句話輕輕推掉了。祝英台於是說他呆得像鵝，梁山伯假裝惱了，祝英台賠禮，這是第一個段落。

第二個段落感情上又進了一步，過獨木橋時祝說「你我好比牛郎織女渡鵲橋」，在井中照影時說「一男一女笑盈盈」。這時祝英台一方面是向梁暗示，同時自己是深深的沉浸在戀愛的幸福裏，在困難中（不敢過獨木橋）有心愛的人相扶助，在寧靜中（井中照影）和心愛的人共享受，還有比這更甜美的嗎？她的感情提到了這一步，所以接着有在觀音堂中同拜堂那樣情不自禁的表示。對於這樣熱烈奔放的感情，梁山伯回答的是罵她太荒唐，祝英台又氣又好笑，將他比作一頭牛。梁山伯第二次生氣，祝英台第二次賠禮。求他相送，這並不是第一次生氣的單純重複，而是在一個發展到更強烈的心情下所產生的事情。

相送到了長亭，兩人就要分別了。祝英台一方面不捨得戀人的別離，又感到自己心事還沒有為戀人所了解，終於用一種間接的方法和梁訂了婚約。在她那種心情下，這是再巧妙不過的辦法，既吐露了愛情、有了誓約，同時也不會羞窘。到最後「萬望你梁兄早點來」成為這一場戲的高潮，也是祝英台情感的高潮。

動人的表演

袁雪芬在影片中把祝英台這種激烈的情緒衝突、細緻的心理層次極動人的表演了出來。我們看到這個少女愛得既勇敢熱烈，可是又聰明而理智，一點不失身份。深情處真是風月情懷，醉人如酒，含蓄處又是不着一字，盡得風流。

這場戲並不長，然而不但刻劃了祝英台這樣複雜的心情，也突出的描寫了梁山伯忠厚誠實的個性。我們可以想像，當兩人同窗共讀時，梁山伯可能會發一點戇直的脾氣，祝英台有時會理智地責備他，有時會溫柔地向他求告。這場戲是《梁祝》（一九五四）從喜劇變為悲劇的轉折點，結束了這對戀人以往的一切喜樂，展開了今後的痛苦。

女扮男裝之類

在封建社會中，婦女沒有社會地位，沒有戀愛和婚姻自由，有許多小說和戲劇因此都描寫女人改扮男裝而創立事業、和愛人成就眷屬的故事，但這些作品大都浮誇或惡俗，如《三門街》、《再生緣》、

《筆生花》、《蘭花夢》等等所寫的女主角都遠不及祝英台的真純可愛。莎士比亞《威尼斯商人》（*The Merchant of Venice*）中那個女扮男裝救助了未婚夫又戲弄了他的波細霞，在聰明風趣這一點上或許可和祝英台比擬，但對愛情的深摯和對封建社會宣戰的勇氣卻不能相提並論了。

一九五四年十二月三十一日

民間文學和《梁祝》

《梁山伯與祝英台》（一九五四）在國泰、景星、仙樂等院連映了一百多天之後，在新舞台、金陵、金華等戲院連映，仍舊是連日滿座，在香港電影史上，確實是空前的了。

為甚麼觀眾這麼喜歡這部影片呢？我們在這裏已談過很多，重要原因之一，是它吸收和承繼了我國多彩多姿的民間傳說和民間藝術。

梁祝的故事是我國流傳最悠久和傳播最廣泛的民間傳說之一。據說故事發生在東晉，但至遲到隋唐之際，這個故事大概在人民大眾間已有深入的流佈。宋詞中有《祝英台近》的詞調，宋代的典籍上已有關於這故事的正式記載。

元曲裏白樸有一本以梁祝故事為題材的劇本，這劇本叫做《馬好兒不遇呂洞賓，祝英台死嫁梁山伯》。這部元代的雜劇現在已經失傳，所以不知道它內容如何，有些傳說中說梁山伯所以不近人情地不了解祝英台許多挑逗和暗示，是因為太白金星從中阻撓，這部元曲裏的呂洞賓，可能就是和太白金星同一類的人物。

明人的短篇平話集《古今小說》（馮夢龍所纂輯）中，曾提到祝英台的故事，情節和後來傳說無多大出入，表現了封建社會對一個女子所加的束縛。那篇故事最後有四句詩：「三載書幃共起眠，活姻緣作死姻緣，非關山伯無分曉，還是英台志節堅。」

明代的戲曲選本中有三部都稱為《同窗記》的關於梁祝的戲，這三個曲本講的都是梁祝故事中最精彩的《十八相送》。第一個題作《英伯相送回家》的徽池調，內容最為質樸真率，保存着最多的民間氣息。這裏引幾段其中的唱詞：「（旦）哥哥送我到牆頭，牆內有樹好石榴，本待摘與哥哥吃，只恐知味又來偷。（生）來到此間，乃是井邊。（旦）哥哥送我到井東，井中照見好顏容，有緣千里能相會，無緣對面不相逢。……哥哥送別轉書堂，說起教人淚汪汪，你今若知心下事，強如做個狀元郎。」

另一齣弋腔[4]經過文人重寫，因此失去了很多民間文學中牧歌般的風采，如送別一段中有這樣的話：「那是白鶴立松陰，對對齊鳴，哥哥，聲相似也，色相同也，雌雄誰是任君評？兩個毛色一般樣，難認其真。徐步通牆陰，榴熟堪羡，其中滋味值千金。」

那一齣崑腔卻完全是掉書袋，用典故。民間故事中想像豐富的比喻，初戀少女的心理情懷，在這戲裏蕩然無存。戲中的祝英台說：「空有仙姬，哪有阮郎劉晨……桃源迷失仙境，鵲橋未駕，銀河影橫，空懸織女星。」生動的感情在這裏是完全僵死了。

《梁祝》彩色片的唱詞，有許多地方看得出和明代選本中的徽池調是一脈相傳的，那也就是說它承繼了我國民間文藝中最好的傳統，使迂腐的士大夫文學不能破壞這故事的光彩。

一九五五年四月二十日

[4]一種戲曲聲腔。——編者按

珍・茜蒙斯和狄更斯

——談《孤星血淚》

有一位朋友最近從歐洲回來，談到歐洲各國電影界的情形，說到英國時，他說有四部英國片將要配了國語在中國內地各地放映。這四部影片是《無情海》（*The Cruel Sea*, 1953）、《苦海孤雛》（*Oliver Twist*, 1948），與正在這裏上映的《奇人玩世記》（*The Pickwick Papers*, 1952）與《孤星血淚》（*Great Expectations*, 1946）。這四部片子中除《無情海》是以第二次世界大戰時的海戰為背景外，其餘三部都是根據英國小說家狄更斯（Charles Dickens）的名著改編的。前些時候看到一個消息，說《奇人玩世記》與珍・茜蒙絲（Jean Simmons）主演的《南海天堂》（*The Blue Lagoon*, 1949）兩部英國片在蘇聯放映，很受歡迎。珍・茜蒙絲是我很歡喜的女演員，她的影片我幾乎是無片不看，即使她最近演的一部西部片《綠野春濃》（*A Bullet is Waiting*, 1954）我也喜歡；狄更斯是我最喜愛的作家之一，他那許多小說我大概讀過一半，最近還準備再讀幾本。聽到與這兩個人有關的幾部電影在這樣廣大的地區中放映，我很覺得高興。

在《孤星血淚》中，珍・茜蒙絲飾演年輕時候的絲蒂拉，那時候她還只有十六歲。她第一次上銀幕是在《給我們月亮》（*Give Us the Moon*, 1944）這部影片中，後來在《璇宮艷后》（*Caesar and Cleopatra*, 1945）等片中做過配角，在《孤星血淚》中她第一次擔任重要角色，雖然戲不多，但使觀眾印象很深刻，我以為比演大了的絲蒂拉的華麗莉・何信（Valerie Hobson）要好得多。

在本片中，絲蒂拉是一個性情古怪的女孩。用主角皮普的話來說，「我覺得她很驕傲，非常漂亮，很愛欺侮人。」皮普受她諷刺、侮辱、冷待，甚至打耳光，可是不自禁的深深愛上了她。皮普有一次與一個小孩打架，打勝了，絲蒂拉很高興，對他說，「如果你願意，你可以吻我！」皮普在她面頰上吻了一下。就是在這小女孩面頰上的這個吻，皮普終身就擺脫不了對她的愛情。有時候，她實在欺侮得他太厲害，他哭着離開她的家，她送他到門口，還要譏諷他幾句。然而皮普對她始終一往情深。電影描寫這對小情人的感情十分動人。

狄更斯對人世間的苦難懷着極深厚的同情，他描寫下層社會中許多淳樸善良的人的真情，使讀者直接能感受到這些人溫暖的熱愛。他許多作品中都敍述一個誠厚的男人對一個女人深刻的愛情，像在《雙城記》（*A Tales of Two Cities*）、《塊肉餘生述》（*David Copperfield*）、《老古董店》（*The Old Curiosity Shop*）等小說中，都有類似本片中所描寫的那種感情，對人類的愛使他成為不朽的大作家。

本片是英國二次大戰之後電影開始崛起的代表作，導演大衛·連（David Lean）很有才能，《苦海孤雛》和《相見恨晚》（*Brief Encounter*, 1945）這兩部出名的影片都是他的作品。他近作《一飛沖天》（*The Sound Barrier*, 1952）也得到極高的評價。

本片中有許多地方沒有交代得很清楚，例如那個罪犯亞保·馬格魏區為甚麼和人結仇、為甚麼犯罪、他怎樣受到社會迫害等等，都不及原作中描寫得深刻。但我們已可體會到，這個善良的人如何在一個不公平的社會中遭遇到不幸，我們已接觸到了狄更斯深厚的心胸。

一九五五年一月十四日

風格清新的佳片

——談《夷狄情仇》

在目前上映的所有西片中，以本片最好。如就美國片來說，可能是最近半年來我還沒有見過比它更有詩意、更有價值的作品。

你一定看過許多和印第安人有關的影片。最惡劣的，是把印第安人描寫為好殺的蠻人，比較好的，是說印第安人還不錯，不過白人比他們更好。你恐怕還沒有看過一部完全描寫印第安人生活的影片。這部《夷狄情仇》（*Hiawatha*, 1952）中所有的角色全部是印第安人，沒有一個白人。它不但風格清新，有很濃冽甘美的詩意，更重要的，它宣揚一種極好的主題：和平。

這是根據美國大詩人朗費洛（Henry Wadsworth Longfellow）的長詩《喜亞活達》（*The Song of Hiawatha*）改編的，編劇吸取了這位詩人作品中的精華，寫成了一個很精彩的劇本。

在上一個世紀中，朗費洛曾受到許許多多人熱烈的喜愛，美國的詩人在國外恐怕沒有另一個人比他更受人歡迎。在倫敦西敏寺教堂的「詩人角」（Poets' Corner）中，有他的一個胸像放着，美國詩人中只有他才有這種榮譽。近數十年來，他過份甜美、過份溫雅的風格喜愛的人比較少了，批評家們覺得他思想不夠深刻，感情不夠熱烈。朗費洛不是真正第一流的大詩人，那沒有問題，但任何接觸過英文詩歌的青年人恐怕沒有一個不曾經喜歡過他。因為他的詩淺近、親切，而且充滿着青年人的朝氣和理想。許多人在英文教科書上讀到過他的《生命讚歌》（*A Psalm of Life*），記得他的話：「生命短促，藝術悠長！」他的短詩有很多又甜美又哀傷，我常常想到他的一節詩：「常常是這樣，啊常常是這樣，我真願那退去的潮水，會把我托在他的胸上，把我帶入那廣闊的廣闊的海洋。」

「喜亞活達」是一個印第安人英雄的名字，在朗費洛的長詩中，他有點半神半人的性質，替族人做了許多神奇的事。電影保留詩中所有的主要人物，他的父親、外祖母、妻子，但重點放在各族的和平上。喜亞活達反抗傳統，娶了敵對部落中的女兒做妻子，他和主張戰爭的人鬥爭，終於使三個連年互相殘殺的部落之間達成了光榮的和平。

影片處理得很真誠、很純樸，和那些印第安人的生活和性格很調和。我們在電影中看到，他們絕對誠實，相信對方所說的一切話。在戀愛中，他們的感情是這樣單純，然而是這樣的美麗。他們不用多說一句話，多做一個不必要的表情，就把自己的心意表達給對方知道，也了解了對方的感情。

拍攝這部影片的 Monogram 公司是一個小公司，製片人華爾特·米里殊（Walter Mirisch）是一個三十多歲的青年人，男女主角都是毫不知名的人，導演紐曼（Kurt Neumann）以往經常導泰山片一類的二流影片，但因為在這部影片裏，他們有一個真誠的目標，要表達印第安人的真正生活，要表達各族人民和平相處的理想，所以拍成了這樣一部很令人滿意的電影。

中文片名譯得很惡劣，這表示譯者根本不了解這部影片的意義。

一九五五年二月六日

一代藝人的悲劇

——談《戲國王子》

到百老匯去看這部《戲國王子》（*Prince of Players*, 1955）的時候，遇到了好幾位戲劇電影界的人，看完後大家都覺得滿意，因為影片中講的是戲人的故事，同時故事好，演得也好。

所謂「戲國王子」，指的是美國著名的演員愛榮・布斯（Edwin Thomas Booth），他是十九世紀演莎士比亞角色的傑出演員。愛榮・布斯出身梨園世家，他父親朱納斯・布斯（Junius Brutus Booth）是英國人，在倫敦舞台上與當時最偉大的莎劇演員愛德蒙・凱恩（Edmund Kean）齊名，到美國後在各處演出也都很成功。就像影片中所表現的，朱納斯後來因病而讓兒子代演《李察三世》（*Richard III*）的角色，愛榮就此一舉成名。

愛榮最擅長的是莎士比亞劇中的悲劇角色，如哈姆雷特、奧塞洛、伊阿果、李爾王、馬克白斯、布魯特斯、李察三世等。在他三十二歲的時候，演《王子復仇記》（*Hamlet*）連演四個多月，共一百多場。影片中只出現了他弟弟約翰（John Wilkes Booth），其實他哥哥朱納斯（Junius Brutus Booth Jr.）也是演員，他們兄弟三人曾在紐約同台合演《凱撒大將》（*Julius Caesar*），是戲劇史上一個令人難忘的場面。大概編導者為了不讓比他大十二歲的哥哥在影片中出現，所以沒有利用這個很有戲劇性的事件。

愛榮・布斯曾到澳洲、英國、德國等地演出，都得到盛大歡迎。他為人慷慨，曾把自己的房屋捐出來作為「演員俱樂部」。他一生享譽極隆，在逝世（六十歲）之前兩年，還在演《王子復仇記》，在演劇上有真正的天才，可是他的生活中充滿了悲劇性的事件。電影中表現他年輕的妻子的逝世，是很令人感動的。

電影從愛榮的童年生活開始，描寫了他初演《李察三世》時的成功，他父親和妻子的死亡，弟弟的行刺林肯（Abraham Lincoln），直到他再演《王子復仇記》為止。所敍述的事件大致都符合歷史事蹟，約翰・布斯在福特戲院刺殺林肯和後來他在馬房中斃命的情形，都和我們在歷史書上所讀到的一樣。影片同情北方解放奴隸的主張，把南方所發動的戰爭稱為「叛國行為」，那是很合理的。

李察・波頓（Richard Burton）曾在英國舞台上演過莎劇，他在影片中飾演愛榮，不論在舞台上和舞台下都好，我以為最好的是演《李察三世》那幾段表演。瑪芝・麥克瑪拉（Maggie McNamara）飾演他的妻子，兩人對唸《羅密歐與朱麗葉》（*Romeo and Juliet*）那一段著名的「陽台對話」時，顯得很僵，但後來演一個楚楚可憐的深情的妻子，演得既溫柔又堅決。尊・德勒（John Derek）演行刺林肯的約翰，李門・馬西（Raymond Massey）演朱納斯，都讓人滿意。

在電影中，愛榮對他弟弟說，「要做一個好演員，自恃天才是不成的，必須刻苦學習，遵守規律。」影片還表現了他獻身戲劇藝術那種忠誠態度，都令人對這位一代藝人肅然起敬。我不知道影片中所描寫的他那種驕傲自負和生活散漫的作風是不是真實的，如果真是如此，未免是這位藝人的白璧之玷了。

一九五五年二月十五日

《戲國王子》愛榮・布斯

這幾天戲劇電影界的朋友們對《戲國王子》（*Prince of Players*, 1955）這部影片很注意，大家見面時都在談起。還有很多原因：編劇不錯（是編劇家摩斯・哈特〔Moss Hart〕的手筆，他寫過《舞曲大王》〔*The Great Waltz*, 1938〕、《君子協定》〔*Gentleman's Agreement*, 1947〕、《浮生若夢》〔*You Can't Take It with You*, 1938〕等電影劇本），導演不錯（導演是寫過《父慈子孝》〔*How Green Was My Valley*, 1941〕、《萍姬淚》〔*Pinky*, 1949〕、《大衛王與貴妃》〔*David and Bathsheba*, 1951〕等劇本的著名編劇家菲力・鄧〔Philip Dunne〕），演得也不錯。大家對演過《俏女懷春》（*The Moon is Blue*, 1953）和《羅馬之戀》（*Three Coins in the Fountain*, 1954）的瑪芝・麥克瑪拉（Maggie McNamara）很有好感，飾愛榮・布斯（Edwin Thomas Booth）的李察・波頓（Richard Burton）更是英國當代最好的年青演員之一。昨晚在璇宮戲院朗誦莎劇和英詩的英國著名女演員桑黛克夫人（她五十年來在舞台上演過一千多個角色），在香港對記者發表談話時，曾說碧姬亞・雪克洛芙特、巴米拉・布朗，和李察・波頓三人，是英國目前最有前途的演員。

除了編導演之外，還因為影片中講的是一個梨園世家的故事。愛榮・布斯的生平我在上一篇「影談」中已經談過，今天來談談這位著名演員對於演技的意見。

在影片中，我們看到他從小跟着父親到處旅行演戲，因而受到他父親極深刻的影響。愛榮在一篇文章中曾談到演員應該接受過去的傳統，他寫道，「在我書房裏，我常常坐着一直到天亮，交替的閱讀過去那些大演員的回憶錄，凝親那些掛在牆上的他們的肖像……畫家和雕塑家到意大利去研究大師們的作品，為甚麼演員就不能接受過去偉大演員的傳統呢？就像雕塑家學習米凱朗琪羅（Michelangelo）、畫家學習拉斐爾（Raphael）、音樂家學習貝多芬（Ludwig van Beethoven）一樣，演員也可從過去的傳統中得益……不過，要循正確的道路去學習過去的傳統，這條道路要通到那傳統的泉源——自然。」

另一方面，他反對單純的模仿。他在一八六六年時，曾請一位年青的演員退出他主辦的劇團，這完全是為了他好。他寫了一封信給這位演員說，「我要坦白告訴你，我所以這樣做，因為我看到你身上正在發展一個致命的習慣，那就是模仿，這種不幸的習慣每個青年演員都是容易犯的。我費了很多年才改掉這種錯誤；因為我經常和我父親在一起，所以我學到了我父親一切公式化的花招和缺點，他們向我指出後，我密切注意，才把這些缺點革除掉。」

據當時的批評家認為，愛榮的演技沒有他父親那樣誇張，比較文靜溫雅，也更接近真實，在演戲的成就上，是勝過了父親的。據說，他朗誦英語詩歌的天才在當時是舉世無雙，咬字吐句有非常美麗的音樂性，英國的演員也都比他不上。

他一生很是不幸，就如電影中所描寫的，妻子早死，弟弟又成為刺殺林肯總統的兇手。他後來第二次結婚，妻子仍舊多病，有時候還會發瘋。大概他的身世對他的才能頗有限制，因為他只適宜於演悲劇的角色，在喜劇上沒有成就。

在演莎士比亞劇作的演員中，他是有相當地位的，亞瑟·史普拉格教授（Arthur Colby Sprague）前年出版的《演莎劇的演員與演出》（*Shakespearian Players and Performances*）一書中，敍述了歷史上八位最出名的莎劇演員，他也名列在內。

一九五五年二月十七日

在窗口偷看秘密

——談《後窗》

在門的鑰匙孔裏、窗縫裏偷看別人的動態，有許多人認為興趣再好也沒有。英美人叫這種人為「偷看的湯姆」（Peeping Tom），這典故出於英國，古時候康文特萊（Coventry）的伯爵下令徵收重稅，他太太求他寬免，他說只要她正午全身一絲不掛騎馬在鎮上走一遍，就可免稅。這位太太照辦了，伯爵也沒有食言，據說當時所有的人都躲在家裏，只有一個名叫湯姆的裁縫在窗中偷看，後來他眼睛就此瞎了。這部影片《後窗》（*Rear Window*, 1954）就是根據這種心理而拍攝的。

飾這位「偷看的湯姆」的占士·史超域（James Stewart）是一家雜誌的攝影記者，他在拍攝驚險鏡頭時跌斷了腿，在一家公寓裏休養。閒居終日，於是以偷看自遣。對面房子裏形形色色的眾生相都在他眼中顯現出來：一個跳芭蕾的舞女，連刷牙齒開冰箱時也在練習舞蹈，她男朋友很多，但真正的愛人到最後才出現；一對新婚夫妻，窗簾終日垂下，丈夫偶一在窗口探頭，就被新娘子嗲聲嗲氣的叫了回去；一個獨身女人，常常幻想愛人來看她，寂寞無聊得要自殺；一個失意的作曲家，日子常常在醉鄉中度過；一對老夫妻，最心愛的是一隻小狗；最後是一個珠寶販子，伴着一個喋喋不休的半身不遂的妻子。這個珠寶販子把妻子殺死了，準備消滅證據而逃走，但給占士·史超域發現而終於破案。

和希治閣（Alfred Hitchcock）過去那些影片比較，整個說來，我以為本片內容比較好而技術不及他過去某些作品。內容所以好，是因為他並不故意賣弄不自然的緊張，而把社會中許多人的生活相當真實的描寫出來。作為偵探片，那是一部平平無奇的影片，但作為一部社會素描戲，其中有不少有趣與動人的地方。

電影中的一切除了那位攝影記者的房間外，其餘全部由占士·史超域的眼中看出來，這樣把鏡頭的角度故意作了一種限制，以激起觀眾的好奇心。對於導演，這樣做是顯顯本領，就好像下象棋饒人雙馬，賽馬時好馬多負若干磅，也像美國拳鬥場中名拳師與人比賽，故意規定雙足不得離開鋪在地上的一塊手帕一樣。但這是電影中的旁門左道，就如希治閣另一部《奪魄索》（*Rope*, 1948）一味用跟鏡頭一樣，都是使電影特有的技巧不顯現出來，偶一用用也無不可，然而是不足為法的。

占士·史超域和飾他未婚妻的葛麗絲·姬莉（Grace Kelly）都演得很可喜，前者淳樸，後者娟秀，兩個人都顯得熱誠而天真。在戲裏，男的愛冒險而女的愛時裝與家庭，但愛冒險的偏偏動彈不得，而文靜的女人卻去探險。男的擔心兩人個性不合，結婚未必幸福，女的一味遷就，叫他不必擔心。還有一位看護專門在旁邊說笑話給他們打氣。結果，男的兩條腿都因冒險而跌斷，女的坐在他身旁看時裝雜誌。

一九五五年三月二十七日

偵探小說與《後窗》

前幾天有一位朋友請吃飯，在席上和一位寫小說的朋友大談電影《後窗》（*Rear Window*, 1954）與偵探小說。原來我小時候愛看的許多外國偵探小說竟是他翻譯的。後來我們談到蘇聯的驚險小說以及蘇聯文藝批評家對於偵探小說的評價問題，從翻譯談到了創作，我們都覺得，中國小說家筆下並沒有寫出很成功的偵探小說來，也沒有拍成甚麼有趣的偵探片。

以前有人說過偵探小說在中國不發達的原因，在於中國的官老爺審案子向來很少講人證物證，把犯人提來打一頓屁股，上一番夾棍，不問有罪沒罪，有錢的放了，沒錢的關了。偵探小說中那種細緻的破案過程，在中國的衙門中是用不着的。在國民黨統治時期，這種情形並沒有多大改變，當時有兩句話描寫法院中的實情，叫做：「有條有理，無法無天」。所謂「條」是金條，「法」是法幣。在這種情況下，偵探小說自然是發達不起來的。

偵探小說發生於資本主義高度發展之後，許多人認為美國小說家那篇《摩格路的謀殺案》（*The Murders in the Rue Morgue*）是偵探小說的祖先。這一篇小說中說有一個人被謀殺了，從他的死狀看來，兇手一定力大無窮。當時有許多人聽到兇手說話，英國人好像聽到他說西班牙話，德國人好像聽到他說日本話，法國人好像聽到他說印度話等等……引起了許多猜測和懷疑，後來調查出來，原來兇手是一隻猩猩，牠嘰嘰咕咕亂叫，聽見的人不懂，就以為牠在說一種古怪的外國話。

歐洲在封建時代偵探小說也是不會發達的，那時封建貴族可以隨便把人逮捕殺害，並沒有偵查和根據證據來判決的可能。我國的《彭公案》、《施公案》、《包公案》也有一點偵探小說的味道，但其中所描寫的破案方法之胡鬧與神秘，與現代的偵探方法是大不相同了。

偵探片與偵探小說的情形完全一樣，也必須在一個特定的社會背景中才能發達起來。前幾天看了《後窗》，當時我覺得，這種事情只有在資本主義社會中才有。如果在封建社會，占士．史超域打個電話報告警察，警察破門到對面房子中一查就萬事大吉，用不到這樣費事；如果在新的正常社會中，丈夫與妻子意見不合可以順順利利的離婚，根本不必出之謀殺。只有在私有財產制度非常發達、犯罪事件經常發生的社會中，偵探小說和偵探影片才會有它真實的社會背景，才會得到讀者和觀眾的喜歡。

在美國，黑人從來不會成為偵探片的主角。因為如果他是嫌疑犯，那麼捉來一頓私刑，不問是非，吊死了事，何必多費手腳去偵探。從美國的社會局勢發展來看，偵探片恐怕一定要日趨下坡，因為麥卡塞（Joseph McCarthy）之流的硬裁辦法愈是流行，那麼連正規的偵查辦法都沒有必要。

一九五五年三月三十一日

精彩絕倫之作

——談《摩登時代》

《摩登時代》（*Modern Times*, 1936）在一九三四年十月開拍，用去二十一萬五千尺膠片，拍了十個月才拍完。這部影片在一九三六年二月在紐約首次獻映，到今天已經快二十年了。二十年來，世界上發生了許許多多事情，電影界中發生了許許多多事情。有聲電影普遍了，五彩電影大量出現，還有各種各樣闊銀幕、立體、身歷聲……但這部無聲的《摩登時代》，我們今日看來仍舊覺得它精彩絕倫。

差利（Charles Chaplin）喜劇藝術的歷久常新，這是一個原因。另一個原因是，影片裏所說的故事在今天仍舊是在不斷出現着：失業、罷工、被捕入獄、因飢餓而偷竊……在美國電影中，我們極少看到一個工人是這樣被同情地刻劃，更沒有見到像這部影片中那樣，對資本主義社會的生產方式是如此深刻的控訴與嘲笑。它內容的精彩是罕見的，而形式也是同樣罕見的精彩。

在走進電影院後，你馬上會感到一股不同的氣氛，每個觀眾都顯得很興奮很親切。差利還沒在銀幕上出現，但觀眾早已沾染到差利的氣息。你會覺得四周的觀眾都是你知己的朋友，因為大家都愛差利這個人，都愛他所代表的思想和感情。

影片之前有一部障礙賽馬的新聞片，過程很緊張，然而你忍不住希望正片快些出來。差利一出場之後，你從頭至尾不停的大笑，一直笑到完場，那時你會不相信，怎麼完得這麼快？但看看錶，是應該完場的時候了。

差利・卓別林在拍攝這部影片的時候，剛與影片的女主角寶蓮・高黛（Paulette Goddard）結婚不久，心境十分愉快；這種愉快和樂觀也反映到了影片之中。就胡鬧和滑稽來說，在我所看過的差利片都不及本片笑料豐富，一件有趣的事還沒完，第二件跟着就來了。他飾演一個鋼鐵廠中的普通工人，拿了鐵鉗在傳送帶旁做着極機械的工作，他發瘋、失業、被捕、入牢、挨餓、受辱，沒有機會享受到一點家庭的幸福。他在影片裏大顯身手，表現了許多本領：溜冰、跳水、玩橄欖球、唱歌。這次唱歌是他在銀幕上第一次開口發聲，唱的是一支似法語又不是法語莫名其妙的歌，可真是有趣。

在胡鬧之中，隱藏着許多深刻的含義。工廠老闆拿差利來試驗吃飯機器，機器每次把他整得狼狽不堪之後，一定有一塊拭口的東西輕輕在他嘴上撫摸一下，這不是象徵打一下摸一下嗎？差利跟他女友幻想組織一個幸福的家庭，幻想破滅時，發現警察站在身邊，只好拉了女友馬上逃走。差利第一次被警察逮捕時，是因為無意中拿了汽車上掉下來的一面紅旗揮舞，但最後一次被捕時，他態度中已顯現了有意識的反抗。

在合理的社會中，機器是用來節省工人的體力勞動，機器越進步，工人越舒服。但本片中所表現的情形恰恰相反。在看了這部影片而哈哈大笑之後，人們會想到許多問題。

一九五五年四月十七日

新穎的政治比喻

——談《蘋夢留痕》

《蘋夢留痕》（*Original Sin*, 1948）是一部西德影片，一部風格很新的影片。你初初一看，或許會覺得不容易接受，娛樂性也很薄弱，然而這代表着德國近代藝術的傾向，與西德知識分子在政治上的要求。它用比較隱晦的象徵手法，吐露了西德中產階級的苦悶與願望。

西德人民要求甚麼呢？最大的願望當然是與東德和平統一，然而政治上的人為障礙十年來使這願望始終不能實現。在影片中，代表德國人的是一個名叫亞當的中年男子，他被兩個女人（妻子莉梨與女秘書夏娃）同時愛上了，長期來問題無法解決，以致他苦惱不堪，形容憔悴，神經衰弱。在精神病療養院裏，白教授指出這是時代的疾病，並不是不能醫癒的。亞當做了一個夢，夢見自己到了天堂與地獄。最後，在全體大會的和協空氣中，兩個女人合為一個完美的人，這是他至愛的理想女人。對於德國人，西德是他所愛的，東德也是他所愛的，一點也沒有軒輊，而且這有着長期的歷史因素，這種分裂使德國人苦惱，使整個社會不健康，假使能夠合而為一，那多麼好啊！

由於政治上的關係，在西德公開提出這種主張是不大容易的，所以本片用兩個女人與一個男人來影射。我想每個身受分裂之苦的德國人都會了解其中的比喻，都會同情這種願望。

電影裏零零碎碎的有許許多多政治性的象徵和比擬。在天堂裏，由於人的胡鬧與無知，把世界打碎成為兩半，必須要由天使再花許多時間把它合成一個；在地獄裏，我們看到各種罪惡與引誘（爵士音樂、康康舞〔Can-can〕、踐踏着花朵的兵士行列、胸前別着卐字胸章的納粹分子、象徵武力與暴行的手槍等等）。我們又看到天使們計劃把美洲與亞洲合而為一，但唯一的條件是必須有「玫瑰色的樂觀精神」。影片說，到天堂的路很長而難走，但墮落到地獄卻非常容易。我想這種比喻我們都是可以同意的。

影片中不知為甚麼「幽」了英國人一「默」，大天使羅西佛犯了罪，天使長不許他再穿英國服裝，於是他就成為魔鬼之王。

這部電影是根據一部舞台劇改編的，所以天宮、地獄、樂園、人間的各種佈景服裝，都保持着舞台化的氣息。

導演考特納（Helmut Käutner）是一個多才多藝而有進步傾向的人。他所導演的《最後之橋》（*The Last Bridge*, 1954）曾獲得去年度法國康城電影節的首獎，那部影片讚揚南斯拉夫人民游擊隊反抗德軍的功績，描寫一個德國女護士從擁護納粹轉變為反法西斯戰士的過程，據說感人極深。在本片中，考特納飾演天使長與精神病醫生白教授。

一九五五年九月三日

冒險與人情味

——談《霸王艷后》

荷馬（Homer）《奧德賽》（*Odyssey*）的故事是非常出名的，我們在做小孩子的時候，就在兒童讀物上看到尤利賽斯弄瞎獨眼巨人的眼睛等等冒險故事，女妖怎樣把人變做豬，在吃蓮花人的國度裏，人們怎樣高興得忘記了家鄉。

《奧德賽》是一部煌煌巨著，共分六部二十四卷。希臘原文我當然看不懂，中文翻譯有傅東華先生的譯本，但他太求詩化，看上去總覺得不大動人。本來希臘詩就是出名的難譯（詩歌其實都是不大能夠譯的），在英國許許多多詩人對希臘詩句的翻譯中，一位著名的文學批評家說只有丁尼孫（Alfred Tennyson）譯的詩中有二三十行具有希臘詩神韻的。《伊里亞德》（*Iliad*）與《奧德賽》在英國有許多譯本，公認為最好的是布特勒（Samuel Butler）與朗格（Andrew Lang）的散文譯本，據說最能保持荷馬原來詩歌中的氣息。

這部美意合作的《霸王艷后》（*Ulysses*, 1954）就是根據《奧德賽》改編的，我以為是一部相當不錯的改編，娛樂性既強，大致上又保持了原作中許多精彩的地方。

本特萊（Richard Bentley）曾說，《伊里亞特》是寫給男人看的，《奧德賽》是寫給女人看的。他這句話很中肯的指出了這兩部巨作風格上的差異。《奧德賽》不是描寫激烈的狂怒與戰鬥，而是描寫堅貞的愛情與家庭。這部書中兩個典型的希臘女人（尤利賽斯的妻子潘納洛普、公主諾絲卡）一直到現在，還是我們心目中所想像的完美女性的典型。

改變得最大的一點，是尤利賽斯在菲細亞島上忽然失去了記憶力。在原作，他是在島上向國王敍述自己過去的冒險業績；在影片中，古代的英雄卻變成了美國精神病院中心理分析治療的對象。除了這點不必要的、相當可笑的改變之外，整部影片可以說是相當不錯的，它把原作中動人的地方都壓縮在短短的一部影片之中——木馬計破特洛伊城、弄瞎獨眼巨人、女妖色斯的誘惑，以及最後尤利賽斯化妝為乞丐歸家，殺死所有向他妻子求婚的人，和妻兒老父團聚。

施雲娜・曼簡奴（Silvana Mangano）飾兩個角色，她演貞淑的潘納洛普演得較好，演女妖色斯似乎妖氣不足。卻・德格拉斯（Kirk Douglas）的演出還令人滿意，不過他所演的尤利賽斯，是一個憑力取勝的霸王，而在原作，他最突出的純粹是他的智力。影片的形象令人有把諸葛亮演成張飛之感。

電影很好的一點是略去了所有的神道，這不但簡練，而且肯定了人的重要。尤利賽斯寧可光榮地做一個將來要老死的凡人，不願成為永生不死的神。

我想這是一部大人與小孩、男人與女人都會感到興趣的影片。

一九五五年九月十一日

荷馬的天才

——再談《霸王艷后》

《伊里亞德》（*Iliad*）與《奧德賽》（*Odyssey*）是希臘兩大史詩，一向相傳是兩千五百多年前一個名叫荷馬（Homer）的瞎眼詩人寫的。直到十八世紀末葉（準確的說是一七九五年），才由和爾夫（Friedrich August Wolf）提出來說，這是希臘許多無名詩人的集體創作。許多學者和大詩人在感情上都不肯接受這種說法，但這兩大史詩決非一個人的獨力創作，那是無可懷疑的了。英國的學者山姆．布特勒（Samuel Butler）甚至說《奧德賽》是一個女人寫的，大概他在這部著作中看到了很多女性溫柔的風格的緣故。

這兩部史詩實在是非常非常好看的故事書，亞契力士的狂怒、他與赫克托的惡戰、諸神的爭鬧、尤利賽斯的計謀……許多英雄各有突出的生氣栩栩的個性。甚至天上的神道，也各有有趣的性格，女神朱諾為了爭取丈夫大神朱甫來幫助希臘人，會特別打扮裝飾一番，以向丈夫獻媚。

英國大詩人馬太．亞諾德（Matthew Arnold）在他那本《論翻譯荷馬》（*On Translating Homer*）的著作中，歸納這兩部史詩作風上的特點有四點：迅速、思想直捷、語彙簡單、高貴。其中充滿着原始種族的粗獷氣息。

這部《霸王艷后》（*Ulysses*, 1954）是根據《奧德賽》改編的，情調上也保持着這種直捷和粗獷的素質。

這兩部史詩中洋溢着令人驚嘆的天才，這裏只舉一個例子。大家知道，希臘人所以去攻特洛伊人，為的是爭奪那美艷無比的海倫。荷馬的作品中並不詳細描寫她如何如何有「沉魚落雁之容、閉月羞花之貌」，在這兩部極長的作品中，只在《伊里亞德》的第三篇中有幾句話描寫她的美麗，她丈夫曼納勞斯和她情郎巴里斯在特洛伊城外決戰，她到城頭來觀戰，她想到自己的丈夫與故鄉，除下了面紗，流下了幾滴眼淚，特洛伊城的老人看見了她的面貌，悄悄議論：「特洛伊人和希臘人為了她而連年激戰，那是沒有甚麼奇怪的。」單只這句話，就把她的美麗全盤表示出來了。含蓄然而完美，精簡然而豐富，這是希臘許多偉大藝術的秘訣。

在電影中，我以為有一個地方表現得不夠好，那就是尤利賽斯聽到女妖色斯歌唱那一場戲。色斯的歌相傳甜蜜無比，航海的人一聽到一定如痴如狂，不能自已，以致把船撞在岩石上失事而死。在電影中我們聽到了色斯的歌，一聽之下，不禁有不過如此之感，我們會覺得，這樣的歌恐怕不能迷得使人發狂吧。假使學習荷馬天才的手法，不是正面來表現那歌聲，而是側面來反映。我想效果要好得多了。比方說：尤利賽斯被綁在桅桿上了，他的下屬耳中都塞了黃蠟，這時電影中一點聲息都沒有，畫面上只表現卻．德格拉斯（Kirk Douglas）痴狂掙扎的表情和動作。加上觀眾自己的想像力，我們自然會感到那歌聲無比的魔力了。

一九五五年九月十五日

印度電影週與《兩畝地》

這幾天，我國全國二十個城市中正在舉行印度共和國電影週。電影週中除放映七部優秀的紀錄片外，並有三部故事片：《兩畝地》（*Do Bigha Zamin*, 1953）、《流浪者》（*Awaara*, 1951）和《暴風雨》（*Aandhiyan*, 1952）。值得我們高興的是，《兩畝地》這部影片不久將在港九兩大戲院聯映。這是一部很好的影片，值得乘着這機會先拿來談談。

印度是世界上生產影片最多的國家之一，每年製片約三百部，佔全世界第二位。由於優秀的電影工作者的努力，它曾製作了不少好電影。《兩畝地》尤其是其中傑出的代表，去年，它在捷克的第八屆國際電影節中獲得「爭取社會進步獎」，又在法國康城的第七屆國際電影節中得到特獎。

影片取材於著名詩人泰戈爾（Rabindranath Tagore）的同名詩篇。這首詩描寫一個君主搶走了農民的兩畝地，農民在離開時撒下了芒果的種子。過了幾年，芒果樹成長而結實了，農民來到樹下，從地上拾起一個芒果，君主手下的園丁過來惡狠狠把他趕走。現在由赫．穆凱爾吉（Hrishikesh Mukherjee）編劇的影片，故事的內容是豐富得多了，時間與背景也改為近代的孟加拉。所以在香港上映的時候，片名可能叫做《孟加拉之戀》。

該片的導演比麥爾．洛埃（Bimal Roy）、男主角巴薩．赫尼（Balraj Sahni），都是印度電影界的傑出人物。洛埃所導演的一部《同行者》，在加爾各答的一間戲院曾連續上映達兩年之久，可見他的作品是極受印度人民歡迎的。這兩個人都是印度電影代表團的團員，目前正在我國作「觀摩和友愛」的訪問。

《兩畝地》的故事說，善良農民向波有兩畝地，恰巧是在一個大地主的大片土地之中，地主要把這兩畝地併吞過去，向波不肯，但他卻欠了地主的債，如果不在三個月內還清，那麼土地就要屬於地主。向波和他十歲的兒子只好到加爾各答去做苦工，向波拉車仔，他兒子做擦鞋仔，但他們終於沒有賺到那筆錢。等到他們回到家鄉時，那小塊土地早已被地主佔去了。

影片的結束十分動人，法庭宣佈向波的兩畝地應予沒收抵債，這土地上已建了「大國民紡織工廠」，工廠外面圍着一道鐵絲網。向波懷念自己心愛的兩畝地，隔着鐵絲網悄悄抓一把泥土，但被看守人發現了，以為他偷了甚麼東西，要他伸開手來。

向波伸開手，鬆散的泥土緩緩地從他手上落了下去。看守人吆喝着叫向波和妻兒離開他自己的土地，終於，三個黑影在天邊消失。

《兩畝地》的製作者對農民的痛苦抱着無限的同情，同時對社會的真相有深刻的了解。影片將能幫助觀眾更好的來了解我們親密的鄰人——偉大的印度民族。

一九五五年十月二十二日

談《木馬屠城記》（上）

《木馬屠城記》（*Helen of Troy*, 1956）是一部好片，場面雄偉，氣魄宏大，有很濃重的文藝氣息。大家知道這部影片是根據希臘荷馬（Homer）的史詩《伊里亞特》（*Iliad*）改編的，但在精神上，與其說這部影片是「荷馬式」的，還不如說它是「莎士比亞式」的更為接近。

荷馬的《伊里亞特》

荷馬是希臘古代的一位盲眼詩人，他根據希臘長期以來的民間傳說，寫了《伊里亞特》與《奧德賽》（*Odyssey*）兩部巨著。曾有人說，這兩部偉大的史詩是許多人的集體創作，這問題始終爭執不決，但近代的學者大都認為荷馬實有其人，而這兩部史詩也確是他寫的，不過他是利用了過去希臘人民所長期累積的文學遺產而已。

我們看過《霸王艷后》（*Ulysses*, 1954）這部影片，那是根據《奧德賽》改編的，這是《伊里亞特》的下集。在希臘語中，特洛伊城叫做伊里姆（Ilium），「伊里亞特」是講希臘人攻打特洛伊城的故事，而《奧德賽》是講希臘諸王子之一的尤利賽斯在攻破特洛伊城後回家的故事。這兩部史詩是不朽的經典，在三千年後的今天讀來，雄風餘烈，仍是令人不勝嚮往。

《伊里亞特》共分二十四卷，由一萬五千六百七十三句詩句組成，這些詩句極少是描寫或修飾，有百分之九十以上的詩句，每一句都是表達了重要的動作或對話。所以這部史詩雖然極長，但事件進展得很快。

《伊里亞特》的故事

《伊里亞特》的主題是希臘勇士亞契力士的憤怒。詩篇開始時，特洛伊城之戰已進行了十年，這首長詩並不是冗長地描寫十年來戰鬥的經過，而只是割取其中最精彩的一段來重點表現。集中而簡潔，這正是希臘藝術的要旨。

亞契力士的一個女奴被希臘軍統帥亞加米農搶去了，亞契力士大鬧情緒，不肯出戰。後來他的好朋友被特洛伊的大英雄赫克托打死了，亞契力士的憤怒轉向敵人身上，向赫克托挑戰。在一場激烈的戰鬥中，赫克托被殺。這部偉大的史詩以赫克托的葬禮來結束。亞契力士被射中腳踝而死，以及木馬破城等事蹟，《伊里亞特》中並沒有直接敘述。

選美引起風潮

真正忠實於《伊里亞特》的，倒是前些時候我們所看到的那部意大利片《風流皇后》（*The Face That Launched A Thousand Ships*, 1954），該片如《伊里亞特》那樣，同時敘述天上諸神與地下英雄們的戰鬥。不過那部影片拍得極糟，沒有一點點荷馬那種規模恢宏的氣派。

特洛伊之戰的起因據說是由於一個金蘋果。諸神在天上開宴，忘了邀請愛麗斯。這個老太婆脾氣很大，拿出一個金蘋果來，上面刻着「給最美麗者」這幾個字。朱諾、維納斯，和米納華三位女神都自以為最靚，爭執不決，於是眾神之王的朱比德決定，請特洛伊王子巴里斯做「選美會總裁判」。現代的選美會弊端很多，但天神之間居然也不例外，三位女神公然向裁判提出賄賂。朱諾答應給他權力與財富，米納華給他智慧，而維納斯卻答應給他天下第一美人海倫。巴里斯對美人最感興趣，選中維納斯。她果然幫助他拐走希臘斯巴達的王后海倫。

落選小姐發火了

於是希臘諸王聯盟去打特洛伊。天神們也分成兩派，各助一邊。朱諾與米納華當然幫希臘，維納斯和戰神馬斯幫特洛伊人，大神朱比德則守中立。荷馬把這些神道描寫得極有人性，他們在戰鬥之前也互相吹牛和辱罵。馬斯罵米納華是「狗身上的蒼蠅」，而朱諾則罵迪亞娜是一隻母狗。後來朱比德準備使特洛伊人得勝，他妻子朱諾大為着急，於是拚命打扮，向丈夫獻媚。朱比德神魂顛倒之餘，坦白出來，說妻子勝過他七個秘密情婦，於是他也就不去幫特洛伊人了。

所以，在荷馬筆下，特洛伊之戰是一場「選美風潮的餘波」，不過落選的小姐們不是開記者招待會表示憤慨，而是教人去毆打選美會的裁判。

一九五六年二月二十二日

談《木馬屠城記》(下)

海倫是天下第一美人，但荷馬（Homer）只用簡短的幾句話來描寫她的絕世美艷，那是在這部史詩的第三卷裏。她到特洛伊城頭去看丈夫曼納勞斯和情郎巴里斯的角鬥。她對丈夫、故鄉，以及在希臘的父母很是想念，原作中說：「這樣，女神使她的心渴念着彼方的丈夫、她的城邦、她的父親和母親。於是她立刻用一塊白紗罩在臉上，流了一滴大大的淚珠，從她的閨房中走了出來。」當坐在城頭觀戰的特洛伊父老們見到她時，互相竊竊私語：「特洛伊人和穿了甲胄的希臘人，為這樣一個女人而受苦多年，實在不足為異。真怪，她的臉就像某個不朽的神靈。」

就這樣幾句話，激發了後人無限的想像。

海倫為甚麼不重要

在荷馬筆下，海倫並不是一個重要人物。事實上，她雖然是戰爭的導火線，但決不是真正的原因，這一點在影片中敍述得很清楚。希臘人所以去攻打特洛伊，主要是為了爭奪海上的霸權和劫掠特洛伊的財富，動機完全在於經濟，奪回海倫只不過是一個藉口罷了。那時是奴隸社會，女人在社會上沒有地位。亞契力士為了一個漂亮的女奴而大發脾氣，成為全書的中心事件，然而那女奴是沒有名字的。海倫雖然是王后，她的真正地位可並不比那女奴高多少。有人說：「她丈夫為甚麼還要這個背節的女人？」又有人說：「她為甚麼不為巴里斯而自殺？」其實在當時這些王子貴族心中，海倫並沒有自己的人格，她只是一件寶貴的貨物，被大家搶來搶去而已。

赫克托夫婦

荷馬真正着力描寫的女人，是赫克托的妻子安杜瑪契，她是《伊里亞特》的真正女主角。我們在影片中看到她抱了幼子而和正要上戰場的丈夫告別，赫克托英雄情長，兒女氣短的感情，被描寫得十分感人。安杜瑪契替丈夫準備了熱水，等他戰勝了強敵回來沐浴，還給他做了一件繡花的新袍，然而他永不回來了。在影片中，赫克托抱住孩子，孩子害怕他的盔甲，赫克托說：「但願你生在一個和平的世代，不必再見到這種戰爭的東西。」可見這位英雄實在是憎厭戰爭的。

驚心動魄的大戰

希臘人與特洛伊人大戰的高潮是亞契力士與赫克托的決戰。赫克托站在特洛伊城外，他父親特洛伊王看見亞契力士衝出來了，叫兒子進城，但兒子不聽。雙方的大英雄面對面的交戰了。

天上的諸神也大為忙碌，討論應該由誰得勝。赫克托初戰失利，繞着特洛伊城奔逃，亞契力士緊緊追趕，繞到第三圈時，眾神之王朱比德拿出一個金的天平來，放上雙方戰士的命運，赫克托的沉下去了，他注定要死亡。

那位選美失敗的米納華大為高興，她從天上下去，變作赫克托的弟弟戴夫勃斯，假裝相助。赫克托精神大振，回身來鬥。亞契力士一矛投來，赫克托頭一低，長矛從頭頂飛過，米納華使用隱身法，把矛交還亞契力士。赫克托一矛擲去沒中，他轉身向弟弟要矛，弟弟卻不見了。赫克托想到，原來這是天神欺騙了他，他注定要死了，然而他挺然不懼，拔刀上前，亞契力士一矛刺中了他的頸項。

亞契力士把死了的敵人縛在車後，繞特洛伊城而過。安杜瑪契在城頭看見丈夫的屍身被人這樣虐待，登時暈倒在地，從新婚那天起一直戴着的飾物也掉下來了。等她醒來時，說的話實在使人心酸：「啊，赫克托，我倆生得這麼不幸。你苦，我更苦！但願我從來沒生在這世上過。」後來特洛伊城破之後，她的幼子又被希臘人所殺。城破之時，在兵戈喧嚷之中，人們可以聽到「一個女人悲泣的遠遠的回聲」。

電影把兩人的決戰也描寫得十分慘酷激烈。只是飾赫克托那人身材太瘦，不夠大將風度。

莎士比亞的作品

莎士比亞有一部劇作叫做《特洛伊阿斯和克蕾西達》（*Troilus and Cressida*），也是描寫希臘攻打特洛伊城的故事。這位大詩人寫這部劇作時心中充滿了如火的憤慨，他痛罵希臘諸王子的狡詐不義，巴里斯與海倫的無恥貪慾，克蕾西達的背叛愛情。在他筆下，赫克托仍是慷慨仁義的大丈夫，他在決戰中打了無數勝仗，脫下甲冑休息一會，亞契力士忽然出現，乘他不備，卑鄙地將他一矛刺死。荷馬把希臘諸王寫成英雄，而莎士比亞把他們寫成惡徒。在這部影片中，希臘諸王的形象是依着莎士比亞的意念出現的。

影片對巴里斯很是同情，這種同情，他在以前任何文學作品中都沒有得到過。

本片編與導都很成功，演員則比較軟弱。導演表現得最好的是戰鬥的大場面與木馬的出現。希臘人千艘舳艫來攻，影片中以遠處無數火光來表示，這是極聰明的手法，既省錢，聲勢又雄偉之至。

影片反對戰爭，嚮往和平生活，在這古典的故事中突出表現這個主題，很有意義。

在一九一〇年時，意大利拍過一部默片《特洛伊城之陷落》（*The Fall of Troy*, 1911），轟動一時，是意大利第一部在美國放映的影片，當時認為場面異常巨大——臨時演員八百人，木馬高達十二尺。現在看來，當然是毫不足道了。

一九五六年二月二十三日

編導演均佳

——談《之子于歸》

許多人說，這部《之子于歸》（*Wedding Party*, 1956）有點像一部優秀的國語片。我想這句話說得很中肯，因為許多優秀的國語片早已走上現實主義的道路，這部美國片也是那麼親切而真實地描寫美國人民的普通生活。影片的劇本是根據巴台·查耶夫斯基（Paddy Chayefsky）的作品改編的（去年那部轟動的《君子好逑》〔*Marty*, 1955〕，也是他的作品），再加上樸素的導演手法，第一流的演技，使這部影片成為美國電影中少有的佳作。

故事很簡單，和《君子好逑》那麼簡單。喧尼斯·鮑寧（Ernest Borgnine）是一個的士司機，他妻子是比提·黛維絲（Bette Davis），他們的女兒德琵·雷諾（Debbie Reynolds）要結婚了。妻子和妻子的哥哥巴萊·費滋吉拉德（Barry Fitzgerald）都主張舉行一個盛大的婚禮，這要花去鮑寧一生的積蓄，所以丈夫和女兒都不贊成。最後，終於舉行一個簡單的儀式，丈夫和妻子之間也增加了諒解。

在這簡單的情節之中，作者很技巧、很生動的讓我們看到了美國一般普通人民的生活。德琵·雷諾除了做新娘子時之外，平時連唇膏也沒搽，或許比她過去所演的任何角色都平庸些，但正是這種平庸，使我們相信。

影片的一個重大優點，是從真實的小節中反映了美國這資本主義社會的性質。鮑寧的的士是向別人租來的，那得經常付租費。他一生積蓄是四千元，準備和一個老友合夥買一輛車子和一張執照。汽車價錢並不貴，貴的是的士執照，這與一般資本主義社會中情況相同。他與他妻子之間並沒有甚麼愛情，只因為比提的父親答允給他三百元，他就同意娶他女兒。我們看到這個善良的人整日為了錢而煩惱，但我們一點不覺得他有甚麼市儈氣和庸俗，他只是為了生活，為了要活下去。我們看到金錢決定了一切，然而在冷酷的金錢關係之中，人的善良與溫柔還是流露了出來。

德琵要請她最好的女友阿麗絲做伴娘，但她丈夫失了業，買不起必需的衣服。這一場戲很令人感動。這對夫婦怕失面子，最後假稱找到了職業，可以買衣服了，其實，職業並沒有找到，他們只是借到了一點錢。

鮑寧夫婦有一個大兒子泰倫斯，他是在朝鮮戰爭中送命的，這曾使他母親幾乎活不下去。現在他們的小兒子又要去從軍了，他們說：「謝天謝地，幸而現在沒有戰爭。」只是很簡單的幾句對話，作者就描寫出來，朝鮮戰爭對美國人民的幸福有多大的損害，他們對戰爭是多麼的害怕！

雖然故事簡單，主題嚴肅，但我們一直看得極有興味，因為片中經常出現輕鬆有趣的場面。如果說它像一部優秀的國語片，反過來說，它的技術和處理手法，是值得此地的電影工作者們借鏡的。

一九五六年十月十六日

談《黑將軍奧瑟羅》

《奧塞洛》（*Othello*）或許不是莎士比亞戲劇中最偉大的一個，然而無疑是最令人激動的一個、最強烈地震撼人心的一個，蘇聯舞台上常演出莎氏的悲劇與喜劇，演得次數最多的，就是《奧塞洛》。最近蘇聯根據這悲劇而拍攝了一部彩色片，在國際影壇上得到極大的好評。現在我們先看到了奧信・威爾斯（Orson Welles）這部《黑將軍奧瑟羅》[5]（*Othello*, 1951）的美國片，等將來再看到那部蘇聯片時，拿來作個比較將是很有趣的事。

故事發生在一五七〇年，那時威尼斯是歐洲一個強盛的城邦。最近英法軍進攻埃及時的主要根據地塞普魯斯島，那時是威尼斯的屬地。故事就發生在這塞普魯斯，該島的總督是一個黑人，名叫奧塞洛。他妻子黛絲德夢娜是威尼斯的一位貴族小姐。奧塞洛手下有一個軍官埃古，他用種種奸計來使這個心地高貴的黑將軍懷疑妻子不貞，使他扼死了純潔的黛絲德夢娜，然後自殺。

英國研究莎士比亞的學者們（如A・C・布萊特雷教授〔Andrew Cecil Bradley〕）認為，就戲劇結構的巧妙而論，《奧塞洛》在莎劇中是最最傑出的。它的主要衝突發生得較遲，然而一開始之後，它就沒有絲毫停頓的加速發展，愈來愈快，使人幾乎氣也喘不過來。莎氏的許多悲劇中經常有小丑出來說幾句笑話，緩和一下緊張的空氣，然而這個戲中並沒有。這個戲描寫的主題是「兩性間的妒忌」，這是一種每個人都會經歷到的感情，所以極易引起人們內心的共鳴。我們看到一個高尚、純樸的偉人，陷在奸計之中而苦痛不堪，我們看到一個天真純潔的少女，無緣無故的經受着最難堪的虐待。我們內心充滿了同情，希望他們能夠發現這個奸計，然而事件每推前一步，悲劇性愈是強烈一分，你真會感到說不出的難受。如果你去找莎士比亞這劇本來讀一遍，一定會經受到這劇烈的心靈上的震盪。上面提到過的那位布萊特雷教授在《莎士比亞悲劇論》（*Shakespearean Tragedy*）中說，《奧塞洛》這劇本中整個動人的力量，只有在閱讀時才能感到。他認為英國舞台上的奧塞洛，決不是莎氏筆下那個人物。我不知道英國人演得怎樣，去年在利舞臺的演出是業餘性的，不能作為準則，而奧信．威爾斯這部影片所表演的，確與我們讀書時的想像距離很遠。

在讀劇本時，我們為奧塞洛着急，為他的不幸難過，為他的痛苦感到哀傷，甚至為黛絲德夢娜的冤屈流淚，然而看這部影片時，我聽到鄰座的觀眾不住罵奧塞洛是傻子。奧塞洛決不是傻子，他是一個軍事天才，一生經歷過無數艱險，曾在最困難的戰鬥中得到勝利。他是一個黑人，但由於他不平凡的經歷、完美的人格、光采的口才，使得威尼斯一個門第最高的美麗少女跟他秘密結婚。在威尼斯，他既是外國人，又是被人瞧不起的黑人，然而威尼斯政府把軍事大權交給他，請他擔任位尊勢大的總督，這樣的一個人決不可能是傻子。他只是愛得太深，心地過於善良，對人過於信任，以致陷於奸計而毫不自覺。

[5] 即「奧塞洛」，電影譯為「奧瑟羅」。——編者按

英國大詩人史溫朋（Algernon Charles Swinburne）曾說，人們對奧塞洛的憐憫，更勝於對黛絲德夢娜的憐憫。這句話真是說到了這悲劇的中心，因為在內心經受到的痛苦，奧塞洛是巨大而深刻得多。他妻子是他的生命，他愛她勝過於一切。在他純樸的心靈中，這個可愛的少女是一切美好高尚事物的象徵，但突然之間，整個世界在他眼前破滅了。這決不是一個愚蠢的丈夫為了盲目妒忌而殺死了無辜的妻子。就如普希金（Alexander Pushkin）所說：「奧塞洛不是生性妒忌的；恰恰相反，他是有信任心的。」這個悲劇是一個善良的靈魂的傷心和失望，由於他性格的過份純潔而犯了致命的錯誤。岳飛的悲劇、竇爾墩的悲劇，性質當然與之完全不同，但我想其中有一個共同之點，那就是強有力的英雄在被小人陷害時的無能為力。

奧信．威爾斯由於對恐怖的偏愛，把許多悲劇場面拍成了恐怖戲，我想這是許多人所不能同意的。

一九五七年一月二十八日

談《碼頭風雲》（上）

在朋友們中間，在報刊上面，關於《碼頭風雲》（*On the Waterfront*, 1954）這部影片有着很不同的意見。有的認為它很不錯，相當深刻的暴露了美國工會中的黑幕；有的認為它的含意很晦澀，不知編導者企圖說明甚麼；有的認為它是在幫美國資本家說話。現在我談談我個人的看法，有說得不對的地方，希望朋友們予以指正。

少見的美國片

美國影片是極少以勞動工人做主角的。常看美國片的朋友們不妨回憶一下，在自己所看過的美國影片中，哪一部的主角是工人？或許你根本想不起來。我曾譯過一篇文章，早幾年載在本刊，題目是〈好萊塢電影中的男主角〉，文中分析了幾百部美國影片男主角的職業，其中有軍人、藝術家、商人、醫生、律師、警探、匪徒、牛仔……然而就是沒有工人。近年來的美國影片有意地迴避把工人生活作為題材。如果我們認為美國電影所描寫的就是真正的美國，那麼我們一定會相信美國是沒有工人的，至少，工人的生活在美國社會中是毫不重要的。真正的事實當然不是這樣。

《碼頭風雲》以紐約碼頭作背景，描寫碼頭工人的若干生活和痛苦，很戲劇化地敍述黑社會人物怎樣把持工會、怎樣肆無忌憚地欺侮和殺害善良的工人、怎樣連政府對他們也無可奈何。這種描寫和敍述既難得在銀幕上看見，又是用一種很生動的電影手法來表現，再加上幾位演員精彩的演出，確使觀眾們得到了一種不平常的經歷。

從報章雜誌上各種記載來看，美國黑社會頭子把持工會、欺壓工人的事情確是有的。許許多多工會所代表的只是資本家的利益。美國的總工會向來是民主黨的熱心支持者，他們固然是杜魯門（Harry S. Truman）的好朋友，對艾森豪威爾（Dwight David Eisenhower）也不反對。那麼這部電影所表現的，豈不是很具體生動麼？

問題的關鍵

然而問題的關鍵不是這些表面現象，而是美國工會的本質。美國大部份工會操縱在大資本家與政客、黑社會手裏，那不錯，但碼頭工人的總工會「國際碼頭工人協會」（International Longshoremen's Association, ILA）卻是一個真正的工人團體。在三個月之前，他們還發動了一次規模很大的罷工運動。這部影片猛烈的攻擊工會，它攻擊的所以是碼頭工會而不是其他工會，正因為在美國，碼頭工會是很有力的團結工人的團體。

因此，「本片是表現真實呢還是歪曲真實」這問題，我以為應該與具體的事實結合起來看。如果美國的碼頭工會確是如本片所描寫的那樣，那麼本片無疑是一部有價值的好影片，但事實上，它是在誣衊一個正直的組織。

為甚麼拍這部影片？

本片是在一九五三年下半年拍攝的，那時紐約州州政府（杜威〔John Dewey〕任州長）和聯邦政府正想對紐約碼頭施行直接的政治控制，由此擴充，再在全國範圍內對所有的工會加以監督和登記審核。負責辦這件事的，正是在影片中所出現的那個「罪行調查委員會」。這委員會規定的辦法是這樣：州政府設立一個僱工所，所有的碼頭工人都由這僱工所分派工作，凡是要工作的人，必須先到僱工所登記，登記時要打手指印，填報過去的經歷。簡單說一句，由政府機構來代替工會。如果這辦法實行，那麼碼頭工會等於解散，碼頭工人的工資完全由政府決定（也就是由資本家決定），反對的人當然得不到工作。碼頭工人激烈反對這個辦法。當碼頭工人與政府間的鬥爭進行得十分尖銳的時候，本片開拍了！影片很明顯的企圖表達這個「事實」：碼頭工會是操從在歹徒手裏，而州政府的「罪行調查委員會」是幫助善良工人的。很明顯，本片的目的是在協助政府以擊潰碼頭工會的反對。為了怕觀眾不了解，影片之前還特別聲明：「在一個有力的民主國家中，自行任命的暴君可以被想法正確的人民所擊倒。」

影片發行之後的幾個星期，美國國會就通過法律，規定工會受政府的控制。

本片在宣傳上盡了很大的力氣，要美國公眾輿論接受政府對工會的控制。美國人民相信憲法上所規定的集會結社自由，要他們同意由政府來干預工會，那是頗不容易的。於是本片用一個生動的故事來說服公眾：工會操縱在歹徒手裏，普通工人無力反抗，只好裝聾作啞，政府如果不加干預，豈不是太不合理麼？

投降時的條件？

本片的編劇布德．舒爾堡（Budd Schulberg）和導演伊力．卡山（Elia Kazan）以前都是有進步傾向的人，後來國會施用了壓力，兩個人都投降了。卡山出賣了許多他過去的朋友，公開保證以後決不進行任何與國會意見不符的藝術活動。一般人認為，國會允許他繼續做電影導演，必定是附有秘密條件的。由於本片與美國政府的行動就如排了時間表那麼吻合，美國藝術界人士就懷疑，拍攝本片是卡山的投降條件之一。這種說法流傳極廣，卡山不得不公開發表聲明，否認這是根據投降條件所做的工作。但許多人覺得，這種否認差不多就等於是招供。

關於本片，美國的電影編劇兼理論家約翰．H．勞遜（John Howard Lawson）曾說過幾句使人們難以忘記的話：「卡山與舒爾堡在處理那個『做奸細的英雄』時，他們是在卑劣地為自己可恥的行為辯護。我們同意，他們以前曾是有才能的人。才能仍舊是有的。但他們已經不是人了。」

卡山怎樣巧妙地實現他的意圖？我想明天再來談談。

一九五七年二月十五日

談《碼頭風雲》（中）

本片雖然是以美國工人的生活為背景，但主角並不是工人。馬龍．白蘭度（Marlon Brando）所飾的坦萊，真正的身份不是工人而是黑社會的打手。除他之外，影片中的重要人物是黑社會頭子尊尼、坦萊的女友伊蒂、神甫、坦萊的哥哥查理，他們都不是碼頭工人。比較重要的碼頭工人只有伊蒂的父親和那被謀殺的杜根，但他們在影片中出現的時間極短極短。

主角是打手而不是工人

本片所描寫的主題絕對不是美國碼頭工人的生活，而是一個黑社會的打手怎樣轉變。分析得深一點，我們就發現本片其實與一般美國的警匪片基本上沒有甚麼不同。一個青年誤入歧途，做了許多壞事，後來由於一個美麗少女的感化而改邪歸正——這種情節，我們不是在美國的警匪片中見過許許多多麼？所不同的，一般警匪片中作惡的集團是劫銀行的盜匪、是殺人匪幫、是「共產黨間諜組織」、是「革命團體」，而在本片則是進步工會。

編導者由於要打擊碼頭工會，不得不以碼頭工人的生活為背景。為了使觀眾相信故事的真實性，在題材的處理、對話、攝影等各方面，盡量採用意大利影片中那種傑出的「新現實主義」手法。但要是真的描寫了碼頭工人，那不可避免地，就會接觸到美國資本主義社會問題的中心，而這是他們所決不願意的。所以編導者的辦法很聰明：以一個特殊的碼頭工人為主角。他的生活、思想、感情，與一般碼頭工人是截然不同的。苦惱他的，不是生活的貧困、人格尊嚴的受損害、思想行動不自由等等，而是殺了人的懺悔、對領袖的叛變、兄弟手足之情與正義觀念的取捨等等。他所要解決的矛盾，不是一個普通碼頭工人所遭遇的問題，而是一個匪幫中兇手所遭遇的問題。

影片的結尾

我們不能把影片的細節逐一加以分析，但對影片的結尾可以比較詳細的談一下，因為這是影片的高潮和重心。

結尾是這樣的：碼頭工人們在碼頭前等待工作，人人都有了工作，就是坦萊沒有。他向尊尼挑戰，結果被尊尼的手下人打得重傷。神甫和伊蒂來了，神甫鼓勵坦萊努力站起來。尊尼忽然跌到了水裏。碼頭的管工放坦萊和所有的工人進了碼頭，鐵門慢慢落下來，神甫和伊蒂滿意地微笑着。

仔細地看了影片的結尾之後，我認為編導者有意識地表現這幾點：

個人的行動

一、坦萊和惡霸尊尼打架，是為了他個人的事。他要報殺兄之仇，他在挑戰時大叫：「這些年來，我一直在反叛自己。」他的鬥爭和工人群眾完全無關。所以，這個高潮絕對不是碼頭工人在坦萊領導之下的集體行動。

二、我們看到碼頭工人人數極多，但在坦萊遭受圍毆時絲毫不加聲援，他們毫無同情心，毫無行動的力量。甚至在尊尼跌落水裏之後（不像一般美國片中那樣歹角被主角打倒，在本片，尊尼的跌落水裏只是偶然的站立不穩。編導者這樣處理是含有深意的），工人們既不表示任何歡愉之情，也沒有任何得到了解放的感覺。觀眾們覺得，這種工人根本沒有自治和互助的能力！（結論：必須由政府來管理他們，「幫助」他們。）

三、伊蒂看到愛人如此受苦，最後竟是微笑！神甫不許別人幫助他，一定要他忍受身體上難以支持的痛苦。這是極度的強調個人的奮鬥，也就是用全力來否定工人們的互助和團結。

屈辱與無望

四、最後，那代表權威的管工手一擺，說道：「大家上工吧！」顯然，這表示了資本家的慷慨和慈善。可憐的工人們得到了救濟，完全是由於資本家的好心。鐵門落下來，工人們被關在黑暗之中，我們只感到工人的卑微和屈辱，決沒有任何驕傲和勝利之感。（結論：如果不是資本家仁慈，工人們就沒飯吃！）

五、尊尼從水中爬了起來，工人們不理他，但他並沒有死，沒有被打倒。影片中表現他有強力的後台老闆（他與那個胖子合攝的照片、調查審訊時那胖子的看電視、坦萊與伊蒂跳舞時有人來叫坦萊去，說尊尼的老闆有了命令等等）。即使尊尼受到了屈辱，坦萊暫時有工作可做，但觀眾們一定會想，坦萊最後還是會被殺死的，因為黑社會勢力根本沒有被鏟除。（結論：政府非出手不可！）

六、美國天主教的神甫最有見識、最勇敢、最能幫助工人。

一九五七年二月十六日

談《碼頭風雲》（下）

碼頭工會的領袖

在美國的許多工會中，太平洋岸的國際碼頭工人協會是組織特別堅強、領導特別有力的一個。它的傑出領袖就是美國勞工運動中的英雄哈萊・布里齊斯（Harry Bridges）。這工會在美國各種勢力的重壓之下始終堅強的屹立着。以它在一九三四年七月間所組織的那次大罷工為例，美國政府出動了七千多名軍警，配有機關槍、坦克車，進行大規模的鎮壓，開槍打死了兩名碼頭工人，傷了一百多人，但罷工非但不停止，反而爆發為舊金山各業的總罷工，最後終於獲得勝利。大輪船公司的老闆們對布里齊斯傷透了腦筋，賄賂他不要，毆打和監禁他不怕，暗殺又很有顧忌。他們用各種各樣的手段來中傷他，但布里齊斯操守清白，堅持只從工會中支取四十元的週薪（與普通碼頭工人的收入完全相等），使資本家們一籌莫展。美國許多工會的大領袖都是百萬富翁，像他這樣刻苦的實在少有。

一位朋友借了一本B・明登（Bruce Minton）與J・史都亞特（John Stuart）合著的《勞工領袖》（*Men Who Lead Labor*）給我，書裏對美國各個勞工領袖的為人與內幕有很精闢的分析，並且附有他們的漫畫像。許多勞工領袖在畫中表現出是資本家的打手，是出賣工人兄弟的叛徒，但布里齊斯後面，卻有碼頭工人的強大隊伍支持着他。

這部影片為甚麼把碼頭工會描寫得如此惡劣，用意不是十分明顯麼？（當然，為了法律問題，影片中的碼頭工會並不是布里齊斯領導的那一個，但這顯然是惡意的影射。）

八個金像獎

有些人看了影片之後，對結尾很不滿意，這倒不是由於它的內容與意識，而是覺得這個高潮太沒有力量，沒有激動人心的戲劇性。卡山（Elia Kazan）既然要達到那許多目的，使戲劇性受到損害也是在所不惜的了。但總的說來，我們承認，導演的本領很高，馬龍・白蘭度（Marlon Brando）的演技極為精彩，但可惜的是，輝煌的技術被用來作為撒謊之用。美國的《哈普雜誌》（*Harper's*）是一本保守的右傾的雜誌，但它在評論本片時也不得不指出：「整個來說，這是一個令人厭惡的捏造。這部影片用來描寫碼頭工人的生活，但它歪曲了碼頭工人；影片說是要表揚那些設法改善碼頭工人生活的人，但它歪曲了這些人；對於影片本身，它也是徹頭徹尾地歪曲了的。」

影片的捏造和歪曲有很高的藝術性。從美國電影藝術學院的立場看來，這種藝術性當然值得獎勵，它是如此精密而技巧地和政府的政策配合啊！所以，一口氣給了它八個金像獎。

「是」與「非」

這部影片在香港放映，它的政治作用當然遠不如在美國那麼直捷，然而它對工人群眾力量的否定、對美國當局與宗教機構的頌揚、對勞動的輕蔑（如那年老的碼頭工人拚了命也要送女兒到修道院去受「高尚」教育，以脫離這個「骯髒」環境）、對暴力的肯定（如坦萊打破伊蒂的門而去吻她），以及認為一般人的沒有是非觀念（如小孩子殺死鴿子、把「英雄」認為是「奸細」），種種包含在影片裏的意識，都是與一般人的良知相衝突的。

重要的壞影片

《視與聲》（*Sight and Sound*）是英國電影學院的機關刊物，上面曾發表了一篇英國著名電影理論家林賽·安德生（Lindsay Gordon Anderson）評論本片的文章。他指出，本片的某些部份頗有法西斯主義傾向。他在文中說：「《碼頭風雲》是一部壞影片，不幸的是，壞影片也是重要的影片。本片之所以重要，是由於它壞得特殊，由於它贏得了如此巨大的讚許。……馬龍·白蘭度在體質上、情緒上、戲劇上的各種力量，被如此有效地利用來推銷了許多政治觀念，這些政治觀念全部是騙人的，其中有許多是有毒害的。」

安德生的文章中還有幾句極有意義的話，值得在這裏引述一下。他說：「我們知道，電影是一種有催眠術的東西。如果導演處理聲音和畫面極有技巧，如果角色動人和有力，那麼觀眾很容易對這種引誘屈服。凡是有智力的人，必須在表面現象之下去研究，去尋找內在的意義。《碼頭風雲》是一部政治性的影片，必須從政治的觀點去看。我決不是根據任何特殊的政治原則來評論電影，我要強調，我絕對不是。我所以要反對《碼頭風雲》，是因為經過分析之後，顯示它是深刻地誣衊了人類，是政客欺騙群眾的謊話，決不是因為它與某種政治信仰不符。在本片，從它對人類的誣衊之中，我們看到了對社會的誣衊。」

他這篇文章引起了許多影評家的共鳴，英國著名的女影評家拉華洗（Catherine de la Roche）就是其中之一。

事實的答覆

當然，在英美，讚揚本片的文字終究比反對它的多。但我們在報上看到，美國東岸的碼頭工人在二月十二日又開始了大規模的罷工。事實很明顯，如果美國的碼頭工會真是如本片所描寫的那樣，那麼這樣的罷工是絕對不可能的。美國的碼頭工人們用行動來揭穿了本片中的謊話，同時也使我們知道，本片的政治目的並沒有達成，因為美國政府控制碼頭工會的企圖並沒有成功。

一九五七年二月十七日

談《戰爭與和平》（上）

我收到了七八封讀者們寫來討論《戰爭與和平》（*War and Peace*, 1956）這部影片的信，這些信中表示了截然相反的評價。有的說：「我自看電影以來，從來沒見過這樣好的影片。」但也有人說：「這部虛有其表的巨片，比拿破崙逃出莫斯科還要失敗得厲害。」朋友中大多數是稱讚它的，但也有人認為它十分糟糕和莫名其妙。再看看外國電影雜誌上的意見，雖然極大多數是讚揚，但也有人對它批評得相當激烈。顯然，意見分歧很大。

我把這部小說重新翻閱了一遍。高植先生的中譯本一共有兩千三百九十四頁，雖然不是詳細地閱讀，也得花好幾天工夫。我又去看了一遍電影。在這裏，我想就一些問題談談我的意見。關於托爾斯泰（Leo Tolstoy）世界觀與作品之間的矛盾和統一問題，這不是一個簡單的問題，而要評論這部電影，又不能不接觸到這個基本的關鍵。所以，我的看法一定有膚淺與片面的地方，希望朋友們予以指正。

改編這部小說的主要困難在甚麼地方？

英國當代著名的小說家毛姆（William Somerset Maugham）說：「《戰爭與和平》當然是所有小說中之最偉大的。寫這部小說的，必得是一個智力極高而想像異常有力的人，一個對世界有廣泛的經驗、而對人性有敏銳之洞察力的人。在此以前，從來沒有一部小說有如此巨大的規模、處理如此意義重大的一個歷史時期、而有如此眾多的人物；我猜想，以後也不會再有。或許會有也是很偉大的小說，但不會有這樣子的偉大。」在這部小說初出版時，俄國當時著名的批評家史特拉克霍夫這樣概括地說：「人類生活的全景。當時俄羅斯的全景。所謂歷史與人民之鬥爭的全景。一切人民在其中找到幸福與偉大、悲哀與屈辱的東西的全景。這就是《戰爭與和平》。」

書中描寫了五百多個人物，從皇帝一直寫到小偷的心理，將軍、貴族、蕩婦、少女、商人、農奴……無所不包。這樣一部巨作要改編為電影，或許是電影史上一個前所未有的巨大工程。而更加困難的是，不僅原作規模巨大，還由於它的內容具有異常的深度；不僅它寫的是一個混亂的時代，而更由於原作本身，也是具有若干矛盾與混亂。

作品中為甚麼有許多混亂而令人感到迷惘的地方？

托爾斯泰是一個偉大的人道主義者。他熱愛祖國、熱愛人民，對受苦的農民有深厚的愛與同情。他對當政者的虛偽與殘暴極為憤慨。但另一方面，他是一個貴族，而且頗以自己伯爵的頭銜自傲。他設法改善農民的生活，但同時他又置買田地，擴大產業。他一直在尋求上帝，相信歷史是命運安排的。他主張不要對罪惡與暴力抵抗。一直到晚年、到逝世，他的精神與思想始終是不安定的。似乎相信了某種主張，可是始終沒有徹底的去實行。這位偉大的藝術家整個生命是一個悲劇，最後，以八十多歲的高齡，逃離家庭而死在外面，臨死時不斷叫着：「逃啊！逃啊！」他進步的與反動的兩種思想，都在若干程度上反映在《戰爭與和平》之中，因此不免有許多地方是互相矛盾的。但顯然，進步的思想是佔了壓倒性的比重。這部小說所以有重大的價值，原因就在這裏。

既然以人民抗戰為重點，為甚麼貴族的家庭生活與愛情佔了這許多篇幅？

托爾斯泰起初寫這部小說，只是想寫一八五六年時的「十二月黨人」（Decemberist），但為了解釋書中人物（先進的貴族）思想性格的成長，終於把時代一次一次的推前，一直推到了一八〇五年，而以一八一二年的大戰作為高潮。他最初的目標只是描寫幾個貴族家庭的生活，但當他忠實地敍述這次大戰時，他收不住了筆，不得不把在這次戰爭中起決定作用的普通人民廣泛地、光輝地加了進去。主角是貴族，因為托爾斯泰認為，俄羅斯社會的精華與基幹，是愛國、有文化、有思想的貴族。

小說主要的優點與缺點是甚麼？

在描寫戰爭時，他着重地敍述了俄國人民的英勇精神，在大敵當前時一致起來殺敵。他繪出了元帥、貴族、商人、農民、游擊隊員等各種各樣人在戰爭中的表現。在描寫和平時，他對上層貴族的腐化生活作了有力的諷刺，譴責他們對國家的大難臨頭漠不關心。他刻劃了整個社會的動態，真實地反映了那個危難的時代中各種勇敢的人、可愛的人、卑鄙的人的面貌與內心世界；生動地敍述了保衛祖國的人民的勝利、侵略者的敗亡。

然而書中也有一些與主要部份不統一的地方。例如那個樂天安命、不反抗一切的農民卡拉他耶夫。托爾斯泰把他當成是真理的化身。這個農民主張愛敵人、順從暴力、不反抗不公平與不正義。很明顯，這個人物與全書的主題很不調和。在全民一致的熱烈抗戰之中，這個消極人物決不值得歌頌。但整個看來，這種「不抵抗思想」在書中佔的地位是極不重要的。

一九五七年三月十七日

談《戰爭與和平》（中）

電影改編得好不好？

第一，原作是這樣巨大，改成電影而有所刪節，無人會表示反對。第二，電影是十分的忠於原作，主要的場面、情節、對話，都是從原作中原封不動地移過來的。改編者對托爾斯泰十分尊重。有些場戲中的佈景，也是根據原作中所描寫的細節而佈置的。我覺得改編者作了極大的努力，在竭其所能的要把原作顯現在觀眾面前。他們的真誠與謹慎極可稱道。然而我們所以仍然有不足之感，我想主要原因是在藝術才能與觀點上。

把小說改成電影，單單做到不歪曲原作是不夠的。蘇聯女小說家尼古拉耶娃（Galina Yevgenyevna Nikolayeva）的《收穫》（*Harvest*）曾轟動一時，然而她根據自己的小說而寫了電影劇本，大家卻認為並不怎樣成功。為甚麼呢？因為電影是一種與小說截然不同的藝術形式，在小說中好的，在電影中未必一定也好。最好的改編，除了保持原作的主要情節與人物性格之外，可以刪除，也可以增添，但最最重要的，是要在電影中表達原作的精神。《戰爭與和平》的主要精神是俄國人民對抗拿破崙的侵略，那麼影片就應該環繞這個中心環節而展開。一切人物的思想、行動、性格的發展，都必須與這主要精神相關。小說可以詳細而緩慢地分析彼埃爾的心理發展，可以描寫娜塔霞的感情變化，但電影不能享受這種奢侈。一切無直接關係的都應當刪除，應當把最主要的重點地顯示出來。

娜塔霞當然可以戀愛，但這戀愛必須與影片的主題有關。影片中的處理，不免使人覺得兩者不是密切地結合在一起的。影片把書中的事件一段段忠實地演出來，由於篇幅的限制，許多部份不得不略去。這就喪失了原作中的平衡。事實上，應當根據原作的主旨而創造新的平衡。改編者拘泥於表面的形式上的忠實，以致前半部顯得鬆懈，戲劇性不夠。因為把極大部份的篇幅用來描寫貴族們的戀愛，人民與普通士兵所起的作用就表示得極不充份。托爾斯泰這部作品所以偉大，主要不是在戀愛與心理的描寫，而是對人民群眾在歷史上所起作用的歌頌。刪節是必須的，既然極少改動地保留了前者，那就不可避免地減少了後者。

可以說：本片在改編上的缺點是，過於忠實原作，以致變成了不夠忠實。

理想的改編應該是怎樣？

據我個人的意見，合於理想的改編，應當是抽取這部巨作中的精華，重新編整，融化為一個戲劇性很強的完整故事。凡是娜塔霞、彼埃爾、安德雷等人的戀愛、激動、思想轉變等等，都要與拿破崙侵入莫斯科及敗退這件大事有密切聯繫。如果沒有明顯關係的情節，即使是非常精彩，也應該毫不可惜的刪去，以免頭緒紛繁。隨便舉一個例子：

托爾斯泰描寫彼埃爾的妻子愛倫和愛倫的哥哥安那托爾，把他們當成是俄國上層腐化貴族的代表，用以反襯一般人民的堅苦與英勇。電影中把這兩個人單純表現為對愛情不忠、行為放蕩的角色，顯然是沒有把握到作者深刻的社會意義。原作中愛倫的客廳是宮廷貴族們的集中地，當法軍攻進了國境的時候，這些人還是滿口法國話，說法國人如何有文化、拿破崙如何偉大等等。用電影來表現對比是最容易也是最有力的。如果在描寫這群無聊腐化的人之後接着描寫戰場上的慘況、描寫商人怎樣放火燒掉自己的商店以免資敵、街頭人民怎樣與法國人打架，傷兵們如何憤慨、工人群眾怎樣打死賣國賊奸細等等，再描寫朝臣們怎樣勾心鬥角、愛倫等這些人怎樣窮奢極慾地飲宴跳舞、怎樣在豪華的戲院中看法國戲等等（這些全是原作中所有的），那就很清楚的表達了原作的精神，愛倫這個美女在電影中就發生重要作用。

安德雷與彼埃爾這兩個人表示甚麼？

有些批評家指出，這兩個人代表着托爾斯泰自己的兩個方面，他性格中兩個互相矛盾的方面。安德雷頭腦清醒，意志堅強，有非凡的天賦智慧，漂亮而精明強幹，為了權力與榮譽緊張地行動。他極能自制，內心熱情充沛。不過他也有貴族的傲慢和固執。彼埃爾和他截然不同，他是肥大而難看，行動笨拙，精神散漫，好脾氣，意志薄弱，常常走到道德墮落的地步（托爾斯泰在年青時是很放縱的，酗酒賭博，還生了個私生子），但在清醒之後，集中了精力去探索人生的意義。他熱中於宗教，後來又全盤地接受了宿命論與不抵抗主義，最後接近於十二月黨人的思想。他動盪不定的精神反映出他是在努力追求真理，然而沒有獲得確定的結果，這正是托爾斯泰本身的經歷。

兩個人都愛國，與腐朽貴族的生活不能調和；都是站在地主的立場而試圖改善農奴的生活，然而沒有成功。兩者都是純潔而崇高的人，相互間有很好的友誼，而且，兩個人都愛着娜塔霞。

一九五七年三月十八日

談《戰爭與和平》（下）

娜塔霞是怎樣一個人？

托爾斯泰的夫人在結婚以前曾寫過一部小說，主角是她自己與她妹妹塔妮亞。她把書中的塔妮亞改名為娜塔霞。托爾斯泰後來寫《戰爭與和平》，娜塔霞就是以塔妮亞為模特兒的，這是托爾斯泰寫得最生動的女性。一般來說，少女的個性是沒有充份發展的，除了描寫她的天真活潑之外，很難作深刻的刻劃。然而娜塔霞不但溫柔甜蜜，而且心地良善，感覺敏銳，有時孩子氣，有時又有母性的慈愛。最主要的，她是一個純樸的俄羅斯姑娘，她熱愛俄羅斯人民、愛大自然、愛祖國的文化，對於上層貴族社會的法國化完全不能接受。

柯德莉．夏萍（Audrey Hepburn）演這角色確實很動人，她把娜塔霞演得很可愛，同時有強烈的個性。

有人對於她愛情的不穩定不能理解。為甚麼她忽然愛上那個花花公子安那托爾呢？這不是她性格中的一個大缺點麼？在原作中，娜塔霞在做小姑娘的時候還有一個小情人保理斯，而她與彼埃爾結婚後，變成了一個囉唆、相當庸俗、只注意兒女、常常沒來由地妒忌的婦人。我覺得這是托爾斯泰忠實於生活的描寫，是他藝術上偉大與深刻的地方（王智量先生在發表於《文學研究集刊》的文章中認為，這是由於托爾斯泰輕視女性的反動思想作祟，我不同意這樣看法）。在那個時代，一個可愛的少女與地主貴族結婚之後，極可能慢慢變為庸俗而沒有光采，這是真實的生活。同樣的，當她在性格還不穩定的時候，也可能受壞人的欺騙，這也是真實的生活。不過電影沒有那樣多的篇幅來詳細描寫她性格的成長發展，來刻劃她的心理過程，不提她的將來是好的，不提她小時候的保理斯也是好的，甚至，安那托爾引誘她私奔的情節雖然重要，但因為電影要處理的事情太多，我想這個情節也還是刪去了的好。因為說了這個事件而不去表現前後各種微妙曲折的關係，就無可避免地損害了娜塔霞的性格。

拿破崙和庫圖索夫

托爾斯泰認為，歷史是由命運決定而不是由人決定的，在大會戰中，法俄雙方總司令所有的命令根本都沒有被執行。他認為拿破崙愚而自用，庫圖索夫（Mikhail Illarionovich Golenishchev-Kutuzov）相當的老朽而無能為力。但另一方面，他又描寫庫圖索夫怎樣領導着軍隊的士氣，指出戰爭的勝負不是決定於軍力、武器、陣地，而是決定於士氣。因為法軍軍心不振，而俄國舉國一致的要決一死戰，終於拿破崙被打敗了。電影根據托爾斯泰的理論而描寫這兩個統帥，以至拿破崙固然蠻橫庸愚，庫圖索夫也沒有顯出他英明決策、忍辱負重的一面。原作中有一個場面是寫得極好的：拿破崙趾高氣揚地發施號令，而庫圖索夫卻在簡樸的農舍中召集將領開會。一個六歲的農家女孩在火爐邊望着他們爭辯，她同情「爺爺」（庫圖索夫）而反對「長袍子」（一個貴族將軍），因為「爺爺」曾慈愛地給了她一塊糖。撤出莫斯科的討論通過這小女孩的眼睛而展示出來，顯得十分的動人。電影中仍舊有那女孩，但絲毫不起作用，沒有讓觀眾接觸到庫圖索夫性格中那種深厚、純樸、和農民十分接近的性格。

戰爭場面

電影的戰爭場面十分巨大，波羅既諾之戰（Battle of Borodino）中法國騎兵的衝鋒尤其輝煌，渡口法軍的擁擠也表現得令人驚心。主要的缺陷是沒有表現雙方士氣的對比。如果可能的話，希望國泰戲院重映一下那部蘇聯片《大敗拿破崙》（*General Kutuzov*, 1944），其中的戰爭場面不論規模、戰鬥的激烈程度、對戰爭解釋的正確等等，都勝過本片。觀眾們可以拿來對比參考一下。

總的評價怎樣？

儘管指出了不少缺點，但我仍舊以為這是一部相當好的影片，與西歐與美國一般影片相比，甚至可以說是極好的。它很忠實於原著，雖然改編得不十分理想，然而與托爾斯泰原著是相當接近的。它顯得有點混亂，但俄國人民英勇抗戰以擊敗侵略者的史事，還是在銀幕上頗為動人地、大規模地表現出來。

導演處理得很平穩，雖然，有些場面沒有得到應有的發展而突然中止了，毛病就在於只求根據原作而造成了電影藝術上的缺陷。攝影精彩，彼埃爾與人決鬥那一場景色，尤其是傑作。

除了夏萍外，亨利·方達（Henry Fonda）也是很好的。夏萍在大戰之後沒有甚麼改變，這是一個缺點，在原作，彼埃爾在戰後與她相遇時根本不認識她了（這更有戲劇性、更表現了戰爭對人的影響）。米路·花拉（Mel Ferrer）似乎缺少了一點光采。

總的說來，整個編、導、演、攝影，都是第一流的。

一九五七年三月十九日

談《李察三世》（上）

《李察三世》（*Richard III*, 1955）的上映，在英國與美國電影界都是一件相當轟動的大事，但在香港，似乎並沒如《王子復仇記》（*Hamlet*, 1948）和《凱撒大帝》（*Julius Caesar*, 1953）的那麼受注意。原作比較不出名，或許是原因之一。但總的來說，這還是一部值得比較詳細談談的影片。

原作的評價

《李察三世》是莎士比亞最早期的作品之一，那時他的戲劇才能與對人生的洞察力還沒充份發展。悲劇的主角李察就像另一部早期作品中的羅密歐那樣，性格從開始到結束沒有多大變化，也沒有強烈的內心矛盾與衝突。有些批評家指出，李察開場一段獨白雖然精彩絕倫，但就戲劇結構而說，那只是平淡的介紹，並沒有推動劇情的急速開展。然而這劇本把一個政界的大壞蛋描繪得神采栩栩，在莎士比亞戲劇中所有的政治人物中，李察三世最為突出。他生龍活虎般的行動、才氣縱橫的計謀，不禁令人為之傾倒。英國著名的文學批評家約翰．巴爾默（**John Palmer**）在《莎士比亞的政治角色》（*Political Characters of Shakespeare*）一書中分析了李察三世所用的各種政略，他說，近幾十年中許多政界領袖的手腕和行動，有許多地方實在與李察三世沒有分別。這因為莎士比亞觀察敏銳，挖掘到了這個「奸雄」靈魂的深處。儘管現代的環境與當時完全不同，但政治上「奸雄」的性格，還是沒有多大區別的。在莎士比亞的各個歷史劇中，《李察三世》可以說是藝術性最高的一個。英國每一個大演員都以一演駝背李察為榮。在電影《戲國王子》（*Prince of Players*, 1955）中，我們就曾看到名演員布斯（Edwin Thomas Booth）演出李察的情況。

戲中的歷史背景

戲中人物眾多，事件複雜，最好先了解一些英國當時的歷史情況，才不致被弄得眼花繚亂。簡單說是這樣：英國史上有一個爭奪王位的內亂「玫瑰之戰」（Wars of the Roses）。一方是蘭開斯特家族，另一方是約克家族。那時蘭開斯特家族的亨利六世（Henry VI）在做國王。駝背李察慫恿他父親約克公爵起兵，在戰場上，李察奮勇當先，大獲勝利。但約克公爵被敵人殺死了，李察卻殺死了亨利六世和王太子，擁戴自己的哥哥愛德華（Edward IV）即位。這樣，王位到了約克家族手裏。李察野心勃勃，大誅異己，在愛德華四世死後自己即位。最後蘭開斯特家族又有一個亨利起兵，殺死了李察而即位，稱為亨利七世（Henry VII）。亨利七世娶了愛德華四世的女兒做王后，兩個王族合而為一，擾亂多年的封建戰爭得以停止。亨利七世之後是以殺妻聞名的亨利八世（Henry VIII），亨利八世的女兒就是著名的伊麗莎白女王一世（Elizabeth I）。莎士比亞是伊麗莎白女王時代的人，那時英國國力鼎盛，黃金時代正在開始。

戲劇的主題

據劍橋大學的蒂爾耶德博士（Eustace Mandeville Wetenhall Tillyard）在《莎士比亞歷史劇》（*Shakespeare's History Plays*，這部著作被認為是近代關於這方面的權威）一書中的考證，莎士比亞這些歷史劇極受當時一位歷史學家赫爾（Edward Hall）的學說的影響，認為英國從分裂到統一是實現了上帝的意旨。莎士比亞一系列的歷史劇確是描寫了英國從分裂、內戰到統一、和平的經過。但我想，如果說他是在宣揚上帝的意旨，還是說他反映了當時社會和人民的普遍要求更為適當。英國的經濟正在急劇發展，中產階級和平民都希望國家和平統一，反對封建割據和封建性的內戰。莎士比亞在這一系列的歷史劇中歌頌了和平統一，擁護那能使人民安居樂業的政治環境。而使他這些劇本成為不朽的，是他對於人之性格深入的刻劃。

李察的性格

李察是一個有極大才能的奸雄。他只相信權力，沒有任何道德的考慮。蕭伯納（George Bernard Shaw）認為這戲中李察的三句話十分重要：「良心，那只是懦夫所用的字眼；最初所以發明出來，是為了要使強者有所畏懼。我們有力的手臂就是我們的良心，刀劍就是我們的法律。」蕭伯納說，尼采的全部哲學就包括在這幾行詩句之中。

李察最大的樂趣是玩弄權謀。因為他比當時所有的人智力更強、行動更果決，所以無往而不利的抓到了權力。希特勒，多麼像李察啊。在我國近代的政治史上，不是也有這樣的人麼？這種人謀殺政敵、出賣朋友，任何壞事都敢做，只要對自己有利。有人分析，許多觀眾所以喜歡看這個戲，因為這戲使他們經歷了一個「道德的假期」，甚麼仁慈、信義、友愛，一切完全不顧，只見主角大踏步地朝着他的目標前進。影片在美國賣座奇佳，或許這是原因之一。

我國歷史上不知道有多少像李察那樣的君主，為了做皇帝而殺兄弟根本算不了一回事，甚至可以說：不殺兄弟那才是例外。莎士比亞找到了這種人性格中的特點，以極高妙的藝術手腕表現了出來。

初顯身手

電影開場時是愛德華四世加冕（那本來是《亨利六世》第三部中的最後一場），這時李察已殺了敵方的國王父子，建立了殊勳，此後運用權謀的第一個對象是他哥哥喬治。喬治本來是一個無惡不作的壞蛋，電影中的尊·吉爾格德（John Gielgud）把他演得太崇高了。要知在這部戲中是完全沒有好人的，一群大壞蛋在爾虞我詐的鬥爭，而所有的壞蛋都不是駝背李察的對手。在爭奪王位之戰時，喬治曾背叛他的哥哥愛德華。他的被處死並不引人同情（雖然不免覺得可憐！），觀眾感到興趣的，是看李察怎樣大顯身手。戲劇的主旨不是描寫善與惡、是與非的鬥爭，而是在「黑吃黑」的殘殺中暴露人的性格。

一九五七年四月三日

談《李察三世》(下)

引誘安妮

使美麗的安妮屈從於自己的意志，是駝背李察的得意傑作之一。李察對安妮當然沒有愛情，性的慾望也並不重要；在政治上，與她結婚固然有利於實現他的計劃，然而在引誘的過程中，李察也不着重這一點。最使他發生興趣的，由於這是一件難事。他殺死了她英俊溫雅的未婚夫（王太子），殺死了她未來的公公（英王亨利六世），正在她扶着公公的靈柩哀哭時（電影將棺材中的屍首改為是她未婚夫，使感情更為激盪，我以為改得很好），他卻去向她求愛！更何況，他是一個十分醜陋的駝子。他說：「哪一個在這種心情下的女人曾被人追求？哪一個在這種心情下的女人曾被人到手？」但他用堅強的意志、雄辯的口才、巧妙的進攻，使安妮茫然不知所措，終於屈從於他。

安妮決不是性格放蕩，甚至不是軟弱，而是落入了一個智力極高、意志極強的人掌握之中，擺脫不了，逃避不了。李察加之於她的，不是體力上的強暴，而是意志上的強暴，是更加壓倒一切地摧毀了她的抵抗力。

羅蘭士·奧理花（Laurence Olivier）和嘉蓮·寶琳（Claire Bloom）這場對手戲是全部電影中最精彩的片段。

殺希史丁斯

李察除掉希史丁斯時手段之辣，可以說是流氓政治的典範之作。他事先查到希史丁斯對自己的計劃不贊同，於是召集會議。他故意遲到，向希史丁斯客氣一番，然後與主教提些閒事，要他去拿楊梅來大家一起吃。希史丁斯毫不提防，覺得李察今天的心情好極了，同時以自己被當作是他的密友而得意。那知突然之間，李察閃電般提出了指控，他還沒來得及自辯，李察已下了斬首的命令。

導演處理這場戲時巧妙地運用了一張長桌，使出席會議的人一個個地離開他，後來，希史丁斯孤零零地處在長桌的一端，另外的人都聚在另一端。觀眾一瞥之下，就知道他的命運已決定了。這種形象化的表現方法，在電影藝術中是很重要的。

殺白金漢

白金漢是李察最得力的助手。他一言一動，都極力模仿領袖的模樣。他宣佈擁戴李察做國王，群眾毫無反應，他派在群眾中的流氓就高呼「李察萬歲！」但當李察即位之後提出要殺兩位小王子時，白金漢卻遲疑了一下，說要考慮。李察決不容許別人遲疑，他馬上派人去幹殺人的勾當，當白金漢再來表示同意時，李察已故意顯得毫不感到興趣。白金漢一再提到他先前答允過給他的報酬。我們或許會覺得白金漢很蠢，這要求提得多麼不合時宜，但仔細一想，這實在是最好的時機。白金漢抓緊了機會，要以同意殺小王子來交換李察諾言的兌現。那知李察比他高明得多，他不容許部下對他要挾，也不容許部下有絲毫的遲疑。

殺小王子

李察做了國王。但照傳位的規矩，國王應該是他姪兒做的。決不容許那兩個小王子活着，這是十分現實的事。兩個小王子是否嘲笑他的殘疾，那並不重要，不過這場戲很有戲劇效果，透露了李察的心情。他嘆道：「這樣小而這樣聰明，人們說，那是活不長久的。」我國京戲的《賀后罵殿》情況與這段戲很有相同之處，趙匡胤突然暴死，他的弟弟趙匡義接位（大概趙匡胤是被趙匡義害死的，所謂「燭影搖紅」，成為歷史上一個疑案），首先就非把王太子逼死不可。英國有許多批評家覺得李察各種罪行中，殺害小孩最令人不可容忍。約翰遜博士（Samuel Johnson）和柯爾立治（Samuel Taylor Coleridge）兩位大文學家所以對《李察三世》這劇本批評惡劣，主要似乎是從道德觀念出發的。其實我們看一下現實的政治情況，如果李察不殺死小王子，那才不合理呢。李世民在玄武門之變中殺了做皇太子的哥哥建成，決不能讓建成的兒子活下來。英明如唐太宗者尚且如此，何況李察？

轉變和結局

李察做了國王，他的才能已沒有發揮的地方。就在這時候，他生命中的軟弱與陰暗開始了。有人認為莎士比亞寫到他做了國王之後，以後的各場戲就大為減色，再沒有機智的火花和才華的光芒。其實，這不是莎士比亞後勁不繼，而正是這個悲劇的本質。是李察這個人深刻的個性。他拚命往上爬，爬到了頂峰之後，一切才智和意志突然之間消失了。他會突然失卻自我控制，會更改發出了的命令。他在醒覺時從沒受過良心的責備，但鬼魂在他夢中出現了，這表示在他下意識中，他還是會因自己的惡行而感到不安的。最後他是在戰場上戰鬥至死，死得十分英勇。他臨死時大叫要用一個王國來換一匹馬，蕭伯納指出，只要能保持戰鬥的狂喜，李察願意用十二個王國來交換。

李察其實並不喜歡做國王，他是喜愛在爭奪王位時的這一切戰鬥。

電影拍得怎樣？

整個來說，是一個成功的改編。但錯綜複雜的政治關係還不夠單純化。配音過於莊嚴，沒有陰沉和譏嘲的意味。最大的缺點，似乎是沒有使觀眾感到對李察有一種不自禁的欽佩，因而失卻了悲劇意味。這個查理士．蘭姆（Charles Lamb）稱之為「崇高的天才、神通廣大、深刻、機智、多才多藝的李察」，在銀幕上就如同我國京劇舞台上的曹操，奸惡掩蓋了梟雄的才氣。

一九五七年四月四日

談《第十二夜》（上）

真正的主角

莎士比亞所以成為文學上百世的宗匠，決不是由於他作品中情節的離奇曲折，而是由於他對人性深邃的了解與刻劃。他所有戲劇的故事情節，都是從別人作品中得來的。《第十二夜》（*Twelfth Night*, 1955）中雙生兄妹的離合，以及薇娥拉——奧西諾公爵——奧利維雅伯爵小姐——瑟巴士顯這四個人之間錯綜的戀愛關係，都是根據舊有的故事而發展出來，至於小丑與管家馬伏里奧等人之間的胡鬧，則是莎士比亞自己的創作。

表面上，故事的重心是薇娥拉等四人的愛情糾葛：女扮男裝的薇娥拉愛着公爵，公爵愛着伯爵小姐，而伯爵小姐以為薇娥拉是男子而傾心於「他」，後來薇娥拉的雙生哥哥瑟巴士顯到了，由於他面貌與妹妹一模一樣，伯爵小姐誤以為是她愛人而與他秘密結婚，事情揭穿後薇娥拉終於嫁給了公爵。但許多批評家都認為，這個戲劇中最重要的角色不是這四個主角，而是伯爵小姐家裏的管家馬伏里奧。

新與舊的衝突

在莎士比亞後來更偉大的《威尼斯商人》（*The Merchant of Venice*）那個戲劇中，有一個類似的情形，在那盤剝重利、要割人一磅肉來還債的歐洛克旁邊，劇中正面人物的角色反而顯得沒有了光采。在莎士比亞的時代，英國的資本主義正在開始發展，新興的商人階級與舊貴族之間的衝突已表現得相當尖銳。不論在經濟生活與文化、思想各方面，都是新與舊激烈地衝突着，《第十二夜》的背景是一個仙境般的國家，風景如畫，人人都在快樂地生活，唯一的苦惱只是戀愛上的失望。莎士比亞在這戲中沒有接觸到社會問題或是普通人民的疾苦，然而因為他是一位偉大的現實主義作家，所以即使在這個神仙故事的美麗傳奇之中，還是灌注着當時英國的人物、思想，和感情。到後來的《威尼斯商人》，資產階級與貴族之間衝突，那是比《第十二夜》更加尖銳和富於戲劇性了。

兩種人的對立

這個戲中的管家馬伏里奧是一個精明、富於才智、生活嚴格的人，就像英國新興的資產階級那樣，他們出身低微，然而不擇手段的要往上爬。和他對立的是一群寄生蟲：依附姪女兒伯爵小姐過活的托貝爵士、智力和道德無可再低的安德萊爵士、以供別人取笑揶揄為生的小丑等等。在伊利里亞這國家中，馬伏里奧是少數，不論在性格和思想上，他與公爵、伯爵小姐，以及其他的小丑僕人都是截然不同的兩個類型的人。公爵的腦子中只有音樂和戀愛，伯爵小姐心中除驕傲和愛情之外便一無所有。托貝爵士喝醉了酒唱歌胡鬧時，馬伏里奧前來干涉了，托貝爵士反唇相稽道：「你以為你道德高尚，人家便不能喝酒取樂了麼？」這是這個戲中一句很出名的話，代表着兩種對生活的態度。一種是沒落貴族的胡鬧與享受，一種是新興階級刻苦而不顧一切地力求上升。馬伏里奧並不是商人，但他手中顯然握着一部份經濟權。

托貝等人設計了一個圈套來作弄馬伏里奧，假裝小姐寫了一封情書給他，使他神魂顛倒，信中有三句話：「有的人是生來的富貴，有的人是掙來的富貴。有的人是送上來的富貴。」這三句話在劇裏曾一再提及，那不是沒有原因而予以強調的。生來富貴的是貴族，掙來富貴是馬伏里奧本來的目標，現在突然得到小姐垂青，那是送上來的富貴。他這種人，是不擇手段地要得到富貴，現在富貴忽然從天而降，自然是要瘋瘋癲癲而不能自已了。

表達內心世界的獨白

莎士比亞由於對人性的洞察，深刻地描寫了馬伏里奧這個形象。使這個人神魂顛倒的，並不是伯爵小姐的美麗與愛情，而是她所代表的富貴。他在那段著名的花園獨白之中（可惜這段被赫茲列特〔William Hazlitt〕等大文學家擊節讚賞的獨白，在電影中被刪去了），想像着小姐嫁給他之後，他是如何的威風，有怎樣的地位、權力和珠寶。就在這時，偽造的情書投到了他的腳邊。

影片對這個劇本的解釋和大多數批評家的意見是不同的。電影把馬伏里奧描寫為一個糊塗而驕傲的傻子。在原作，他是一個野心勃勃的不安本份的管家，本來就在幻想與小姐結婚。因此他先有一番表露野心的獨白才收到情書。影片的處理，是讓他所以陷入圈套，完全是由於旁人的詭計，變成單純是一種情節而不接觸到人物的內心世界。當然，對莎士比亞的劇作，容許各種不同的解釋與處理，《哈姆雷特》（*Hamlet*）、《奧塞洛》（*Othello*）等名劇在英國、蘇聯舞台上演出時，導演們對主題思想的理解常常是不同的。本片的處理比較單純，任何觀眾都能接受。幾個人作弄一個傻瓜，他上了當，演出了一幕趣劇，那自然滑稽得很。如果像馬克·凡·杜倫（Mark Van Doren）所分析的，要在這兩種人的衝突中表現「舊的世界抗拒新的世界，喝酒打呃與憂慮嘆息的生活企圖漠視後起的清教徒式的、有效率的生活」，那當然要深刻得多，但也困難得多。本片既然將重點放在薇娥拉身上，對馬伏里奧內心的刻劃就不能給予太多的篇幅。

悲劇意味

英國的詩人與散文作家蘭姆（Charles Lamb）認為馬伏里奧是冷酷、莊嚴、過份的規矩。不過他的道德放在伊里利亞這國土中卻不適合。「甚至在他被監禁起來的那種荒誕的狀態之下，某種性質的偉大仍舊沒有離開他。」他說，在看名演員賓斯萊（Robert Bensley）演出這角色時，總覺得他性格中有一種崇高的悲劇意味。

當優秀的演員演《威尼斯商人》中的猶太人歇洛克時，常也在角色身上帶着一點淒涼的氣質，使人在憎厭之中不自禁的有一些同情。當然，要演到這樣的深度，那是極不容易的事。

一九五七年五月一日

談《第十二夜》（下）

清教徒

在莎士比亞之後不久，英國爆發了由克倫威爾（Oliver Cromwell）領導而由資產階級支持的、打擊封建貴族的戰爭。克倫威爾是清教徒，他的部下也以清教徒為主力。在《第十二夜》（*Twelfth Night*）中，馬伏里奧曾不止一次地被罵為清教徒。在莎士比亞那時代，清教徒代表着一種新興的經濟階層與生活方式，他們反對封建的腐化與享樂，但也因此而常常走到了另一個極端，嚴酷得不近人情而為人討厭。

《第十二夜》在英美上演時，由於資產階級的思想在社會中佔着統治地位，馬伏里奧這角色所得到的同情，似乎超過了莎士比亞的原意。

有些喜劇純粹是一些善良人的誤會與傳奇，有些則是對虛偽者的譏刺、撕下他們偽裝的假面具，《第十二夜》卻是另一種喜劇。這個戲中沒有真正的壞人，也沒有真正的英雄。每個人都有弱點與可笑的地方，但這些弱點都是從他們本性中發生出來的。莎士比亞並沒要觀眾憎恨這劇中的任何人，也沒要觀眾崇仰哪一個角色。

薇娥拉的性格

薇娥拉是一個美麗的少女，但她的性格我以為並不怎麼可愛，別說不能與朱麗葉、黛絲德夢娜等這些莎士比亞筆下的第一流女性相比，就是第二三流的女性，似乎也比她更多一點美德。在她身上，我們簡直發現了一點「撈女」的氣質。影片把她的性格美化了，與莎氏原作是並不完全相同的。

在原作，薇娥拉在海中船舶失事而踏上伊里利亞的海濱，聽船長說統治這地方的是奧西諾公爵。她一知道公爵正在追求奧麗維亞伯爵小姐而不得之後，立刻表示希望能夠去侍候這位小姐。約翰遜博士（Samuel Johnson）對於她這樣迅速決定要「取而代之」，感到相當驚異：「薇娥拉似乎很少考慮，就設計了一個深沉的謀劃。」船長表示伯爵小姐不肯接見旁人，薇娥拉馬上就決定去侍候公爵。約翰遜說：「薇娥拉是一位高明之極的設計家，決不會沒有辦法；她不能去侍候小姐，她就去侍候公爵。」

分析得深一點，薇娥拉的企圖不見得比馬伏里奧更高尚些。影片將她改為見了公爵之後鍾了情，才改裝去侍候他，那情況是完全不同了。這時她對公爵的追求不是為了名位而是為愛情了。要把薇娥拉表現為一個人格完美無缺的女性，當然應該這樣改動，但從含義來說，我想原作是更為深刻，對人性有更多的暴露。在原作，當公爵要薇娥拉去向伯爵小姐求婚時，她還沒有對公爵有任何情意，然而已透露了她的決心：「我要盡力去向你愛人求愛：（旁白）然而，是多麼障礙重重的一場奮鬥啊！不管我向誰求愛，我自己要成為他的夫人。」在這幾句話中，莎士比亞把這個人刻劃得再明顯也沒有了。她既決心做公爵夫人，那麼她代公爵向旁的女人求愛時，自然是沒有誠意，唯恐對方答允了。

奧西諾公爵

奧西諾是一個受情慾控制的糊塗人。他說：「當我第一眼瞧見奧麗維亞的時候……我就變成了一頭鹿；我的情慾像兇暴殘酷的獵犬一樣，永遠追逐着我。」這個比喻大概源自希臘神話中獵人艾克東（Acteon）的故事。艾克東瞧見了女神迪亞娜（Diana）的裸體，終於被他自己的獵犬撕成碎片。莎士比亞是說，一個人如果老是看着或想着他所不能得到的女人，他的心就會因不斷的相思而破碎（法蘭西斯．培根〔Francis Bacon〕對這神話的解釋那就庸俗得多，他認為這表示，我們不能去探問政要們的機密，否則的話，我們就會毀在自己的僕人手裏）。公爵後來突然轉而去愛薇娥拉，我們覺得全然沒有甚麼理由。

伯爵小姐對薇娥拉的鍾情、塞巴士顯對伯爵小姐愛情的接受，同樣是糊裏糊塗的。

莎士比亞這樣的寫這群人，正是他高明的現實主義手法，因為世界上確是有為了權勢金錢而嫁人的貧窮無依的女子，也有為了權勢金錢而娶一個富貴妻子的貧窮男人，有見了漂亮小白臉而「暈晒大浪」[6]的有錢小姐，也有追求不到意中人就隨便娶一個漂亮小姐的少爺。莎士比亞對他們既不讚揚，也不嘲罵，只是將他們性格中的弱點抒寫出來，引以為樂。所以我們說，這個戲劇的偉大之處，是在於人性的刻劃，而不在於情節的奇特。講到情節，這不大會是真實的人生。

[6] 即感到頭暈。——編者按

蘇聯莫斯科小劇院上演過這個戲劇，那次演出的「中心思想」據說是放在「薇娥拉爭取她自己的幸福」這一點上。現在這部影片的主題，大致似乎也是這樣。作為一部有趣的喜劇，那當然是很成功的，但就解釋原作的深度與人物性格的掌握而言，我覺得本片不及烏蘭諾娃（Galina Ulanova）的《羅密歐與朱麗葉》（*Romeo and Juliet*, 1955）。

對影片的意見

影片的彩色極美，音樂尤其好聽。演得最好的是那個安德萊爵士，女僕瑪麗亞和托貝爵士也相當精彩。至於薇娥拉，她在影片中既然要顯得全然的純潔可愛，那麼她對公爵一往情深的、詩意的愛情，似乎表達得還嫌不足，同時原作中刻劃她工於心計、力求嫁得金龜婿的那些語句，似乎也以刪去為宜。

國語配音的辭句極大部份採用了朱生豪的翻譯，韻腳自然，讀來鏗鏘可聽。主要的缺點是錄音太響，吵鬧時尤其響。配音者用舞台劇的朗誦方式唸台辭，在電影中觀眾會感到不自然。像托貝爵士酗酒那一場，音調是從頭至尾長期的緊張和高昂，缺少了戲劇性的對比。聽說蘇聯另一部精彩的莎劇電影《奧塞洛》（*Othello*, 1956）正在配為國語，我們希望這一點能夠得到改善。即令是舞台紀錄片，終究是電影而不是舞台劇，配音時似應該用電影的方式而不是用話劇方式。

總的來說，這是一部有趣的影片，雖然不怎麼深刻，但美麗而熱鬧。

一九五七年五月三日

八家人家的共處

——談《水火之間》

去年春天，當香港國語電影界舉行救濟白田村火災災民義演的時候，壓軸戲是一個獨幕劇《同居樂》。由於劇情的動人，演員們演出的認真，所有的觀眾都被這個戲深深的吸引住了。大家分擔了劇中人的悽苦與煩惱。當最後樓中起火的時候，劇中所有的角色都一起奮不顧身的來救火，不理會平時的吵鬧和成見，像一家人那樣親密地團結在一起。

在義演舉行之前，我就聽到電影界的朋友們談到這個戲，據說是根據在馬來亞非常流行的一個獨幕劇《風雨牛車水》改編的。這劇名好怪，在風雨中牛去車水幹甚麼呢？原來「牛車水」是馬來亞的一個地名，意思是說發生在這地方上的一件風雨同舟、和衷同濟的事。《同居樂》吸收了原劇的精華，同時把它香港化了，把原劇中土生子殺人搶戒指等情節加以改變，更加增強了它的現實意義。

龍馬公司這部《水火之間》（一九五五）就是根據這個話劇改編的，影片中的演員李清、江樺、陳娟娟、馮琳等，就曾參加這個話劇的演出。影片比話劇更加提高了一步，由於電影在表現手法上的方便，它增加了人物，增加了情節。許多情節如果不是比話劇更生動的話，那麼至少它是更加錯綜複雜，滑稽處更加滑稽，愁苦處更加愁苦。它增加了許多素材，然而仍舊保持着原劇樸素而緊湊的風格，所以是一個很成功的改編。

在香港，水與火是對於貧民的兩大威脅，尤其到了冬天，貧困的人們哪一天不是為了「水」與「火」這兩件事而擔心呢？影片描寫在一層樓中居住的八伙人家，描寫他們的日常生活。這日常生活是環繞着一個最尖銳的問題——「水」，而發展的，高潮則是另一個尖銳的問題——「火」。因為影片所講的是大家切身的事，所以對每個觀眾來說，都是很親切的。

八伙人家，十七個人，每個人有着不同的個性，貧窮使他們聚居在一層樓中。看這部影片，等於是看這十七個演員作演技競賽。導演把許許多多錯綜的事件安排得十分巧妙，在這些事件中顯示了每個人的個性和身份，推動了事件的進展，也展覽着每位演員精彩的演技。你看的時候，心中一定會這樣想：怎麼演員選擇得這樣好，簡直沒有一個露出弱點。

和龍馬公司另一部轟動一時的《一板之隔》（一九五二）一樣，本片的主題也是教大家和睦相處，互相幫助。本片是《同居樂》之二，同居並不難，難是難在一個「樂」字。在此地，大部份的居民都和別家同居在一層樓中，看了這部影片，我想一定會對你的鄰居多一點親切、多一點同情吧。如果你是這樣，我想鄰居也會以更多的親切和同情來酬答你。

一九五五年十二月十五日

《秦香蓮》的主題

《秦香蓮》（一九五五）是一部好戲，那是每個看過的人都會承認的。然而它的主題是甚麼呢？它讚揚了包拯等人的行為，包拯是宋朝的大官，那不是封建皇朝的統治者嗎？《梁祝》的主題是反封建，那是很容易看出來的。《秦香蓮》的主題似乎就不是那麼容易把握了。

我想，這部影片最突出的主題是「擁護正義」。

秦香蓮在影片中反對他欺君上、背父母、棄妻兒的行為。秦香蓮責罵他「不忠、不孝、不仁、不義」，或許有人說，忠於君父是封建的倫理觀念，但在那個時代，她不能用別的更嚴厲的話來責罵他。事實上，她自己的行為正是反對那些不合理的封建倫理的。在那個時代，皇族是不能反抗的，官員是不能反抗的，丈夫是不能反抗的，然而秦香蓮為了堅持正義，對皇姑、官員和丈夫絲毫沒有畏懼。

秦香蓮反對陳世美的「不忠、不孝、不仁、不義」，在影片裏，「不忠」只是附帶一筆而已，並不是她所反對的重點，然而對於陳世美，這是最有力的一句責備，因為他最害怕的，倒不是他拋棄糟糠之妻的不義行為被人發覺，而是他的欺君行為被暴露出來。

秦香蓮要求陳世美的，是撫養父母子女，善待妻子，這是一個人最普通的道德。後來她甚至更加退讓一步，只要丈夫好好撫養兒女，那麼不認她也就算了。然而陳世美為了貪圖富貴，甚至派人去殺害妻兒。這種背信喪德、見利忘義的惡徒，在當時為人們所唾棄，在今日也是一樣為人們所憎恨的。影片先確立了陳世美的不義（不認妻子、派人殺害、拋棄父母），然後通過秦香蓮、王延齡、韓琪、包拯這四個人，展開了堅執正義的鬥爭。秦香蓮在情感上逐步揭示他的無情，提出控訴。王延齡初步調解，對秦香蓮作了支持。韓琪的死更加增加了陳世美的罪行，同時以他的明辨是非、捨身取義，來反襯出他主人的忘恩負義。最後則是包拯。

在包拯身上，集中了人民對公平法律的理想，集中了他們對爭取正義的善良願望。本來「王子犯法，庶民同罪」，只是封建時代人民的一種理想，事實上是極少有這種歷史實例的。但在這個故事中，人民作家把這種理想和願望具體的形象化為包拯這個人。

《秦香蓮》是一個民間傳說，從這個故事中，我們可以看到人民的正義願望得到勝利。負義無仁的賊人終於被鍘死。這樣的結局是符合人民願望的，所以最後能「人心大快」。在這個故事中，是與非、善與惡不斷劇烈鬥爭，而正義最後獲勝，本片最主要的意義我想是在此吧。

一九五六年一月一日

《秦香蓮》中的衝突

《秦香蓮》（一九五五）這個故事引起了觀眾熱切的注意，在看這個戲的時候，大家是自始至終全神貫注地看的，因為這個戲一個衝突跟着一個衝突出現，可以說全無冷場。

由於放映時間的限制，電影比一般地方戲中的《秦香蓮》要簡略一些，主要的戲集中在「闖宮」、「琵琶詞」、「殺廟」、「鍘美」這四大段上，這四大段正是全劇的精華所在。

戲的前半段主要衝突是「陳世美認不認妻子？」從韓琪自刎之後開始，那是「陳世美會不會服刑？」前半段是原因，後半段是結果。每一個事件的衝突解決之後引起了新的衝突，一直發展到「鍘美」，劇情如江河直瀉，毫不迂迴曲折，很緊張的奔放下來。

但在劇中人的內心，情感和思想卻走了許多迂迴曲折的道路。這個戲是我國戲曲中偉大的現實主義的代表作之一，因為它真實地表現了人物的思想感情。好人有軟弱的一面，壞人也有偶然良心發現的時刻，所有的人全不是臉譜式的或忠或奸，類型地、粗率地來表現的。

客店的張老闆起初不肯讓秦香蓮借宿，因為她付不起房租，後來見她可憐，不但讓她住店，還帶她到紫墀宮去。他本來興致沖沖，但見到門官的兇惡，又嚇得逃走了。最後不放心，終於再回來探視，見秦香蓮昏倒在地下而扶她回去。這張老闆是一個善良的小市民，然而他同時也是懦怯的，不免有一點市儈氣。

門官和韓琪有正義感，然而也畏懼權勢，只得用一些無可奈何的辦法來幫助秦香蓮。韓琪在自殺之前內心曾經過激烈的衝突。殺她吧，實在下不了手，不殺吧，既對不起駙馬的厚待（在封建社會中，這點封建意識的「忠」也是現實的），也怕逃不了他的追究，進退兩難，只得自殺。他的自殺大大地強調了駙馬的權勢，強烈的描寫了後來包拯處境的困難。

王延齡的管閒事也是經過內心鬥爭的，他曾因多管閒事而被皇帝罰俸，這次遇上實在是不想管了，可是終於不得不管。包拯的內心衝突表現得很是明顯，他受不了國太的威逼，一度曾想妥協屈服，想送三百両銀子給秦香蓮而了結這件事，但被秦香蓮責罵為「官官相護」，激發了他的正義感而下令開鍘。

秦香蓮開始時很是溫和柔善，她進宮時怕丈夫的面子有損而不自認是他的妻子。她見丈夫不認時曾再三退讓，只求他收養兒女，直到陳世美派人來殺害他們，這才激發了她鬥士的氣概。甚至陳世美，他也有好幾度天良發現，想相認妻兒，但富貴和權位終於掩沒了他的良心。

誰是一貫的兇狠的呢？那就是國太和皇姑，這是當時封建統治者最上層的代表。

一九五六年一月六日

《秦香蓮》中的包公

許多人一定看過《七俠五義》這部舊小說，這小說中包含了大量的封建意識、迷信神怪，以及為皇家賣命的思想，然而不可否認，它有許多情節是很動人的，像白玉堂、蔣平、歐陽春這些人的性格真是刻劃得栩栩如生。我覺得，這部書中對於白玉堂這人物的描寫，簡直是第一流的藝術手腕。許多俠客們行俠仗義，除暴安良，而這群俠客們的大領袖就是包公。除了《七俠五義》外，《包公案》也是以包公為主角，但就藝術性而言，《包公案》是差得多了，所以它流傳得也不廣。

在一般流行的戲曲中，包公也是一個在舞台上常見的人物，像《烏盆記》、《狸貓換太子》（這個戲從前在上海可以一連演許多本，舞台上連演幾個月不算稀奇）、《秦香蓮》等都是。戲曲中元代戲曲大師關漢卿的《蝴蝶夢》和《魯齊郎》、無名氏的《玎玎璫璫盆兒鬼》的主角也都是包公。

這些戲曲與小說中的包公，並不是作者憑空創造的，而是集合了前代文學中關於包公的描寫，尤其主要的，是人民所創造的包公形象。歷史上確是有包公這個人，他確是有不畏強禦、為官清正的好品德，然而傳說中的包公卻做了許許多多事實上不可能做到的事，因為他已成為人民理想的化身，帶有濃厚的超現實的成份了。

上次我在談《羅賓漢》時，曾說羅賓漢是中世紀英國人民的理想英雄，希望有這樣一個人物來解除他們生活中的痛苦，為他們主持正義而伸冤。流傳在中國民間傳說中的包公，主要也是這樣一個理想人物。在當時的封建皇朝中，一般平民被貴族、地主、惡霸、盜匪欺壓得透不過氣來，大家希望有這樣一位清正、公平、聰明、幫助老百姓，而又握有權勢的英雄來替大家主持正義。所以我們在所有的包公故事中，可以看到冤枉者必定受到昭雪（連皇太后的冤枉也由他審理明白）、欺壓別人的為惡者一定受到鎮壓，而權貴和老百姓衝突的時候，由於包公的主持正義，權貴一定失敗。所以在《施公案》、《彭公案》等等同類公案小說中，只有包公是有人民性的。

但是從前一些戲曲與小說中，同時也混有許多神怪和損害包公這形象的糟粕。在這部評劇紀錄片《秦香蓮》（一九五五）中出現的包公，我想是最符合於人民的理想了。而且，他不只是一個空洞的概念，而是一個有血有肉的人，所以他在國太的壓力異常強大的時候，也曾考慮過妥協和屈服。從他暫時的弱點中，我們更清楚的看到了他性格的堅強。如果他如莽夫般的橫行無忌，我們對這個人物反而不相信了。

一九五六年一月十九日

談《天仙配》

「董永遭家貧，父老財無遺，舉假以供養，傭作致甘肥。責家填門至，不知何用歸？天靈感至德，神女為秉機。」

這是七步成詩的曹子建的《靈芝篇》，他所寫的董永故事，與電影《天仙配》（一九五六）雖然情節稍有不同，但主要的骨幹仍是一樣的。可見這故事在漢代即已流傳。再早一些，在後漢永嘉年間的武梁祠石刻畫像裏，也已有一部份用這故事來做題材，可以這樣推定，《天仙配》的故事在我國總已有兩千年左右的歷史。

這故事曾被寫成變文、雜劇、傳奇、小曲、寶卷、輓歌、彈詞、評講等種種形式，許多地方的地方戲中也都有演唱這故事的劇目，而《路遇》和《槐蔭分別》這兩場，更常常被獨立出來單獨表演，因為這兩場尤其是精華的所在。

電影《天仙配》與《梁祝》（一九五四）的處理有所不同，它不是舞台紀錄片而是一個歌唱神話片，那就是說，一切形象要使觀眾感到是真實的東西而不是做戲，除了充份發揮民族傳統戲曲的優點之外，還要盡量利用電影藝術的長處。

電影的優點之一是令觀眾感到真實，因而對演出有更加強烈的感受；而我國戲曲的一個優點，則是載歌載舞的美麗形式。這兩者常常是不易兼得的，因為開口就唱，舉手就舞，與真實的生活總不免有點距離。但在這部歌舞神話片中，這兩者卻得到了統一。由於是神話，觀眾就能既接受歌舞的形式，又能全心全意的相信。佈置是真實的、仙鶴的飛翔和真的一樣、仙女下凡不是在舞台上裝着飛騰的樣子，而是真的從雲端裏降下，織錦不是空虛的用手作比，而是真的一疋疋織出來……。當然，在七位仙女口裏唱着、手裏比着的時候，觀眾雖然看不到錦絹，心裏卻能想像得出，而對於舞台上美麗的形象，也感到欣賞和陶醉。我不是說電影的表現手段比舞台演出更好，然而在這部影片中，許多電影手法（一如槐樹開口講話、董永採蘆葦作掃帚等），確是使這美麗的故事更加動人了。

這部影片的改編也集中在《路遇》與《槐蔭分別》兩場。前者是輕鬆的喜劇場面，而後者是沉重的悲劇。兩場戲發生在同一地點，當後面的悲劇一步步地發展的時候，人們不自禁的會想到以前就在這個地方，曾經有過多麼的愉快和幸福。這種回憶使得目前的不幸更加難以抵受，使得哀傷是更加的深切。

我在看影片《梁祝》的時候，首次感到心酸的是在《十八相送》；看《天仙配》，看到董永唱：「聽她說出肺腑言，倒叫我又是歡喜又辛酸。董永生來無人憐，這樣的知心話，我未聽見。」這幾句話時，忍不住流下淚來。這兩場本來都是歡樂的場面，但卻令人在喜悅之中受到極度的感動。我想，這因為在歡樂之中，也蘊蓄着真誠的深厚的感情，而這種感情使人流下淚來。因為真誠的友情、純樸的愛情、受到憐惜時的感激，都會強烈地打動人心。

《樓台會》與《槐蔭分別》使人心裏因同情劇中人而感到傷心，那是自然不過的。這兩場戲有一個共通的地方，就是女的已經知道不幸的降臨，但男的還沉醉在幸福的想像之中。一個愈是快樂，另一個愈是哀傷。梁山伯或董永單純的歡悅，其實是在用一種更深的色彩來強調着整個事件的悲苦。他愈是高興得厲害，觀眾愈是為他難受。在《槐蔭分別》中，七仙女一次又一次的用譬喻來和丈夫說明兩人必須分別，但丈夫總是往好的方面作了美滿的解釋。她實在必須說了，時間已經很緊迫了，但瞧着心愛的人是這麼歡喜，這句話又怎麼說得出口？七仙女唱道：「他那裏笑容滿面多歡喜，哪知道七女心中有無限憂愁。今日他衣衫破了有人補，又誰知補衣人要將他拋丟。」丈夫正沉醉在幸福之中，這幸福馬上就要破滅了，但還是自己單獨來擔當這痛苦，讓他多享受一下幸福吧，即使只有極短極短的一段時間也好。

就像《梁祝》中的《化蝶》一場那樣，《天仙配》雖然是悲劇終場，然而給人留下了不盡之思。那是由於七仙女寫在槐樹上的四句句子。頭兩句說了一個溫暖的約會：「來年春暖花開日，槐蔭樹下把子交」，人們的悲哀稍稍有了點抑制，生出了一個希望：明年春天，這對不幸的情人還可以在這裏，在這槐蔭樹下再相會一次。在他們身旁，還會多一個可愛的小寶寶。後面兩句更是一個堅毅的愛情誓言：「不怕它天規重重活拆散，我和你天上人間心一條！」他們沒有對惡勢力、對不幸的命運屈服，雖然被迫分開了，但相互的愛情是始終堅貞的。這個悲劇使人的感情得到淨化，使人的意志更加堅強。在故事中人的身上，我們感到了許多美好的東西。

一九五六年七月二十四日

再談《天仙配》

董永的故事大致是出於漢代，那時奴隸制度結束不久，大批大批農民成為農奴，他們的命運比終生為奴稍微好一些，做奴隸的時限等等有了一些規定。（在這部影片裏，董永做奴隸的時間是三年，但那傅員外提出了人力所不可能做到的條件，想把三年延長為六年，我想這種情況在當時也是很普通的。）農奴們悲嘆於自己悽慘的命運，就幻想有這麼一個美麗的仙女來解除他們的痛苦，使他們能過自由的生活。在那樣的情況下，他們自然很難娶妻，於是在幻想中，這仙女成為自己的妻子。

但到後來，這故事遭到了封建統治者的歪曲與損害。第一個主要的變動，是強調董永的「孝」而減輕他的「苦」，由於孝，因而感動了天神而差仙女下凡來幫助他。忠與孝，是封建統治道德上的兩大支柱。從曹植《靈芝篇》中「天靈感至德，神女為秉機」起，到後來晉、唐、明、清各代的變文、傳奇、雜劇等，無不重視這一點。現在湖北省有一個孝感縣，許多流傳的文字中都說，這本來叫做丹陽縣（就如電影中所說的），因為董永孝感動天，所以皇帝下旨將丹陽改為孝感。這說法當然不正確，因為孝感本名孝昌，五代唐時為避皇帝的諱才改為孝感，與董永並無關係。

第二個重要歪曲是把農奴主說成善良之至。曹植詩中還說「責家填門至，不知何用歸」，提到了貧農的痛苦，但晉干寶所編《搜神記》裏卻這樣說：「漢董永……父亡，無以葬，乃自賣為奴，以供喪事。主人知其賢，與錢一萬，遣之。永行，三年喪畢，欲還主人，供其奴職。道逢一婦人曰：『願為子妻。』遂與之俱。主人謂永曰：『以錢與君矣。』永曰：『蒙君之惠，父喪收藏，永雖小人，必欲服勤致力，以報厚德。』主曰：『婦人何能？』永曰：『能織。』主曰：『必爾者，但令君婦為我織縑百疋。』於是永妻為主人家織，十日而畢。……」

在文人寫的故事是這樣，在民間文學中，這位員外的真實面目還是保存下來了。如在評講《大孝記》中說，董永為了葬父，向傅華傅員外借銀三十兩。董永懇求三年孝滿再來上工，員外立刻說使不得，那位夫人卻工心計，說：「過三年也無妨，十二三歲孩子，做得甚麼活路？等他長到十五六歲才有氣力。」員外允了，但說借據且不忙寫，後來埋葬已畢，傅員外算賬了，《大孝記》中寫道：「『……總共該銀二百七十兩。寫下文約，以好每年行利，快快寫來！』董永聽得傅華算，唬得汗濕膽戰驚。我說只有三十兩，誰知二百七十銀！今生未必還得了，來世三代算不清。」

第三種損害是附加了許多迷信和封建思想。比如說後來皇帝賜董永為狀元、七仙女生的兒子又中狀元（有些唱本中稱之為董仲舒）、兒子大了要找母親，得鬼谷子（或孫臏、袁天罡）的指點，在七仙女洗澡時上前哭拜等等。這種種附加都損害了原來故事中美麗的純樸。比較起來，《梁祝》就幸運得多，長期的流傳並沒使它受到多大的改變。

在黃梅戲這純粹的地方戲（黃梅戲從鄉下第一次到城市演唱，據說是一九三〇年在安慶首次登台）中，把這個豐富而優美的民間故事保留得極好。由於封建統治者向來瞧不起黃梅戲，它倒在這一點上因禍得福，這劇目並未受到多大損害。黃梅戲本來出於鄂東，《董永遇仙》也相傳是湖北的故事，所以《天仙配》是黃梅戲中三十六個大戲戲目之一。

有了這樣優秀的舞台劇做基礎，再加上桑弧富於詩意的改編，這部影片動人地把這故事中的含義顯示了出來。影片的主線是董永與七仙女對抗天庭的壓迫，這一點突出地在《槐蔭分別》一場中表現。在過去的民間文學中，也把兩夫妻的難捨難分描寫得令人感到十分悽楚。如《大孝記》中用很長的篇幅敍述兩人的傷感，最後是七仙女吟了一首詩：「昨日清風透膽寒，佳人落了一釵環，不知落在何人手，昨日成雙今成單。有人要把釵環配，新舊原來不一般，老天他不全仁義，要得成雙難上難。」許多戲曲和唱本中用梨、棗、鏡子、扇子、釵環、絨線、鴛鴦等等來比喻兩人的分離。在《梁祝》的《十八相送》裏，每一件男女雌雄的比喻都使人感到有趣，而在《槐蔭分別》裏，每一件暗示着別離的比喻卻使人感到沉重。

這民間故事的天庭代表當時至高無上的政治權力，它阻撓着這對有情夫妻的長期結合。《天仙配》以悲劇收場，正是真實地反映了當時的社會情況。

影片的副線是董永與七仙女對抗傅員外的壓迫。人民幻想以超越的生產力來打倒超越的剝削。七仙女既是仙女，使一下仙法把傅員外弄死豈不是直截了當？但這故事有更好的一面，它想到了互相與集體勞動，它想到了優越異常的生產能力。經濟壓迫或許還能以超越人力的生產來擔負，但壓倒一切的天國，卻是董永與七仙女所不能抗拒的。

黃梅戲的唱腔簡單，身段動作卻相當複雜。七位仙女在天宮中的舞蹈，動作幅度如此之大，在其他劇種是極少見的，或許因為黃梅戲農村的氣息濃，還不能像京劇中的舞蹈那樣講求精煉之美，然而其中自有一種粗獷的芳香。兩位主角初時並不覺美，但越看越覺好看，這當然由於他們的表演已深深感動了我們。飾董永的王少舫本是京劇演員，現在專演黃梅戲，他曾把《白蛇傳》、《賣油郎》等京劇改編為黃梅戲，據說對黃梅戲的發展，是頗有貢獻的。

一九五六年七月二十八日

從《孽海花》談起

「窮書生忽然中了狀元，就遺棄了貧賤時的結髮妻子。」這是我國許多戲曲的基本題材。這個題材雖然簡單，但簡單的故事中卻包含着許多社會意義：我國婦女勤勞善良的品質、她們受男人壓迫的地位、知識分子的忘恩負義、當權者對小百姓的欺凌。這簡單的故事中包含着數千年婦女們不平的控訴、她們辛酸的命運與血淚。

電影《孽海花》（一九五三）說的是王魁負桂英的故事。敫桂英是一個妓女，她援救了陷在極大困難中的王魁，幫助他上京投考。王魁中了狀元，就另娶大官的女兒，讓敫桂英傷心而死。在原來的戲曲中，桂英是變了鬼來索這負心郎之命的，電影中仍舊有《活捉》這一場，不過桂英是人而不是鬼。桂英應不應該成鬼，這一點在內地曾有熱烈的論爭，多數意見認為讓桂英變鬼更有意義，因為戲曲中的鬼是代表着人民的理想，人民要求薄倖者受到嚴懲。在電影中，桂英雖然沒有變鬼，但王魁還是被處死了。

《秦香蓮》中的陳世美比王魁還壞些，他甚至派人去殺死妻子和兒女，最後由於包公的主持正義而把他鍘死了。

《張協狀元》中的張協與陳世美很相似，他中了狀元後在五雞山要殺害對他有恩的貧女。貧女幸得李大公相救，被赫王相公認作義女，再與張協結婚。這是一個大團圓結局，現在看來很不痛快。《紅鸞禧》的情節也差不多，落難的莫稽得到丐頭之女金玉奴相救，與她成婚，後來中了狀元，另娶宰相之女。那知這位千金小姐就是金玉奴，她因落水被宰相救起而認為義女。洞房之夕，金玉奴命丫鬟們用亂棒將新郎痛打一頓，方才成婚，那就是有名的《金玉奴棒打薄情郎》。一件可恨的事因巧合而成為喜劇，由於有一頓棒打，總算使人稍稍出了一點氣。

《琵琶記》中的薄倖郎蔡伯喈比這些人都要好一點，他雖然娶了牛丞相的女兒，但始終不忘了糟糠之妻趙五娘，當趙五娘上京找他的時候，他和妻子相認，終於團圓。

南僑公司正在籌拍的彩色片《紗窗記》[7]，則是講高文舉中狀元負王金真的故事。這部戲情節輪廓上與上述各戲相同，但高文舉是一個正派角色，他的負心是比蔡伯喈受到更厲害、更直接的逼迫，最後夫妻兩人聯合起來「一張白紙告青天」，對權貴表示反抗。

在瞿佑作的《愛卿傳》中，羅六娘是嘉興妓女，後來嫁給趙公子。趙公子做官後負心，羅六娘終於自縊而死。

這故事所以一次又一次地以各種不同的形式來表現，因為其中包含着豐富的人民性，而故事又都是那麼真實而生動。

一九五六年十一月九日

[7] 後改名《合珠記》（又名《掃紗窗》），一九五七年公映。——編者按

天地
www.cosmosbooks.com.hk

書　　名　金庸選集——金庸影話
作　　者　金　庸
編　　者　李以建
責任編輯　張宇程
封面設計　曦成製本
美術編輯　Dawn Kwok
出　　版　天地圖書有限公司
香港黃竹坑道46號
新興工業大廈11樓（總寫字樓）
電話：2528 3671　傳真：2865 2609
香港灣仔莊士敦道30號地庫（門市部）
電話：2865 0708　傳真：2861 1541
印　　刷　美雅印刷製本有限公司
香港九龍觀塘榮業街6號海濱工業大廈4字樓A室
電話：2342 0109　傳真：2790 3614
發　　行　聯合新零售（香港）有限公司
香港新界荃灣德士古道220-248號荃灣工業中心16樓
電話：2150 2100　傳真：2407 3062
出版日期　2024年3月／初版・香港
2024年7月／第二版・香港

ISBN：978-988-8551-27-9